O CANTOR DE TANGO

TOMÁS ELOY MARTÍNEZ

O cantor de tango

Tradução
Sérgio Molina

1ª reimpressão

Copyright © 2004 by Tomás Eloy Martínez

Título original
El cantor de tango

Capa
João Baptista da Costa Aguiar

Preparação
Maysa Monção

Revisão
Cecília Ramos
Denise Pessoa

Dados Internacionais de Catalogação na Publicação (CIP)
(Câmara Brasileira do Livro, SP, Brasil)

Eloy Martínez, Tomás
    O cantor de tango / Tomás Eloy Martínez ; tradução Sérgio
Molina. — São Paulo : Companhia das Letras, 2004.

    Título original: El cantor de tango
    ISBN 85-359-0560-X

    1. Romance argentino I. Título.

04-6340   CDD-ar863.4

Índice para catálogo sistemático:
1. Romances : Literatura argentina   ar863.4

[2004]
Todos os direitos desta edição reservados à
EDITORA SCHWARCZ LTDA.
Rua Bandeira Paulista 702 cj. 32
04532-002 — São Paulo — SP
Telefone (11) 3707-3500
Fax (11) 3707-3501
www.companhiadasletras.com.br

*Para Sol Ana, que voltou a
se apaixonar por Buenos Aires*

*Para Gabriela Esquivada,
pois sem ela este livro não existiria*

…um eco repetido por mil labirintos
Baudelaire, As flores do mal

O conhecimento sempre surge em relampejo.
O texto é a longa seqüência de trovões que o sucede.
Walter Benjamin, Das Passagenwerk

1.

Setembro de 2001

Buenos Aires foi para mim apenas uma cidade literária até o ameno meio-dia do inverno de 2000 em que ouvi pela primeira vez o nome de Julio Martel. Eu acabara de prestar o exame de qualificação para o doutorado em letras na Universidade de Nova York e estava escrevendo uma tese sobre os ensaios que Jorge Luis Borges dedicou às origens do tango. O trabalho caminhava lento e sem rumo. Eu vivia atormentado pela sensação de que apenas preenchia páginas inúteis. Passava horas fitando as casas do Bowery através de minha janela, enquanto a vida passava por mim sem que eu soubesse o que fazer para alcançá-la. Já havia perdido muita vida, e nem sequer tinha o consolo de que algo ou alguém a tivesse levado.

Um dos meus professores me aconselhara a viajar a Buenos Aires, mas não me parecia necessário. Já vira centenas de fotos e filmes. Podia imaginar a umidade, o rio da Prata, a garoa, os passeios vacilantes de Borges pelas ruas da zona sul com sua bengala de cego. Tinha uma coleção de mapas e guias Baedeker publicados nos mesmos anos que os livros dele. Achava que era uma cidade parecida com Kuala Lumpur: tropical e exótica, falsamente moderna, habitada por descendentes de europeus acostumados à barbárie. Naquele meio-dia resolvi caminhar ao léu pelo Village. Vi bandos de rapazes na Tower Records da Broadway, mas, ao contrário de outras vezes, segui em frente. *Guardai os lábios, caso eu volte*, pensei em lhes dizer, como no poema de Luis Cernuda. *Adeus, doces amantes invisíveis,/ sinto não ter dormido em vossos braços.*

Ao passar em frente à livraria da universidade, me lembrei de que já havia um bom tempo eu queria comprar os diários de viagem de Walter Benjamin. Tinha lido o livro na biblioteca e desde então ficara com vontade de sublinhar o texto e escrever nas suas margens. O que poderiam me dizer sobre Buenos Aires aqueles remotos apontamentos, que descrevem Moscou em 1926, Berlim em 1900? "Pouco importa não saber se orientar numa cidade." Essa era uma frase que eu queria assinalar com marca-texto amarelo.

Os livreiros costumam colocar as obras de Benjamin nas estantes de Crítica Literária. Desta vez, sabe-se lá por quê, estavam no outro extremo da loja, na seção de Filosofia, junto aos corredores de Estudos sobre a Mulher. Quando me dirigia para meu destino, avistei Jean Franco, de cócoras, folheando um livro sobre freiras mexicanas. Alguém dirá que tudo isso não tem importância, e de fato não tem, mas prefiro não passar ao largo de nenhum detalhe. Muita gente conhece Jean, não preciso explicar quem é. Ela soube que Borges seria Borges antes que ele próprio, eu acho. Há quarenta anos, descobriu a nova narrativa latino-americana quando só os especialistas em naturalismo e regionalismo se interessavam por ela. Eu a visitara uma ou duas vezes, em seu apartamento no Upper West Side, em Manhattan, mas ela me cumprimentou como se nos víssemos todos os dias. Contei-lhe muito por alto qual era o tema da minha tese e acho que me atrapalhei. Já nem sei quantos minutos passei tentando lhe explicar que, para Borges, os verdadeiros tangos eram aqueles compostos antes de 1910, quando ainda eram dançados nos bordéis, e não os que surgiram depois, influenciados pelo gosto parisiense e pelas tarantelas genovesas. Sem dúvida, Jean estava muito mais por dentro do assunto que eu, pois citou alguns títulos maliciosos de que ninguém se lembrava: "Soy tremendo", "El fierrazo", "Con qué trompieza que no dentra", "La clavada".

Em Buenos Aires tem um sujeito extraordinário que canta tangos muito antigos, disse ela. Nenhum dos que eu falei, mas da família. Você deveria escutá-lo.

Quem sabe na Tower Records eu ache alguma coisa dele, respondi. Como ele se chama?

Julio Martel. Você não vai achar nada, porque ele nunca gravou uma única estrofe. Não quer mediadores entre sua voz e o público. Uma noite, quando uns amigos me levaram ao Club del Vino, ele entrou no palco mancando e logo se encostou num banco. Não consegue andar direito, tem não sei que problema nas pernas. O violonista que o acompanhava tocou primeiro, sozinho, uma música muito estranha, cheia de cansaço. E de repente, quando ninguém esperava, ele soltou a voz. Foi incrível. Fiquei suspensa no ar e, quando a voz se apagou, não sabia como me separar dela, como voltar a mim mesma. Você sabe que eu adoro ópera, adoro Raimondi, Callas, mas a experiência de Martel pertence a outra esfera, quase sobrenatural.

Como Gardel, arrisquei.

Você tem que ouvi-lo. É melhor do que Gardel.

A imagem não me saiu da cabeça e acabou virando uma idéia fixa. Durante meses não consegui pensar em nada que não fosse viajar a Buenos Aires para ouvir o cantor. Lia na internet tudo o que se publicava sobre a cidade. Sabia o que estavam dando nos cinemas, nos teatros, a temperatura de cada dia. Achava perturbador o fato de as estações se inverterem ao passar de um hemisfério ao outro. Lá as folhas estavam caindo, enquanto em Nova York eu as via brotar.

Em fins de maio de 2001, saiu uma bolsa da pós-graduação. Além disso, ganhei uma Fulbright. Com esse dinheiro, poderia viver seis meses, ou mais. Embora Buenos Aires fosse uma cidade cara, os bancos pagavam juros de nove a doze por cento sobre os depósitos em conta. Calculei que teria o bastante para alugar um apartamento mobiliado no centro e comprar livros.

Eu sabia que a viagem ao extremo sul era longa, mas o tempo que a minha demorou foi uma loucura. Voei por mais de catorze horas e, contando as escalas em Miami e Santiago do Chile, foram vinte ao todo. Desembarquei exausto no aeroporto de Ezeiza. A área de imigração estava tomada por um luxuoso free shop que obrigava os passageiros a fazer fila, apinhados, embaixo de uma escada. Quando afinal consegui passar pela alfândega, fui acossado por seis ou sete choferes de táxi com ofertas para me levar até a cidade. A duras penas consegui me desvencilhar deles. Depois de trocar meus dólares por pesos — naquela época valiam o mesmo —, telefonei para a pensão indicada pela secretaria internacional da universidade. O zelador me deixou um bom tempo esperando na linha antes de informar que meu nome não constava em nenhuma lista e que a pensão estava lotada. "Se você ligar na semana que vem, numa dessas dá mais sorte", disse ao desligar, com uma insolente intimidade de tratamento que, como logo pude constatar, era regra geral.

Atrás de mim, na fila do telefone, havia um rapaz desalinhado e tristonho, que roía as unhas com afinco. Era uma pena, porque seus dedos longos, afilados, perdiam a graça nas pontas rombudas. Os bíceps mal cabiam nas mangas enroladas da camisa.

Impressionaram-me seus olhos negros e úmidos, que lembravam os de Omar Shariff.

Te ferraram. Te sacanearam, disse o rapaz. Normal. Neste país é tudo grupo.

Eu não soube o que responder. O idioma que ele falava não era o que eu conhecia. Além disso, seu sotaque não tinha nada em comum com a cadência italianada dos argentinos. Aspirava os esses. Os erres de *ferro*, em vez de vibrarem no palato, fluíam através dos dentes cerrados. Cedi-lhe o telefone, mas ele abandonou a fila e me seguiu. O balcão de informações ficava bem ao lado, e imaginei que lá me indicariam outros hotéis pelo mesmo preço.

Se você está procurando lugar para ficar, eu te arranjo o melhor, disse. Bem iluminado e com vista para a rua, a quatrocentos por mês. Os lençóis e as toalhas são trocados uma vez por semana. Você vai ter que dividir o banheiro, mas é superlimpo. Topa?

Não sei, respondi. Na verdade, queria dizer que não.

Posso conseguir que deixem por trezentos.

Onde fica?, perguntei, abrindo o mapa que eu tinha comprado na Rand McNally. Estava decidido a encontrar problemas em qualquer lugar que ele indicasse.

Você tem que ver que não é um hotel, mas um negócio mais privado. É que nem um apart num prédio histórico. Na Garay entre Bolívar e Defensa.

Garay era a rua de "O Aleph", o conto de Borges que eu estudara num dos meus trabalhos de mestrado. Mas, segundo o mapa, a pensão ficava a uns cinco quarteirões da casa descrita no conto.

O Aleph, comentei sem querer. Embora parecesse impossível que o rapaz pudesse entender a referência, ele a apanhou no ar.

Isso mesmo. Como é que você sabe? Uma vez por mês, baixa por lá um ônibus da prefeitura levando uns turistas, aí alguém mostra o prédio para eles e diz: "Esta é a casa do Ale". Que eu saiba, lá nunca morou nenhum Ale famoso, mas o papo é sempre esse. Mas não enchem o saco de ninguém, viu? É tudo na boa. Os caras descem, batem umas fotos, voltam para o busão e um abraço.

Quero dar uma olhada na casa, disse. E no quarto. Talvez eu possa colocar uma mesa perto da janela.

O rapaz tinha o nariz encurvado, feito um bico de falcão. Era mais fino que o dos falcões e não ficava mal no conjunto, dominado pela boca carnuda e os olhos grandes. No táxi, ele me contou sua vida, mas mal prestei atenção. Eu estava zonzo de cansaço por causa do vôo longo e, além do mais, custava a acreditar que a sorte estava me levando para a casa de "O Aleph". Não entendi muito bem o nome dele, se era Omar ou Oscar. Mas disse que todo mundo o chamava de "Tucumano".

Também entendi que trabalhava numa banca de revistas no aeroporto, às vezes três horas, às vezes dez, em horários que nunca se repetiam.

Hoje vim trabalhar direto, disse. Dormir para quê, não é mesmo?

À beira da linha expressa que levava à cidade, a paisagem se transformava a cada instante. Uma suave neblina imóvel brotava dos campos, mas o céu era transparente e rajadas de perfumes doces atravessavam o ar. Vi um templo mórmon com a imagem do anjo Moroni no alto da torre; vi edifícios altos e horríveis, com roupas coloridas penduradas nas janelas, como na Itália; vi uma baixada de casas miseráveis, com jeito de que iam desabar com o primeiro pé-de-vento. Mais adiante, os subúrbios imitavam os das cidades européias: parques desertos, prédios-caixote, igrejas com campanários coroados com imagens de Nossa Senhora, casas com enormes parabólicas nos terraços. Buenos Aires não parecia Kuala Lumpur. Na verdade, parecia com quase tudo que eu vira até então; ou seja, parecia com nada.

E como é que chamam você?, perguntou-me o Tucumano.

Bruno, respondi. Eu me chamo Bruno Cadogan.

Cadogan? Você não deu sorte com o sobrenome, hein, velho? Falando *al vesre*,* é Cagando.

A mulher que me recebeu na pensão anotou Cagan e, quando me acompanhou até o quarto, me chamou de "mister Cagan". Acabei pedindo que me chamasse apenas pelo primeiro nome.

Fiquei surpreso com a decadência da casa. Nada nela lembrava a família de classe média que Borges descrevia em seu conto. Também a localização era desconcertante. Em todas as referências sobre o ponto onde o Aleph se encontra, menciona-se a rua Garay, perto da Bernardo de Irigoyen, a oeste da pensão. Mesmo assim, perguntei se o prédio tinha um porão. Tem, sim, disse a zeladora, mas está ocupado. O senhor não gostaria de ficar lá. É muito úmido e, além do mais, tem uma escada muito íngreme de dezenove degraus. Esse dado me sobressaltou. No conto também eram dezenove os degraus que levavam até o Aleph.

Tudo em Buenos Aires era para mim desconhecido, e por isso eu não tinha referências para avaliar o quarto que me ofereciam. Pareceu-me pequeno mas limpo, de uns oito pés por dez. Ao lado do colchão de espuma, colocado sobre um estrado de madeira, havia uma mesa minúscula onde cabia meu notebook. A melhor coisa ali eram umas velhas estantes de livros, com espaço para uns cinqüenta volumes. Os lençóis estavam puídos, e o cobertor devia ser mais velho que a casa. Tinha ainda uma pequena sacada que dava para a rua. Mais tarde eu soube que aquele era o cômodo mais espaçoso do andar de cima. O banheiro me pareceu minúsculo, mas pelo menos só teria que dividi-lo com a família do quarto pegado ao meu.

---

* De "*al revés*", ao contrário. Recurso de alteração de palavras utilizado na gíria portenha, o *lunfardo*, que consiste basicamente na comutação de sílabas ou letras. (N. T.)

Tive que pagar adiantado. A tabela na recepção indicava quatrocentos dólares por mês. O Tucumano, cumprindo com a palavra, conseguiu que Enriqueta deixasse por trezentos. Eram quatro horas da tarde. O lugar estava calmo, silencioso, e resolvi dormir. O Tucumano alugava um dos quartos da cobertura fazia seis meses. Ele também estava caindo de sono, disse. Ficamos de nos encontrar às oito para dar umas voltas pela cidade. Se ainda me restassem forças, teria saído naquele mesmo instante à procura de Julio Martel. Mas não sabia por onde começar, nem como.

Às sete fui acordado por um tumulto. Os vizinhos do quarto ao lado estavam brigando aos gritos. Vesti qualquer coisa e tentei ir ao banheiro. Uma mulher gigantesca estava lavando roupa no bidê e disse, ríspida, que me agüentasse. Quando desci, o Tucumano estava tomando mate com Enriqueta junto à recepção.

Já não sei o que fazer com esses animais, disse a zeladora. Qualquer dia vão se matar. Maldita a hora que os deixei entrar. Não sabia que eram de Fuerte Apache.

Para mim, *Forte Apache* era um filme de John Ford. A inflexão na voz de Enriqueta sugeria alguma fossa do inferno.

Pode se lavar no meu banheiro, Cagan, disse o Tucumano. Às onze eu vou cair na milonga. Podemos comer qualquer coisa por aí e depois, se você quiser, te levo comigo.

Nesse fim de tarde, vi Buenos Aires pela primeira vez. Às sete e meia, batia nas fachadas uma luz rosada do outro mundo, e, embora o Tucumano dissesse que a cidade estava um caco e que era pena eu não ter chegado um ano antes, quando sua beleza estava intacta e não havia tantos mendigos nas ruas, só vi gente feliz. Caminhamos por uma avenida enorme, onde floresciam alguns ipês. Bastava erguer os olhos para descobrir palácios barrocos e cúpulas em forma de guarda-chuva ou de melão, com mirantes inúteis e ornamentais. Estranhei que Buenos Aires fosse tão majestosa acima dos segundos e terceiros andares, e tão ruinosa no nível do chão, como se o esplendor do passado tivesse permanecido suspenso no alto e se negasse a descer ou a desaparecer. Quanto mais a noite avançava, mais gente havia nos cafés. Nunca vi tantos numa cidade, nem tão acolhedores. A maioria dos clientes lia diante de uma xícara vazia durante muito tempo — passamos mais de uma vez pelos mesmos lugares —, sem que os obrigassem a pagar a conta e sair, como em Nova York e Paris. Pensei que esses cafés eram perfeitos para escrever romances. A realidade, ali, não sabia o que fazer e andava solta, à caça de autores que se atrevessem a contá-la. Tudo parecia muito real, talvez real demais, embora isso não fosse claro para mim na época. Não entendi por que os argentinos preferiam escrever histórias fantásticas ou inverossímeis sobre civilizações perdidas, ou clones humanos, ou hologramas em ilhas desertas, quando a realidade estava viva e a gente a sentia queimar e se queimar, e doer na pele das pessoas.

Caminhamos muito, e tive a impressão de que nada estava no lugar certo. O cinema onde Juan Perón conheceu sua primeira mulher, na avenida Santa Fe, era agora uma enorme loja de discos e vídeo. Em alguns pontos havia flores artificiais; em outros, grandes estantes vazias. Comemos pizza num local que se anunciava como armarinho e na vitrine ainda exibia rendas, babados e botões. O Tucumano me disse que o melhor lugar para aprender tango não era a academia Gaeta, como informavam os guias turísticos, e sim uma livraria, El Rufián Melancólico. Nas minhas navegações pela internet, tinha apurado que Martel cantara nesse local depois de ser resgatado de uma modesta cantina de Boedo, onde sua única paga eram as gorjetas e a comida de graça. O Tucumano estranhou nunca ter ouvido essa história, ainda mais numa cidade onde pululam entendidos em música de todos os gêneros, desde o rock e a cúmbia até a bossa nova e as sonatas de John Cage, mas principalmente os entendidos em tango, capazes de perceber as mais sutis diferenças entre um quinteto de 1958 e outro de 1962. Dizer que ignoravam Martel era bondade. Cheguei até a pensar que ele talvez nem existisse, que não passava de um sonho de Jean Franco.

Na sobreloja da El Rufián havia um salão de baile. As mulheres tinham a silhueta esbelta e o olhar compreensivo, e os rapazes, apesar da roupa gasta e das noites sem dormir, moviam o corpo com uma maravilhosa delicadeza e corrigiam os erros do par falando-lhe ao ouvido. Embaixo, a livraria estava cheia de gente, como quase todas as livrarias que tínhamos visto. Trinta anos antes, Julio Cortázar e Gabriel García Márquez se espantaram ao ver que as donas-de-casa de Buenos Aires compravam *O jogo da amarelinha* e *Cem anos de solidão* como quem compra macarrão ou pés de alface, carregando os livros na mesma sacola do mercado. Percebi que os portenhos continuavam lendo com a mesma avidez daquele tempo. Mas seus hábitos eram outros. Agora não compravam livros. Escolhiam um e começavam a leitura numa livraria para continuá-la em outra, de dez em dez páginas ou de capítulo em capítulo. Deviam levar dias ou semanas para terminá-lo.

Quando chegamos, o dono da El Rufián, Mario Virgili, estava no bar do salão. Assistia à sucessão dos fatos movendo-se à margem deles, numa atitude contemplativa e ao mesmo tempo agitada. Nunca imaginei que esses dois atributos pudessem se misturar. Quando me sentei ao lado dele, tudo parecia imóvel e, no entanto, eu sabia que tudo se movia. Ouvi que meu amigo o chamava de Tano, por italiano, e também ouvi quando me perguntou se eu pensava ficar muito tempo em Buenos Aires. Respondi que só iria embora depois que encontrasse Julio Martel, mas sua atenção já estava em outra coisa.

18

Quando a música acabou, os pares se separaram, como se um não tivesse nada a ver com o outro. Eu já tinha achado esse ritual desconcertante em alguns filmes, mas na realidade era mais estranho ainda. Entre um tango e outro, os homens convidavam suas eleitas a dançar com um ligeiro movimento de cabeça que parecia indiferente. Não era. Afetavam desdém para proteger seu orgulho de uma negativa. Se a mulher aceitava, dava um sorriso também distante e se levantava, para que o homem fosse a seu encontro. Enquanto a música não começava, os dois ficavam alguns segundos à espera dos primeiros acordes, um na frente do outro, sem se olhar nos olhos e falando banalidades. Então a dança tinha início com um abraço um tanto brutal. O homem tomava a mulher pela cintura, e a partir desse momento ela começava a recuar. Sempre recuava. Às vezes, ele curvava o peito para a frente ou se punha de lado, colando o rosto, enquanto as pernas desenvolviam figuras arrevesadas que a mulher devia repetir, invertidas. A dança exigia uma enorme precisão e, acima de tudo, certo dom divinatório, porque os passos não seguiam uma ordem previsível, mas estavam entregues à improvisação de quem conduzia ou a uma coreografia de combinações infinitas. Nos pares que melhor se entendiam, a dança imitava certos movimentos do coito. Tratava-se de um sexo atlético, tendente à perfeição, que não tinha nada a ver com amor. Pensei que seria interessante incorporar essas observações à minha tese, porque confirmavam a origem prostibular que Borges atribuía ao tango em *Evaristo Carriego*.

Uma das professoras de dança se aproximou e me perguntou se eu queria ensaiar alguns passos.

Vai lá, coragem, disse o Tano. Com a Valeria, qualquer um aprende.

Hesitei. Valeria inspirava uma confiança instintiva, e um desejo de protegê-la, e ternura. Seu rosto lembrava o de minha avó

materna. Tinha a testa clara, altiva, e os olhos castanhos amendoados.
 Sou muito desajeitado, respondi. Não me faça passar vergonha. Então, venho te procurar mais tarde.
 Depois, outro dia, respondi com sinceridade.
 Quando o Tano Virgili deixava a cadeira junto ao balcão para observar o movimento dos casais, eu sempre ficava com alguma palavra na boca. A palavra caía dos meus lábios e rolava entre os dançarinos, que a despedaçavam com seus tacões e saltos-agulha antes que eu pudesse recolhê-la. Por fim, consegui que ele respondesse à minha pergunta sobre Julio Martel com tantos detalhes que, de volta à pensão, custei a resumi-los. "O Martel", disse, "na verdade se chamava Estéfano Caccace. Usou um pseudônimo porque nenhum locutor ia dizer seu sobrenome com seriedade. Imagina, Caccace. Ele cantou aqui, bem perto de onde você está sentado, e houve um tempo em que os entendidos só falavam da voz dele, que era única. Talvez continue sendo. Já faz muito que não sei nada dele." Pôs a mão em meu ombro e soltou uma frase previsível: "Para mim, ele era melhor do que o Gardel. Mas não espalha".
 No final daquela noite, fiz uma multidão de anotações que talvez sejam fiéis ao relato de Virgili, mas fiquei com a sensação de ter perdido o tom, a atmosfera do que ele disse.
 Tenho apenas uma vaga lembrança do longo passeio que o Tucumano e eu demos mais tarde. Íamos de um lugar a outro, fazendo a "peregrinação dos bailes", como ele a chamava. Embora o cenário e os personagens mudassem a uma velocidade que meus sentidos não conseguiam acompanhar — passando da escuridão cerrada às luzes psicodélicas, de salões de baile para homens a outros onde projetavam imagens de uma Buenos Aires pretérita e talvez ilusória, com avenidas que repetiam as de

Madri, Paris e Milão, entre orquestras de senhoritas e trios de violinos aposentados —, meu espírito estava suspenso em algum ponto onde nada acontecia, como no amanhecer de uma batalha a ser travada em outro lugar, talvez por causa do cansaço da viagem ou porque esperava que o intangível Martel aparecesse em algum lugar da eterna noite. Fomos ao enorme galpão do Parakultural, também a La Catedral, a La Viruta e a El Beso, que estavam quase vazios, porque o ritual dos bailes mudava ao compasso dos dias. Havia lugares reservados para dançar às quartas-feiras da uma às três da madrugada, ou às sextas das onze às quatro. O emaranhado de nomes confundia a liturgia ainda mais. Ouvi alguém comentar que uns tangófilos alemães marcavam encontro no Parakultural chamando-o de "Sociedad Helénica", mas depois descobri que era apenas o nome do prédio, localizado numa rua que para alguns se chamava Canning e para outros Scalabrini Ortiz. Naquela noite tive a impressão de que Martel podia estar em dois ou três lugares ao mesmo tempo, ou em nenhum, e também pensei que talvez ele não existisse e fosse mais uma das muitas lendas da cidade. Borges dissera, citando o bispo Berkeley, que, se ninguém percebe uma coisa, ela não tem por que existir, *esse est percipi*. Por um momento senti que essa frase podia definir a cidade inteira.

Por volta das três da manhã, reencontrei Valeria num enorme salão chamado La Estrella, e que até o sábado anterior se chamava La Viruta. Estava dançando com um turista japonês vestido como um tanguista de manual, com sapatos de tacão ofuscantes de tão lustrosos, calças justas, um paletó cruzado que ele desabotoava ao final de cada música e a cabeça coberta por uma escultura de brilhantina que parecia traçada com régua e compasso. Fiquei impressionado ao ver que ela mantinha o mesmo vigor de cinco horas antes, na Rufián, e que levava o japonês com a destreza de uma titeriteira, obrigando-o a girar sobre seu eixo e a cruzar as pernas repetidas vezes, enquanto ela permanecia imóvel na pista, concentrada no centro de gravidade de seu corpo.

Acho que foi a última visão da noite, porque depois disso só me lembro de seguir em um ônibus tardio, saltar perto da pensão da rua Garay e me atirar na bendita escuridão da minha cama.

Li num velho exemplar da revista *Satiricón* que a verdadeira mãe de Julio Martel, envergonhada porque o filho parecia um inseto, colocou o recém-nascido dentro de um cesto de vime e o jogou nas águas do Riachuelo, das quais foi resgatado pelos pais adotivos. Essa história sempre me pareceu um desvio religioso da verdade. Tendo a acreditar que a versão dada pelo Tano Virgili é mais fiel.

Martel nasceu no final do tórrido verão de 1945, em um bonde da linha 96, que naquela época fazia o trajeto entre Villa Urquiza e a praça de Maio. Por volta das três da tarde, dona Olivia de Caccace caminhava pela rua Donado, com o pouco fôlego que seus sete meses de gravidez lhe deixavam. Ia para a casa de uma irmã que estava muito gripada, levando uma cesta de cataplasmas e um saco de balas de leite embrulhadas em papel celofane. As lajotas da calçada estavam soltas, e dona Olivia avançava com cautela. Ao longo do quarteirão, todas as casas compartilhavam a mesma aparência monótona: uma sacada bojuda de ferro batido à direita de um vestíbulo que dava para uma porta com painéis de vidro biselado e com monogramas. Abaixo da sacada abria-se uma janela gradeada, na qual às vezes se recortavam rostos de velhas e crianças para quem a paisagem da rua, entrevista ao rés do chão, era o único entretenimento. Nenhuma dessas casas se parece hoje ao que era há meio século. A maioria das famílias, na ânsia de sobreviver, foi vendendo os vidros das portas e o ferro das sacadas.

Quando dona Olivia ia passando em frente ao número 1620 da rua Donado, uma mão masculina lhe agarrou um tornozelo e a jogou no chão. Mais tarde souberam que lá morava um deficiente mental de quase quarenta anos, que fora deixado junto à janela do porão para tomar um pouco de ar. Atraído pelo saco de balas de leite, o idiota não teve melhor idéia que derrubar a mulher.

Acudindo aos gritos de socorro, um transeunte solícito conseguiu acomodar dona Olivia no bonde 96, que providencialmente ia passando na esquina. Como no trajeto dessa linha havia vários hospitais, pediram ao motorneiro que a levasse até o mais próximo. Não conseguiu chegar a nenhum. Após dez minutos de viagem, dona Olivia percebeu que estava perdendo líquido aos borbotões e sentiu os sintomas do parto iminente. O veículo parou, e o motorneiro, desesperado, chamou às casas da vizinhança pedindo tesouras e água fervida. A criança prematura, um menino, teve de ficar numa incubadora. A mãe se apressou a batizá-lo com o nome do pai morto seis meses antes, Stéfano. Nem o pároco, nem o tabelião aceitaram a grafia italiana, e por isso o recém-nascido acabou sendo registrado como Estéfano Esteban.

Apesar de sua alergia a gato e a pólen e de sofrer freqüentes diarréias e dores de cabeça, até os seis anos o menino cresceu sem maiores problemas. Adorava jogar futebol e parecia talhado para os ataques rápidos pelas pontas. Todas as tardes, enquanto dona Olivia se esfalfava à máquina de costura, Estéfano corria pelo pátio atrás da bola, driblando rivais imaginários. Numa dessas ocasiões, tropeçou num tijolo e caiu. No ato, um derrame desproporcional se formou em sua perna esquerda. A dor era atroz, mas o incidente parecia tão insignificante que a mãe não lhe deu importância. No dia seguinte, a mancha se espalhou e adquiriu uma ameaçadora cor púrpura.

No hospital diagnosticaram que Estéfano era hemofílico. O garoto ficou um mês em repouso. Ao levantar, um leve esbarrão numa cadeira provocou outro derrame. Teve de ser engessado. Isso o condenou a uma imobilidade tão constante que seus músculos se atrofiaram. A partir de então — se é que existe um então para o que não tem fim —, foi uma sucessão de infortúnios. O garoto desenvolveu um tronco enorme, em desarmonia com as pernas raquíticas. Não podia ir à escola e só via um amigo, o Mocho Andrade, que lhe emprestava livros e se resignava a jogar truco e escopa com ele. Aprendeu a ler corrido com professoras particulares que lhe ensinavam de favor. Aos onze, doze anos, passava horas ouvindo tangos no rádio e, quando se interessava por algum, tirava a letra em um caderno. Às vezes também tomava nota das melodias. Como não dominava a escrita musical, inventou um sistema de riscos, círculos e pontos de dez ou doze cores que lhe permitiam lembrar acordes e ritmos.

No dia em que uma das freguesas de dona Olivia lhe levou um exemplar da revista *Zorzales del 900*, Estéfano foi tocado por uma epifania. A revista reproduzia os tangos suprimidos dos repertórios no início do século XX, nos quais se narravam chulices de bordel. Estéfano desconhecia o significado das palavras que lia. E nem sua mãe, nem as freguesas dela podiam ajudá-lo, porque o linguajar daqueles tangos fora concebido para expor a intimidade de gente morta havia muito tempo. Os sons, no entanto, eram eloqüentes. Como as partituras originais tinham se perdido, Estéfano concebeu melodias que imitavam o estilo de "El entrerriano" ou "La morocha", e as aplicou a versos como estes: *En cuanto te zampo el zumbo/ se me alondra el leporino/ dentro tenés tanto rumbo/ que si jungo, me entrefino.**

Aos quinze anos, era capaz de repetir mais de cem canções recitando-as de trás para a frente, com as melodias imaginárias

---

* Uma versão possível seria: "Assim que te garfo a frincha/ embandeiro o leporino/ você tem dentro uma ginga/ que filando me entrefino". (N. T.)

também invertidas, mas só o fazia quando a mãe saía de casa para entregar suas costuras. Fechava-se no banheiro, onde os vizinhos não podiam ouvi-lo, e soltava uma voz intensa e doce de soprano. A beleza de seu próprio canto o emocionava a tal ponto que ele chorava sem perceber. Custava a acreditar que aquela voz podia pertencer a ele, por quem sentia tanto desprezo e receio, e não a Carlos Gardel, que era dono de todas as vozes. Observava seu corpo mazelento no espelho e ofertava a Deus tudo o que ele era e tudo o que um dia pudesse vir a ser, contanto que nele se esboçasse algum gesto que lembrasse o ídolo. Durante horas, postava-se diante do espelho e, enrolando no pescoço a echarpe branca da mãe, dizia algumas frases que ouvira do grande cantor em seus filmes de Hollywood: "Tchau, minha folor", "Olha que linda madurugada".

Estéfano tinha os lábios grossos e o cabelo crespo e arrepiado. Era inútil buscar qualquer semelhança física com Gardel. Então imitava o sorriso, torcendo levemente as comissuras dos lábios e esticando a pele da testa, com os dentes cheios de luz. "Salve, maestoro", cumprimentava. "Como é que a vida o tarata?"

Quando lhe tiraram o gesso, aos dezesseis anos, suas pernas estavam enrijecidas e fracas. Um fisioterapeuta o ajudou a fortalecer os músculos em troca de que a mãe costurasse de graça para toda a família. Estéfano demorou seis meses para aprender a andar com muletas e mais seis com bengalas, atormentado pelo pavor de cair em outra longa prostração.

Num domingo de verão, dona Olivia e duas amigas o levaram ao parque de diversões da avenida Libertador. Como não o deixavam subir em nenhum dos brinquedos, temendo que se machucasse ou que seus ossinhos frágeis se desconjuntassem, o adolescente teve uma tarde de tédio, lambuzando-se com os algodões-doces que o Mocho Andrade lhe comprava. Nessa espera, descobriu, ao lado do trem fantasma, uma cabine de gravação onde, pela módica soma de três pesos, registravam as vozes em discos de cera. Estéfano convenceu as mulheres a darem pelo menos duas voltas completas no trem e, assim que as viu desaparecer no escuro, se esgueirou até a cabine e gravou "El bulín de la calle Ayacucho", tentando imitar a versão em que Gardel era acompanhado pelo violão de José Ricardo.

Quando acabou, o técnico lhe pediu que cantasse de novo, porque o disco parecia estar riscado. Estéfano repetiu o tango, nervoso, acelerando o ritmo. Temia que a mãe já tivesse saído do brinquedo e estivesse procurando por ele.

Como você se chama, garoto?, perguntou-lhe o técnico.

Estéfano. Mas estou pensando em adotar um nome mais artístico.

Com essa voz, não vai precisar de nenhum. Você tem um sol na garganta.

O rapaz escondeu a segunda versão, a que tinha saído pior, embaixo da camisa e deu sorte de chegar antes da mãe, que resolvera dar mais uma volta no trem fantasma.

Durante algum tempo, andou à procura de um fonógrafo onde pudesse ouvir seu disco em segredo, mas não conhecia ninguém que tivesse um, e muito menos para registros em 45 rotações como o que lhe venderam na cabine do parque. A cera do disco era danificada pelo calor, pela umidade e pela poeira acumulada entre os exemplares de *Zorzales del 900*. Estéfano pensava que, sem uso, a voz gravada já devia ter desaparecido para sempre, mas numa noite de sábado, quando estava com a mãe na cozinha escutando *Escalera a la fama*, o programa radiofônico da moda, um dos locutores anunciou que a revelação do momento era um cantor sem nome, que gravara "El bulín de la calle Ayacucho" em um estúdio precário, a capela. Graças aos prodígios das fitas magnéticas, disse, a voz estava agora valorizada por um acompanhamento de bandoneon e violino. Estéfano reconheceu no ato a primeira gravação, que o técnico do parque de diversões fingira descartar, e ficou pálido. Separado de sua própria voz, percebeu que continuava ligado a ela pelo fio de uma admiração que só se pode sentir por aquilo que não possuímos. Não era uma voz que ele almejasse ou perseguisse, mas algo que pousara em sua garganta. Como era estranha a seu corpo, poderia abandoná-lo a qualquer momento. Quem sabe quantas voltas havia dado no passado e quantas outras vozes cabiam nela. Estéfano só queria que se parecesse com uma voz, a de Carlos Gardel. Por isso, o comentário que a mãe fez enquanto escutavam *Escalera a la fama* foi para ele um afago:

Olha que gozado. Estão dizendo que esse cantor é um desconhecido, mas não é verdade. Se estivesse acompanhado pelo violão do José Ricardo, a gente juraria que é o Gardel.

Tocada pelo orgulho, a voz dele escapou:

El bulín de la calle Ayacucho/ ha quedado mistongo y fulero...*

Estéfano se conteve antes de passar ao verso seguinte, mas já era tarde. A mãe disse:

Saiu igualzinho.

Não sou eu, defendeu-se Estéfano.

Eu sei que não. Como é que você ia estar no rádio, se está aqui? Mas bem que podia estar lá, se quisesse. Por que você não vai cantar nos clubes? A costura está acabando com a minha vista.

Estéfano procurou uma ou duas cantinas de Villa Urquiza, mas foi recusado antes de qualquer teste. Não estava acompanhado por um violonista, como de praxe, e, além disso, os proprietários temiam que sua aparência espantasse a clientela. Como não tinha coragem de voltar para casa sem dinheiro, valeu-se de sua memória infalível para trabalhar como apontador de *quiniela*.**

---

* As letras de canções citadas encontram-se reunidas em apêndice ao final do livro, na íntegra e acompanhadas de tradução. (N. T.)
** Loteria de números semelhante ao jogo do bicho, legalizada em 1972. (N. T.)

Foi contratado pelo dono de uma funerária que, nos escritórios pegados às salas de velório, dirigia uma casa de jogo clandestina ligada ao jóquei e às loterias. De lá, Estéfano informava por telefone o preço dos funerais ao mesmo tempo que levantava as apostas. Lembrava quanto dinheiro tal cliente arriscara na centena e quanto tal outro no último número, além de saber onde localizar cada apostador, e a que horas. Quando a polícia revistou a funerária atendendo a uma denúncia anônima, não conseguiu encontrar nenhuma prova que incriminasse Estéfano, porque todos os detalhes dos jogos estavam em sua cabeça.

Passou vários anos nessas lides mnemotécnicas e teria talvez continuado nelas por toda a vida, se o dono da funerária não o tivesse recompensado atendendo a suas súplicas de que o levasse aos concursos de canto do clube Sunderland. A escolha dos vencedores era feita por votação: cada ingresso dava direito a um voto, o que criava um clima de campanha eleitoral. Estéfano tinha poucas chances, e sabia disso. Mas a única coisa que lhe importava era que a voz, oculta durante tantos anos, enfim fluísse na luz do mundo.

O famoso barítono Antonio Rossi acumulava dez sábados de vitórias no Sunderland, e já havia anunciado que continuaria participando. Seu repertório era previsível: incluía apenas os tangos da moda mais fáceis de dançar. Estéfano, ao contrário, decidira concorrer com alguma canção anterior a 1920, evitando as letras de duplo sentido para não ofender as damas.

A funerária fechava com freqüência, por falta de defuntos. Estéfano aproveitava essas ocasiões para ensaiar "Mano a mano", um tango de Celedonio Flores que tinha um final de inesperada generosidade. Depois de hesitar entre outros de Pascual Conturzi e de Ángel Villoldo, optara pelo preferido da mãe. Passava horas imitando as poses de Gardel entre os caixões vazios, com a echarpe enrolada no pescoço. Percebeu que sua imagem parecia mais galharda se prescindia da bengala e segurava o microfone encostado num banco.

Na véspera do concurso, descobriu, na sala de espera da funerária, um velho suplemento do jornal *La Nación* dedicado ao autor de um único romance que morrera de tísica em plena juventude. O nome real do escritor, José María Miró, foi-lhe indiferente. O pseudônimo, em compensação, era tão afim aos fonemas de Carlos Gardel que Estéfano resolveu se apropriar dele. Chamar-se Julián Martel, como o desafortunado romancista de que o suplemento falava, poderia induzir à confusão; adotar Carlos Martel seria quase um plágio. Optou, então, por Julio Martel. Ao se inscrever no concurso, prescindira de seu ridículo sobrenome, ficando apenas com Estéfano, sem mais. Agora pediria que o anunciassem sob sua nova identidade.

Às sete horas de um sábado de novembro, o mestre-de-cerimônias do Sunderland chamou o jovem tenor pela primeira vez. Antes dele se apresentaram sete cantores de voz medíocre. As atenções do salão estavam suspensas à espera de Antonio Rossi, que, a pedido do público, repetiria "En esta tarde gris", de Mariano Mores e José María Contursi. A pista de dança era uma quadra de basquete da qual retiravam as cestas e que aos domingos era usada para campeonatos de futebol infantil. Tinha ao fundo um estrado com estantes para os dois violinos do acompanhamento. Os cantores costumavam se aproximar demais do microfone e suas interpretações eram entrecortadas por chiados de estática que desanimavam o público. Boa parte dele, impaciente, preferia conversar ou esperar na rua. A maioria só estava interessada na apresentação de Rossi, no indefectível resultado do concurso e no baile que se seguia, com gravações das grandes orquestras.

Antes de entrar no palco, Estéfano, que já era definitivamente Julio Martel, soube que ia perder. Ao se olhar em um espelho do corredor, desanimou ao ver seu terno brilhoso, a camisa de colarinho grande demais, a infeliz gravata-borboleta. O penteado com goma-laca, refulgente às quatro da tarde, às sete se desmanchava numa nuvem de caspa. Na sala, foi saudado pelos tímidos aplausos de dona Olivia e três vizinhas. Quando se encaminhava para o banco, pensou ouvir um murmúrio de compaixão. Quando os violinos atacaram "Mano a mano", encheu-se de coragem imaginando-se no convés de um navio, irresistível como Gardel.

Seus gestos podiam ser uma paródia dos que se viam nos filmes do cantor imortal. Mas a voz era única. Levantava vôo por conta própria, alada de mais sentimentos do que podia caber numa vida inteira e, evidentemente, mais do que o tango de Celedonio Flores, com modéstia, deixava entrever. "Mano a mano" evoca a história de uma mulher que abandona o homem amado em troca de uma vida de riquezas e prazer. Martel o transformou em um lamento místico sobre a carne impermanente e a solidão da alma sem Deus.

Os violinos do acompanhamento eram desafinados e distraídos, mas ficaram velados pela espessura do canto que avançava sozinho como uma fúria de ouro, e transformava em ouro tudo o que encontrava pela frente. Estéfano tinha uma dicção deficiente: comia os esses no final das palavras e simplificava o som de "ks" do xis. Gardel, na versão de "Mano a mano" com o violão de José Ricardo, diz *carta* em vez de *canta* e *conesejo* em vez de *consejo*. Martel, ao contrário, acariciava as sílabas como se fossem de vidro e as derramava intactas sobre um público que, depois da primeira estrofe, já estava enfeitiçado e em silêncio.

Foi aplaudido de pé. Algumas mulheres mais animadas, contrariando as regras do concurso, pediram bis. Martel deixou o palco atônito e teve de se apoiar na bengala. Sentado em um banco do corredor, ouviu outro cantor imitar os relinchos de Alberto Castillo. Em seguida, estremeceu-o a ovação com que o público saudou a entrada de Rossi. Os primeiros versos de "En esta tarde gris", que seu rival despejava com uma voz sem cor, convenceram-no de que nessa noite ocorreria algo pior que sua derrota. Ocorreria seu esquecimento. A votação confirmou, como sempre, a esmagadora supremacia de Rossi.

Mario Virgili tinha então quinze anos, e seus pais o levaram ao clube Sunderland para lhe inculcar o amor ao tango. Virgili achava que Rossi, Gardel, as orquestras de Troilo e de Julio De Caro encarnavam tudo que o gênero podia dar de si. Em 1976, a atroz ditadura argentina forçou-o ao exílio, no qual permaneceu pouco mais de oito anos. Uma noite, em Caracas, visitando uma livraria de Sabana Grande, ouviu ao longe os compassos de "Mano a mano" e sentiu uma invencível saudade. A melodia zumbiu durante horas em sua memória, num infinito presente que não queria se retirar. Virgili a ouvira centenas de vezes, cantada por Gardel, por Charlo, por Alberto Arenas, por Goyeneche. Mas a voz que o habitava era a de Martel. O fugaz momento de um sábado de novembro, no Sunderland, transfigurara-se para Virgili num sopro de eternidade.

As pessoas desapareciam aos milhares naqueles anos, e o cantor também sumiu na rotina da funerária, onde trabalhava setenta horas por semana. Quando as *quinielas* foram legalizadas, o dono as substituíra por mesas de pôquer e bacará instaladas nos fundos do local, sobre os caixões sem uso. Martel tinha o dom de adivinhar as cartas que sairiam em cada rodada e, por meio de sinais, cantava o jogo para os empregados. O lugar era freqüentado por numerosos técnicos e operários sem emprego, e era tanta a tensão em cada mesa, tamanho o desejo de domar a sorte, que Martel sentia remorso por acentuar a ruína daqueles desesperados.

Na primavera de 1981, um coronel mandou revistar o cassino. O dono da funerária foi levado a julgamento, mas escapou graças a erros processuais. Martel, porém, passou seis meses na prisão de Villa Devoto. Por causa dessa desventura, encurvou-se e emagreceu ainda mais. Seus pômulos cresceram e os olhos se tornaram mais escuros e saltados, mas a voz continuou intacta, imune à doença e aos fracassos.

Virgili, que trabalhara como vendedor de enciclopédias na Venezuela, ao voltar do exílio associou-se com dois amigos e montou uma livraria na rua Corrientes, onde havia outras vinte ou trinta e não faltavam compradores. Foi favorecido por um sucesso imediato. As pessoas ficavam conversando até de madrugada entre as mesas de saldos, e ele se viu obrigado a instalar um café, que logo foi animado por violonistas e poetas espontâneos.

Os meses passavam desnorteados, sem saber aonde iam, como se o passado fosse inocente do futuro. Numa noite de 1985, alguém na livraria falou de um tenor portentoso que cantava num botequim de Boedo em troca do que lhe quisessem pagar. Era difícil entender as letras de seus tangos, que reproduziam uma linguagem antiquada e já sem sentido. O tenor pronunciava com delicadeza, mas as palavras não se deixavam apanhar: *Te renquéas a la minora/ del esgunfio en el ficardo.** E assim tudo, ou quase. Vez por outra, entre a meia dúzia de tangos que ele cantava a cada noite, havia um ou outro que os ouvintes mais idosos conseguiam reconhecer, não sem algum esforço, como "Me ensucié con levadura" ou "Me empaché de tu pesebre", dos quais não havia gravações nem partituras.

Nas primeiras apresentações do tenor, quando era acompanhado por um flautista, as canções denotavam picardia, felicidade sexual, juventude eterna. Depois o flautista foi substituído por

---

* Algo como: "Tu manqueia na minora/ da peroba no ficardo". (N. T.)

um bandoneon impassível, grave, que obscureceu o repertório. Fartos de canções que não conseguiam decifrar, os clientes mais convencionais deixaram de freqüentar o local. Em compensação, apareceram ouvintes com mais imaginação, maravilhados com uma voz que, em vez de repetir imagens ou histórias, deslizava de um sentimento a outro com a transparência de uma sonata. Assim como a música, a voz não precisava de sentidos. Expressava somente a si mesma.

Virgili teve o palpite de que essa pessoa era a mesma que vinte e dois anos antes cantara "Mano a mano" no Sunderland. No sábado seguinte, foi até o botequim de Boedo. Quando viu Martel dirigir-se para o tablado junto ao balcão, incorpóreo como uma aranha, e o ouviu cantar, Virgili se deu conta de que aquela voz eludia todo relato porque ela mesma era a crônica da Buenos Aires passada e da que ainda estava por vir. Suspensa por um fio tênue dos fá e dó, a voz insinuava a degola dos unitários, a paixão de Manuelita Rosas pelo pai, a Revolução do Parque, o sofrimento e a desesperança dos imigrantes, os massacres da Semana Trágica em 1919, o bombardeio da praça de Maio antes da queda de Perón, Pedro Henríquez Ureña correndo pelas plataformas da estação Constitución em busca da morte, as censuras do ditador Onganía ao *Magnificat* de Bach e às feitiçarias visuais de Noé, Deira e De la Vega no Instituto Di Tella, os fracassos de uma cidade que tinha tudo e ao mesmo tempo não tinha nada. Martel a derramava como uma água de mil anos.

Venha cantar na livraria El Rufián Melancólico, propôs-lhe Virgili ao fim da apresentação. Posso lhe pagar um fixo, ao senhor e ao seu bandoneon.

Um fixo? Que beleza. Pensei que isso nem existisse mais.

A voz com que falava não se parecia em nada com a do canto: era reticente e sem educação. O homem que a emitia não parecia o mesmo que cantava. Tinha um ridículo anel com pedras e monogramas no dedo mínimo da mão esquerda. As veias das mãos estavam inchadas, com picadas de agulha.

Existe, sim, disse Virgili. Na rua Corrientes. Muito mais gente vai escutá-lo por lá. Tanta quanto o senhor merece.

Não se atrevia a tratá-lo de você. Martel, em compensação, nem sequer olhava para ele ao falar.

Esta daqui até que não está mal, pô. Diz aí quais são as condições e deixa eu pensar.

Começou a cantar no Rufián na sexta-feira seguinte. Dali a seis meses, foi para o Club del Vino, onde dividiu o cartaz com Horacio Salgán, Ubaldo de Lío e o bandoneonista Néstor Marconi. Embora seus tangos fossem cada vez mais abstrusos e remotos, a voz se elevava com tanta pureza que as pessoas reconheciam nela sentimentos perdidos ou esquecidos, e rompiam a chorar ou a rir sem a menor vergonha. Na noite em que Jean Franco esteve no Club del Vino, foi aplaudido de pé durante dez minutos, e teria continuado assim quem sabe por quanto tempo se uma hemorragia no aparelho digestivo não o tivesse mandado para o hospital.

A hemofilia de Martel, provocada pela carência do fator oito, foi seguida de um cortejo de doenças. Com freqüência era acometido de pneumonia e febres malignas ou sua pele se cobria de crostas que ele disfarçava com maquiagem. Nenhum de seus admiradores sabia que ele chegava ao local das apresentações em cadeira de rodas e que não podia dar mais do que três passos no palco. Perto dos bastidores havia sempre um banco parafusado ao tablado, no qual se encostava para cantar depois de uma ligeira inclinação de cabeça. Havia muito tempo que era incapaz de imitar os gestos de Gardel, e, embora esse fosse seu maior desejo, a impossibilidade de realizá-lo fizera seu estilo ganhar em parcimônia e em certa invisibilidade do corpo. Assim, a voz brilhava sozinha, como se não existisse outra coisa no mundo, nem sequer o bandoneon que a acompanhava.

A hemorragia digestiva o tirou de circulação durante uns dois anos. Meses antes de eu chegar a Buenos Aires, voltou a cantar. Não mais quando lhe pediam, mas quando ele bem entendia. Em vez de voltar ao El Rufián ou ao Club del Vino, onde ainda sentiam sua falta, aparecia de improviso nos bailes de San Telmo e de Villa Urquiza, ou se apresentava ao ar livre em qualquer lugar da cidade, para quem quisesse ouvi-lo. Ao repertório de tangos pretéritos foram sendo incorporados os de Gardel e Le Pera, mais alguns clássicos de Cadícamo.

Certa noite, cantou da sacada de um dos hotéis para amantes furtivos que havia na rua Azcuénaga, atrás do cemitério de La Recoleta. Muitos casais interromperam o fragor de suas paixões para escutar a voz poderosa que se infiltrava pelas janelas e banhava seus corpos para sempre com um tango que nunca tinham ouvido e cuja linguagem não entendiam, mas que reconheciam como de uma vida anterior. Uma das testemunhas contou a Virgili que sobre as cruzes e arcanjos do cemitério se abriu o arco de uma aurora boreal, e que depois do canto todos os que estavam ali sentiram uma paz sem culpa.

Apresentava-se em lugares insólitos, sem especial interesse para ninguém, que talvez desenhassem um mapa de outra Buenos Aires. Depois de um recital na estação Retiro, anunciou que ainda desceria ao canal sob a avenida Juan B. Justo, por onde fluía o córrego Maldonado, atravessando a cidade de leste a oeste, para ali cantar um tango desaparecido da memória de todos, cujo ritmo era uma mescla indiscernível de habaneras, milongas e rancheiras.

Antes, porém, cantou em outro túnel: o que se abre como um delta sob o obelisco da praça da República, no cruzamento da avenida 9 de Julho com a rua Corrientes. O local é impróprio para a voz, porque os sons se arrastam seis ou sete metros e de súbito se apagam. Junto a uma das entradas há uma fileira de poltronas com apoio para os pés dos raros passantes que lustram os sapatos, e bancos minúsculos para os engraxates que os servem. Em volta pululam pôsteres de times de futebol e coelhinhas da *Playboy*. Duas das passagens laterais levam a um sem-fim de minúsculos brechós de roupa militar, sebos de jornais e revistas, bancas que oferecem palmilhas e cordões para sapatos, perfumes de fabricação caseira, selos, bolsas e carteiras, reproduções industriais do *Guernica* e da *Paloma* de Picasso, guarda-chuvas, meias.

Martel não cantou nessas passagens populosas do labirinto, e sim num dos braços sem saída onde algumas famílias sem-teto haviam montado seu acampamento de nômades. Ali qualquer voz desaba assim que sai da garganta, derrubada pelo peso do ar. Martel, no entanto, foi ouvido em todos os afluentes dos túneis, porque sua voz ia contornando os obstáculos como um fio de água. Foi a única vez que ele cantou "Caminito", de Filiberto e Coria Peñaloza, um tango inferior às exigências de seu repertório. Virgili achava que o escolhera porque todos ali poderiam acompanhar a letra sem se perder e porque não queria acrescentar mais um enigma a um labirinto subterrâneo que já continha tantos.

Ninguém sabia por que Martel se apresentava em lugares tão inóspitos e, além do mais, sem cobrar um centavo. No final da primavera de 2001, eram muitíssimos os clubes, casas de baile, teatros e cantinas de Buenos Aires que o receberiam de braços abertos. Talvez tivesse vergonha de expor um corpo que, dia após dia, era acossado por uma infinidade de doenças. Passou duas semanas internado tratando de uma fibrose hepática. Às vezes seu nariz sangrava. A artrose não lhe dava trégua. Mas de repente, quando ninguém esperava, aparecia em lugares absurdos e cantava para si próprio.

Aqueles recitais deviam ter um sentido que só ele conhecia, foi o comentário que fiz a Virgili. Resolvi investigar se os lugares onde Martel se apresentava estavam ligados por alguma ordem ou desígnio. Qualquer artifício da lógica ou a repetição de um detalhe poderia revelar a seqüência completa e permitir que eu me antecipasse à próxima aparição. Estava convencido de que seus movimentos aludiam a uma Buenos Aires que não víamos e passei uma manhã inteira compondo anagramas com o nome da cidade, sem chegar a parte alguma. Os resultados que obtive eram um amontoado de bobagens: *beso en Rusia; no sé, es rubia; suena, serbio; sería un beso.*

Uma tarde, por volta das duas, Martel se internou nas entranhas do palácio de Águas, onde ainda se conservam intactas as passarelas de ferro, as válvulas, os tanques, as tubulações e as colunas que cem anos antes distribuíam setenta e duas mil toneladas de água potável para os habitantes de Buenos Aires. Soube que lá cantara outro tango de sons obscuros e que se retirara em cadeira de rodas. Seu interesse, então, não estava em repetir os desenhos da história, porque a história não se move, não fala, tudo nela já está dito. Queria, mais do que isso, recuperar uma cidade do passado que só ele conhecia e ir transfigurando-a no presente da cidade que levaria consigo quando morresse.

2.

Outubro de 2001

Com o passar dos dias, fui aprendendo que Buenos Aires, desenhada por seus dois sucessivos fundadores como um perfeito tabuleiro de damas, se transformara em um labirinto que existia não apenas no espaço, como todos, mas também no tempo. Não raro eu tentava ir a um lugar e não conseguia chegar, impedido por centenas de pessoas que agitavam cartazes protestando contra a falta de emprego e o corte nos salários. Uma tarde tentei atravessar a Diagonal Norte para chegar à rua Florida, e uma férrea muralha de manifestantes indignados, batendo bumbo, me obrigou a dar uma grande volta. Duas das mulheres levantaram as mãos como se me cumprimentassem, e respondi imitando o gesto. Devo ter feito alguma coisa que não devia, porque me deram uma cuspida da qual consegui desviar a tempo, e gritaram insultos que nunca tinha ouvido e que não sabia o que significavam: "Você é rato, é? É olheiro? Hein, seu boiola? Recebeu uma boa erva, né?". Uma mulher ameaçou me bater, mas foi contida. Duas horas mais tarde, voltando pela rua da Catedral, encontrei o mesmo grupo e temi o pior. Mas nesse momento pareciam cansados e nem repararam em mim.

O que acontece com as pessoas também acontece com os lugares: a cada momento mudam de humor, de gravidade, de linguagem. Uma das expressões comuns do habitante de Buenos Aires é "aqui não me acho", que equivale a dizer "aqui não sou eu". Poucos dias depois de chegar, visitei a casa localizada no número 994 da rua Maipú, onde Borges viveu por mais de quarenta anos, e tive a sensação de que já a conhecia ou, o que era pior, de que se tratava de um cenário condenado a desaparecer assim que eu virasse as costas. Bati algumas fotos e, quando as recolhi na revelação instantânea, percebi que o vestíbulo se transformara sutilmente e as lajotas do piso estavam dispostas de outra maneira.

O que me aconteceu com Julio Martel foi pior. Apesar do meu empenho, não consegui assistir a nenhuma de suas apresentações, que eram extravagantes e esporádicas. Alguém me indicou onde o cantor morava e passei horas à espera defronte ao endereço, até que o vi sair de casa. Era baixo, de pescoço curto, cabelo preto e espesso, endurecido por gel e fixador. Caminhava aos pulos, como um gafanhoto; talvez se apoiasse numa bengala. Tentei segui-lo num táxi, mas o perdi de vista perto da praça De los dos Congresos, numa esquina fechada por manifestações de professores. Tive a sensação de que, na Buenos Aires daqueles meses, os fios da realidade se moviam em descompasso com as pessoas e teciam um labirinto no qual ninguém encontrava nada nem ninguém.

O Tucumano me contou que algumas empresas de turismo organizavam passeios de uma ou duas horas para os europeus que desembarcavam no aeroporto de Ezeiza, em trânsito para as geleiras da Patagônia, as cataratas do Iguaçu ou as enseadas de Puerto Madryn, onde as baleias enlouqueciam durante seus partos fragorosos. Os ônibus muitas vezes se perdiam entre as ruínas do Camino Negro ou nos atoleiros de La Boca e levavam dias para reaparecer, sem que os passageiros recordassem o que os distraíra. Atordoam os gringos com todo tipo de iscas, disse o Tucumano. Uma das excursões percorre os grandes estádios de futebol simulando que é um dia de clássico. Arrebanham uma centena de turistas e vão do campo do River ao do Boca, e dali ao do Vélez, em Liniers. Em frente aos portões há vendedores de lingüiça, de camisetas, de bandeirolas, enquanto os alto-falantes do estádio reproduzem o rugido de uma multidão que não está lá, mas que os visitantes pressentem. Até já se escreveram crônicas sobre essas armações, disse o Tucumano, e eu me perguntei quem as teria escrito: Albert Camus, Bruce Chatwin, Naipaul, Madonna? Todos eles foram apresentados a uma Buenos Aires que não existe, ou só puderam ver a que já imaginavam de antemão. Também fazem excursões pelos frigoríficos, continuou o Tucumano, e outra de vinte pesos pelos cafés mais famosos. No fim da tarde, por volta das sete, levam turistas em trânsito para ver os da avenida de Maio, de San Telmo e de Barracas. No Tortoni, armam para eles umas cenas com jogadores de dados que rodopiam seus bozós de couro pelo ar e se ameaçam com facões. Ouvem cantores de tango no Querandí e no Progreso, da avenida Montes de Oca, conversam com escritores que estão trabalhando em seus notebooks. É tudo *fake*, pura fachada, como você pode imaginar.

O que eu ainda não sabia é que também havia uma excursão municipal dedicada à Buenos Aires de Borges, até que, num meiodia de novembro, vi os turistas chegarem à pensão da rua Garay num ônibus que nas laterais ostentava o logotipo berrante do McDonald's. Quase todos vinham da Islândia e da Dinamarca e estavam em trânsito para os lagos do sul, onde a paisagem talvez os surpreendesse menos que a solidão sem fim. Tinham um inglês gutural, que lhes permitia conversas intermitentes, como se a distância deixasse as palavras incompletas. Entendi que pagaram trinta dólares por um passeio que começava às nove da manhã e acabava pouco antes da uma da tarde. O folheto que lhes entregaram para se orientarem era uma folha de papel-jornal dobrada em quatro e cheia de anúncios de acompanhantes, casas de massagem e comprimidos que produziam euforia. Em meio a essa selva tipográfica, a duras penas se entreviam os pontos do itinerário, descritos num inglês distorcido pela sintaxe castelhana.

O primeiro ponto do périplo fora a casa natal de Borges, no número 840 da rua Tucumán, numa hora da manhã em que o trânsito de sábado é intrincado e impaciente. Lá a mulher que fazia as vezes de guia — uma moça miudinha, de coque e gestos de professora primária — lera às pressas o fragmento da *Autobiografía* que descrevia o casarão, "*a flat roof; a long, arched entranceway called a* zaguán; *a cistern, where we got our water; and two patios*". Quem sabe como os escandinavos imaginavam a cisterna, ou melhor, o poço, com a roldana no alto da qual pendia o balde para a água. Fosse como fosse, nada daquilo estava de pé. No terreno original da casa havia uma empresa com três nomes: Solar Natal, Café Literário e Fundación Internacional Jorge Luis Borges. A fachada era de vidro e permitia ver uma paisagem de mesas e cadeiras de ferro forjado, com almofadas de tecido cru e laços sobre os assentos. Ao fundo, no pátio descoberto, avistavam-se outras mesas com guarda-sóis e algumas bexigas coloridas, talvez os restos de uma festa infantil. Sobre a fachada se estendia, como uma venda, uma faixa pintada de rosa velho. À direita, no número 848, o prédio pertencente à Asociación Cristiana Femenina também reclamava seu direito de ser considerado sede natal. Exibia uma placa vistosa, de bronze, que denunciava as alterações na numeração da rua e sustentava que, desde 1899, os edifícios vinham deslocando-se do seu lugar primitivo e a rua inteira estava escorregando na ladeira do rio, embora este se encontrasse a pelo menos um quilômetro e meio.

O itinerário da excursão era parco. Censurava os arrabaldes de Palermo e de Pompeya, por onde Borges caminhara até o amanhecer quando aquelas paragens de repente acabavam em campo aberto, na imensidão de um horizonte vazio, depois de atravessar ruelas, tabacarias e chácaras. Omitia, sobretudo, o quarteirão de seu poema "Fundação mítica de Buenos Aires", onde o escritor vivera dos dois aos catorze anos, antes de a família se transferir para Genebra, e onde tivera a intuição, depois confirmada pelo filósofo idealista Francis Herbert Bradley, de que o tempo é uma incessante agonia do presente desintegrando-se no passado.

A mulher de coque informara aos viajantes que o ponto onde Buenos Aires foi fundada se encontra na praça de Maio, porque ali, em 11 de junho de 1580, o biscainho Juan de Garay plantou uma árvore da justiça e limpou o terreno com sua espada, cortando capim e junco em sinal de que tomava posse da cidade e do porto. Quarenta e quatro anos antes, o granadino Pedro de Mendoza fizera o mesmo no parque Lezama, outra praça situada meia légua ao sul, mas daquela vez a cidade fora saqueada e incendiada enquanto Mendoza agonizava de sífilis em seu navio.

Desde o nascimento de Buenos Aires, uma estranha sucessão de calamidades atormentou seus fundadores. Mendoza enfrentou dois motins da tripulação, uma de suas naus se perdeu e foi parar no Caribe, seus soldados morreram de fome e se entregaram à antropofagia e quase todos os fortes que deixou em seu percurso foram assolados por incêndios repentinos. Também Garay enfrentou rebeliões das guarnições de terra, mas a pior das rebeliões ocorreu em sua cabeça. Em 1581 partiu em busca da ilusória Cidade dos Césares, que imaginava em sonhos como uma ilha de gigantes defendida por dragões e grifos, em cujo centro se erguia um templo de ouro e carbúnculo que resplandecia na escuridão. Desceu mais de cem léguas pela costa ventruda da baía de Samborombón e pelo Atlântico Sul sem encontrar nenhum sinal do que imaginara. Ao voltar, não sabia mais se orientar na realidade e, para recuperar a razão, tinha de procurá-la nos sonhos. Em março de 1583, enquanto viajava num bergantim rumo a Carcarañá, ancorou já de noite num emaranhado de riachos e canais que parecia não ter saída. Decidiu acampar em terra firme e esperar a manhã com sua tripulação de cinqüenta espanhóis. Nunca a viu chegar. Uma vanguarda de guerreiros indígenas o atacou antes do amanhecer e o arrancou dos sonhos a golpes de lança.

Do casarão natal, os visitantes foram levados para a casa da rua Maipú, onde Borges morou num quarto monacal, separado do dormitório da mãe por uma divisória de madeira. Era uma cela tão pequena que nela mal cabiam a cama, o criado-mudo e uma mesa de trabalho. Examinar essa intimidade desvanecida não fazia parte da excursão. Permitia-se aos viajantes apenas uma breve parada diante do prédio e um percurso mais piedoso pela livraria La Ciudad, que ficava em frente, aonde Borges costumava ir de manhã para ditar os poemas que a cegueira não lhe permitia escrever.

Apesar da impaciência do trânsito, o passeio fora até então agradável. Perturbado apenas pela ira dos motoristas obrigados a parar atrás do ônibus e pelo inferno das buzinas que, em mais de uma ocasião, fizera Borges cogitar a mudança para um subúrbio silencioso. Até essa altura da manhã, pouco depois das dez horas, nada desconcertara os viajantes. Reconheciam os pontos do itinerário porque constavam, embora com menor detalhe, nos manuais escandinavos de turismo.

A primeira alteração na rotina ocorreu quando, por sugestão

da guia municipal, o grupo se aventurou a pé pela rua Florida, a partir de seu cruzamento com a rua Paraguay e seguindo o caminho que Borges percorria quase todos os dias para ir até a Biblioteca Nacional. Tudo era diferente do que indicavam os textos de trinta anos antes e até do que constava nos impecáveis manuais de Copenhague. A rua, que em fins do século XIX fora um passeio elegante e, mais tarde, durante a década de 1960, o espaço das vanguardas, da loucura, dos desafios à realidade e à ordem, era naquela manhã de sábado uma repetição dos barulhentos mercados ao ar livre da América Central. Centenas de camelôs estendiam cobertores e panos no centro do calçadão e sobre eles colocavam objetos tão inúteis quanto vistosos: lápis e pentes gigantescos, cintos retos e rígidos, chaleiras de louça com o bico virado para a asa, retratos a lápis totalmente diferentes do modelo.

Grete Amundsen, uma das turistas dinamarquesas, parou um instante para comprar uma cuia de madeira de cacto, que deixava a água quente vazar para fora assim que era vertida no recipiente. Enquanto examinava o objeto e admirava sua engenharia, que lhe lembrava o que lera sobre as mamas das baleias, Grete ficou no centro de uma roda que de repente se formou no calçadão, junto a um casal de dançarinos de tango. Como era a mais alta dos excursionistas — calculei, quando a vi, que media mais de um metro e oitenta —, pôde acompanhar assustada o que aconteceu, como se estivesse no camarote de um teatro. Teve a impressão de que havia entrado por engano em um sonho errado. Viu seus companheiros se afastando rua abaixo. Chamou-os com toda a força de seus pulmões, mas nenhum som podia superar o fragor daquela feira matinal. Viu três violinistas adentrarem a clareira onde estava aprisionada e os ouviu tocar uma melodia que não reconheceu. Os dançarinos de tango desenharam uma coreografia barroca, da qual Grete tentou fugir correndo de um lado para o outro, sem encontrar nenhuma brecha na multidão cada vez mais compacta. Por fim, alguém lhe deu passagem, mas apenas para deixá-la entalada dentro de uma segunda muralha humana. Abriu caminho a cotoveladas e pontapés e proferindo maldições das que só se entendia a palavra *fuck*. Já não via nem sinal de seus amigos. Tampouco reconhecia o lugar onde estava. Na refrega fora despojada de sua bolsa, mas não tinha coragem de voltar para procurá-la. Os mercadores que viu ao sair do tumulto eram os mesmos; a rua, no entanto, era subitamente outra. Numa sucessão idêntica à de poucos minutos, viu os panos abarrotados de pentes e cintos, de chaleiras e pingentes, assim como o vendedor de cuias, para quem o tempo parecia imóvel. "Florida?", perguntou-lhe, e o homem, erguendo o queixo, apontou para o letreiro acima de sua cabeça, no qual se podia ler, com toda a nitidez, Lavalle. "*Is not Florida?*", disse ela desconsolada. "Lavalle", informou o camelô. "O nome desta rua aqui é Lavalle." Grete sentiu que o mundo desaparecia. Era sua segunda manhã na cidade, até então se deixara levar de um lugar para o outro por guias prestativos, e não lembrava o nome do hotel. Panamericano, Interamericano, Sudamericano? Tudo soava igual. Ainda retinha no punho, amarrotado, o folheto com o itinerário da excursão. Foi um alívio aferrar-se àquelas palavras, entre as quais entendia apenas uma: Florida. Seguiu, no tosco mapa, o percurso de seus amigos: *Florida, Perú até México. Casa do Escritor. Ex-Biblioteca Nacional.* Talvez o ônibus com o logotipo do McDonald's os esperasse lá, na última parada. Viu passar, ao longe, uma lenta procissão de táxis. Na tarde anterior, soubera que em Buenos Aires há mais de trinta mil, e que quase todos os chofres tentam provar, na primeira oportunidade, que são dignos de um trabalho melhor. O que a levou do aeroporto até o hotel brindou-a com uma aula sobre supercondutividade, num inglês razoável; outro, à noite, criticou a idéia de pecado em *Temor e tremor*, de Kierkegaard, ou pelo menos foi o que Grete deduziu do título do livro e da contrariedade do motorista. A guia explicara-lhes que, embora ilustrados, alguns taxistas eram perigosos. Desviavam-se do caminho, arranjavam um cúmplice e depenavam os passageiros. Como distingui-los? Ninguém sabia. O mais seguro era apanhar o carro no momento em que outro passageiro estivesse desembarcando, mas isso dependia da sorte. A cidade estava cheia de táxis vazios.

Mesmo sabendo que não tinha dinheiro, Grete fez sinal para um taxista jovem, de cabelo emaranhado. Por onde você quer ir? Prefere o Bajo ou a 9 de Julho? Eram perguntas usuais para as quais ela já aprendera a resposta: "Por onde quiser. Ex-Biblouteca Nacional". Seus companheiros de excursão não podiam demorar mais do que uma hora. O itinerário era bem limitado. Qualquer um deles lhe emprestaria alguns pesos.

Enquanto o carro avançava, as avenidas iam ficando mais largas e o ar mais transparente, apesar de atravessado por sacos plásticos que levantavam súbito vôo. O rádio do táxi transmitia sem cessar ordens que evocavam uma cidade infinita, imensurável para Grete: "Federico espera em Rómulo Naón, 3873, segundo charlie, doze a quinze minutos. Kika na porta do Colegio del Pilar, perguntar por Kika, sete a dez minutos. Quem estiver perto de Práctico Poliza, em Barracas, evitar Congreso, alfa quatro, uma concentração de médicos interrompe o trânsito nas avenidas Rivadavia, Entre Ríos e Combate de los Pozos". E assim por diante. Passaram ao lado de uma solitária torre vermelha no centro de uma praça, junto a uma longa muralha que protegia um sem-fim de contêineres de aço. Mais além se abria um parque, com um prédio pesado e sombrio cuja fachada imitava o Reichstag berlinense, e depois a gigantesca escultura de uma flor metálica. Ao longe, à esquerda, uma torre maciça, sustentada por quatro colunas de Hércules, parecia ser o ponto de chegada.

Lá está. A biblioteca, anunciou o taxista.

Virou na rua Agüero, parou junto a uma escadaria de mármore e indicou a Grete que subisse por uma rampa até o vão sob a torre. Pode olhar o letreiro na entrada e confirmar o destino, disse.

Could you please wait just one minute?, pediu Grete.

No alto da rampa havia um terraço interrompido por uma pirâmide truncada, coroada por um exaustor. O fato de o ônibus do McDonald's não estar ali acentuava a sensação de vazio e deserção das coisas. Ela só percebia as coisas ausentes e, portanto, nem sequer percebia a si mesma. De um dos parapeitos do terraço observou os jardins em frente e as estátuas que interrompiam o horizonte. Era mesmo a biblioteca, a indicação era inequívoca. Contudo, sentia-se embargada por um sentimento de extravio. Em algum momento da manhã, talvez quando se deslocara, sem saber como, da rua Florida para a Lavalle, todos os pontos da cidade se embaralharam. Até os mapas que observara na tarde anterior eram confusos, porque o oeste correspondia invariavelmente ao norte e o centro estava junto à fronteira leste.

O taxista se aproximou sem que ela percebesse. Uma brisa leve agitava seus cabelos, agora ouriçados, eletrizados.

Olha lá, à esquerda, apontou ele.

Grete seguiu o rumo da mão.

Aquela estátua lá é a do papa João Paulo II, e a outra, ali pertinho da avenida, a de Evita Perón. Também tem um mapa do bairro, está vendo? La Recoleta, com o cemitério do lado.

Entendia os nomes: o papa, *the Pope*?, Evita. As imagens, porém, eram incongruentes com o lugar. Ambas estavam de costas para o prédio e para todos os seus significados. Seria mesmo aquela a biblioteca? Já estava se acostumando ao fato de as palavras estarem em um lugar e o que elas queriam dizer em qualquer outro.

Tentou explicar, por gestos, sua desorientação e seu desamparo. A linguagem era insuficiente para expor uma coisa tão simples, e os movimentos das mãos, mais do que esclarecer os fatos, tendiam a modificá-los. Uma voz animal teria sido mais clara: a emissão de sons não modulados que indicassem desespero, orfandade, perda. Ex-Biblouteca, repetia Grete. Ex, ex.

Mas isto aqui é a biblioteca, dizia o chofer. Não está vendo?

Duas horas mais tarde, às portas da pensão da rua Garay, enquanto contava a história a seus companheiros de excursão e eu a resumia para a zeladora e o Tucumano, Grete continuava sem saber em que momento os dois começaram a se entender. Foi como um súbito Pentecostes, disse: o dom de línguas baixou e os iluminou por dentro. Talvez ela tenha mostrado ao taxista alguma pedra de Roseta no mapa, talvez ele tenha percebido que a palavra Borges era a chave daqueles códigos e deduzido que a biblioteca procurada era a extinta e exânime, a ex, uma cidade sem livros que definhava no remoto sul de Buenos Aires. Ah, é a outra, dissera o jovem. Já levei alguns músicos para lá: levei violinos, clarinetas, violões, saxofones, fagotes, gente que está exorcizando o fantasma de Borges, porque ele, como você deve saber, era um cego musical, não sabia diferenciar Mozart de Haydn e detestava tango. Não detestava, disse eu, corrigindo Grete quando ela repetiu a sentença. Ele só achava que tinha sido deturpado pela imigração genovesa. Borges nem sequer gostava de Gardel, informara-lhe o taxista. Uma vez foi ao cinema para assistir a *Paixão e sangue*, de Josef von Sternberg, na época em que ofereciam números ao vivo entre as sessões. Gardel ia cantar nesse intervalo, e Borges, irritado, se levantou e foi embora. Isso é verdade: Gardel não lhe interessava, concordei com Grete. Teria preferido ouvir um daqueles cantadores que se desafiavam nas vendas dos arredores da cidade no início do século XX, mas quando Borges voltou de sua longa viagem à Europa, em 1921, já não restava nenhum que valesse a pena. Os naufrágios de Grete naquela manhã eram, agora, motivo de celebração. Do táxi tinha visto uma outra Buenos Aires: uma muralha de tijolos vermelhos atrás da qual se erguiam flores de mármore, compassos maçônicos, anjos com trombetas, aí está o labirinto dos mortos — dissera-lhe o jovem de cabelo emaranhado —, enterraram todo o passado da Argentina embaixo desse mar de cruzes, e, no entanto — contou Grete —, na entrada daquele cemitério havia duas árvores colossais, duas seringueiras saídas de algum brejo sem idade, desafiando o tempo e sobrevivendo à destruição e à desgraça, sobretudo porque as raízes se entrelaçavam no alto em busca da luz do céu, os céus da Escandinávia nunca eram tão diáfanos. Grete ainda o contemplava quando o táxi entrou por ruas sem graça e desembocou numa praça triangular rodeada por três ou quatro palácios copiados dos que se viam na avenue Foch, por favor pare um momento, pedira Grete, enquanto observava as luxuosas janelas, as calçadas sem ninguém, e acima o claro céu. Foi então que se lembrou de um romance de George Orwell, *Coming up for air*, que lera na adolescência, no qual um personagem chamado George Bowling descrevia a si mesmo com as seguintes palavras: "Sou gordo, mas magro por dentro. Vocês nunca pararam para pensar que existe um homem magro dentro de cada gordo, assim como existe uma estátua dentro de cada bloco de pedra?". Isto é Buenos Aires, pensou Grete naquele instante, e o repetiu mais tarde para nós: um delta de cidades abraçado por uma grande cidade, breves cidades anoréxicas dentro desta obesa majestade única que consente avenidas madrilenhas, e cafés catalães junto a viveiros napolitanos, e templetes dóricos, e mansões da Rive Droite, mas atrás de tudo isso — o taxista fizera questão de lhe dizer — estão o mercado atacadista, o mugido dos bois antes do sacrifício e o cheiro de bosta, ou seja, o fartum do campo, e também uma melancolia que não vem de lugar nenhum e sim daqui mesmo, da sensação de fim do mundo que a gente tem quando olha os mapas e vê como Buenos Aires está sozinha, como está fora de mão.

Quando entramos na avenida 9 de Julho e o obelisco apareceu na nossa frente, bem no centro, fiquei triste pensando que daqui a dois dias já vamos embora, disse Grete. Se eu pudesse nascer de novo, escolheria Buenos Aires e não arredaria pé daqui, mesmo que voltassem a me roubar a bolsa com cem pesos e a carteira de motorista de Helsingør, porque eu posso viver sem essas coisas, mas não sem a luz do céu que vi hoje de manhã.

Afinal chegara à Biblioteca Nacional de Borges, na rua México, quase ao mesmo tempo que seus exaustos companheiros. Também ali tiveram que se contentar com a fachada, inspirada no renascimento milanês. Quando a guia reuniu seu grupo na calçada oposta, entre lajotas quebradas e merda de cachorro, informou que o edifício, terminado em 1901, originalmente se destinara aos sorteios da loteria, e por isso tinha tantas ninfas aladas de olhos cegos, representando a sorte, e aqueles grandes globos de bronze. Para chegar às teias de aranha das estantes, subia-se por labirintos circulares que desembocavam, quando se sabia o caminho, em um corredor de teto baixo, contíguo a uma cúpula aberta sobre o abismo de livros. A sala de leitura tinha sido despojada de suas mesas e lâmpadas fazia mais de uma década, e o recinto agora era usado para os ensaios das orquestras sinfônicas. "Centro Nacional de Música", rezava o letreiro da entrada, junto aos portões desafiantes. No muro à direita havia uma pichação em preto, feita com spray: "A democracia dura o quanto dura a obediência". Isso é coisa de anarquista, disse a guia, com desprezo. Reparem que está assinada com um "A" dentro de um círculo.

Aquela foi a penúltima estação antes do desembarque no apart onde moro. De lá, o ônibus os levou por ruas esburacadas até um café, na esquina das ruas Chile e Tacuarí, onde — segundo a guia — Borges escrevera desesperadas cartas de amor para a mulher que recusava seus reiterados pedidos de casamento e que ele tentou seduzir, em vão, dedicando-lhe "O Aleph", enquanto a esperava sair do edifício onde morava para se aproximar dela, mesmo que fosse apenas com o olhar, *I miss you unceasingly*, dizia. A letra de forma, "minha letra de anão", desenhava linhas cada vez mais inclinadas para baixo, em sinal de tristeza ou devoção, Estela, Estela Canto, *when you read this I shall be finishing the story I promised you*. Borges só sabia expressar seu amor em um inglês exaltado e suspiroso, temendo manchar com seus sentimentos a língua do conto que estava escrevendo.

Sempre pensei que o personagem de Beatriz Viterbo, a mulher que morre no início de "O Aleph", era inspirado diretamente em Estela Canto, comentei com os escandinavos quando estavam reunidos no saguão. Durante os meses em que escreveu o conto, Borges lia Dante com fervor. Comprara os três pequenos volumes da tradução de Melville Anderson na edição bilíngüe da Oxford, e em algum momento deve ter sentido que Estela podia guiá-lo ao Paraíso assim como a memória de Beatriz, Beatrice, permitira que ele visse o Aleph. As duas já eram passado quando ele terminou o texto; as duas haviam sido cruéis, altivas, negligentes, desdenhosas, e às duas, à imaginária e à real, ele devia "as melhores e talvez as piores horas de minha vida", como escreveu em sua última carta a Estela.

Não sei até que ponto essas coisas podiam interessar aos turistas, que estavam ansiosos por ver — coisa impossível — o Aleph.

Antes de a visita guiada à pensão começar, o Tucumano me apanhou pelo braço e me puxou para o quartinho onde Enriqueta, a zeladora, guardava as chaves e o material de limpeza.

Se o Ale não é uma pessoa, que porra é essa, então?, perguntou-me com impaciência.

"O Aleph", expliquei-lhe, é um conto de Borges. E também, segundo o conto, é um ponto no espaço que contém todos os pontos, a história do universo num só lugar e instante.

Que esquisito. Um ponto.

Borges o descreve como uma pequena esfera irisada de luz ofuscante. Fica no fundo de um porão, quando se chega ao décimo nono degrau.

E esses caras vieram até aqui para ver isso?

É o que eles querem, mas o Aleph não existe.

Se é o que eles querem, temos que mostrar para eles.

Enriqueta estava me chamando, e tive que sair. No conto de Borges não se descreve a fachada da casa de Beatriz Viterbo, mas a guia tinha resolvido que era exatamente como a que podíamos ver, de pedra e granito, com um alto portão de ferro preto à esquerda de uma sacada, mais duas sacadas no andar de cima, uma ampla e curva, que correspondia ao meu quarto, e outra estreitíssima, quase da largura de uma janela, que sem dúvida devia ser a dos vizinhos escandalosos. A abarrotada saleta de que fala o conto ficava ao fundo do vestíbulo, e depois, num extremo do que fora a sala de jantar e agora era a recepção, abria-se o porão, ao qual se descia por uma íngreme escada de dezenove degraus.

Quando a casa foi transformada em pensão, o administrador mandou retirar o alçapão e instalar uma balaustrada junto à escada. Também mandou construir dois quartos com um pequeno banheiro no meio, ampliando o cubículo antes usado por Carlos Argentino Daneri como laboratório fotográfico. Duas janelas gradeadas no nível da rua deixavam entrar luz e ar. Desde 1970, disse Enriqueta, o porão sempre foi ocupado por don Sesostris Bonorino, um funcionário da Biblioteca Municipal de Montserrat, que não suporta visitas. Além disso, ninguém sabe que tenha amizades. Anos atrás, ele criava dois gatos encrenqueiros, altos e ágeis como cães pastores, que espantavam os ratos. Mas num dia de verão, ao sair para seus afazeres, ele deixou as janelas entreabertas e algum malvado jogou no porão um filé de pintado cheio de veneno. Vocês podem imaginar o que o pobre homem achou na volta: os gatos estavam sobre um colchão de papéis, estufados e endurecidos. Desde então ele passa o tempo escrevendo uma Enciclopédia Nacional que não consegue terminar. O chão e as paredes estão cobertos de fichas e anotações, e sabe Deus como ele faz para ir ao banheiro ou deitar, porque também tem fichas esparramadas sobre a cama. Até onde minha memória alcança, ninguém nunca limpou esse lugar.

E ele sozinho é o dono do Ale?, perguntou o Tucumano.

O Aleph não tem dono, respondi. Nunca foi visto por gente de verdade.

Bonorino o viu, sim, corrigiu-me Enriqueta. Às vezes copia nas fichas as coisas que lembra, mas eu acho que ele embaralha as histórias.

Grete e seus amigos insistiram em descer ao porão e comprovar se o Aleph irradiava alguma auréola ou sinal. Mas logo no terceiro degrau o acesso estava bloqueado pelas fichas de Bonorino. Uma turista esquimó idêntica a Björk ficou tão frustrada que se retirou para o ônibus sem querer ver mais nada.

As conversas na recepção, o relato de Grete e o breve passeio pelas ruínas da casa, na qual ainda conviviam fragmentos do velho assoalho de madeira junto com o cimento dominante e duas ou três molduras dos artesões originais, que Enriqueta usava agora como enfeites, mais as intermináveis perguntas sobre o Aleph, tudo havia demorado quase quarenta minutos em vez dos dez previstos no itinerário. A guia estava esperando com as mãos na cintura junto à porta da pensão, enquanto o chofer do ônibus incitava a partir com grosseiras buzinadas. O Tucumano me pediu que eu retivesse Grete para lhe perguntar se o grupo estava interessado em ver o Aleph.

Como é que eu vou lhe dizer isso?, protestei. O Aleph não existe. E, além do mais, tem o Bonorino.

Faz o que eu estou dizendo. Se eles querem ver o Ale, eu preparo o número para hoje à noite, às dez. Vai ser a quinze pesos por cabeça, pode avisar.

Resignei-me a obedecer. Grete quis saber se valia a pena, e eu respondi que não sabia. De qualquer modo, nessa noite já estariam ocupados, disse. Iriam levá-los para ouvir tangos no Casa Blanca e depois na Vuelta de Rocha, uma espécie de baía que se forma no Riachuelo, quase em sua desembocadura, onde esperavam que se apresentasse um cantor cujo nome mantinham em segredo.

Vai ver que é o Martel, insinuei.

Soltei a frase sabendo que isso era impossível, porque Martel não respondia a nenhuma lei afora a do mapa secreto que estava desenhando. Talvez a Vuelta de Rocha estivesse nesse mapa, pensei. Talvez ele só escolhesse lugares onde já havia uma história, ou onde estava para acontecer alguma. Enquanto eu não o ouvisse cantar, não teria como descobri-lo.

Eu só queria lembrar o que nunca vi, disse Martel naquela mesma tarde, como depois me contaria Alcira Villar, a mulher que se apaixonara por ele ao ouvi-lo cantar na livraria El Rufián e que não o abandonaria até a morte. Para Martel, recordar equivalia a invocar, disse-me Alcira, recuperar o que o passado punha fora do seu alcance, assim como fazia com as letras dos tangos perdidos.

Sem ser uma beleza, Alcira era incrivelmente atraente. Em mais de uma ocasião, quando nos encontramos para conversar no

Café La Paz, notei que os homens se viravam para olhá-la, tentando reter na memória a estranheza de seu rosto, que, no entanto, não tinha nada de especial exceto um feitiço diferente que obrigava os outros a parar. Era alta, morena, com uma basta cabeleira escura e olhos negros e inquisidores, como os de Sônia Braga em *O beijo da mulher-aranha*. Desde que a conheci, invejei sua voz, grave e segura de si, e seus longos dedos finos, que se moviam pausadamente, como que pedindo licença. Nunca me atrevi a lhe perguntar como ela pôde se apaixonar por Martel, que era quase um inválido sem o menor encanto. É espantosa a quantidade de mulheres que preferem uma conversa inteligente a uma musculatura sólida.

Além de sedutora, Alcira era sacrificada. Mesmo trabalhando de oito a dez horas por dia como pesquisadora freelancer para editores de livros técnicos e revistas de atualidades, ainda arrumava tempo para ser a devotada enfermeira de Martel, que se comportava — ela mesma me diria mais tarde — de maneira instável, infantil, às vezes implorando que não saísse do seu lado, e outras vezes, durante dias inteiros, sem lhe dar a menor atenção, como se ela fosse uma fatalidade.

Alcira tinha colaborado na coleta de dados para os livros e folhetos sobre o palácio de Águas da avenida Córdoba, cuja construção se completou em 1894. Pôde então se familiarizar com os detalhes da estrutura barroca, imaginada por arquitetos belgas, noruegueses e ingleses. O projeto exterior era de Olaf Boye — explicou —, um amigo de Ibsen que todas as tardes se encontrava com ele para jogar xadrez no Gran Café de Cristianía. Passavam horas sem se falar, e nos intervalos entre uma jogada e outra Boye completava os arabescos de seu ambicioso projeto enquanto Ibsen escrevia *Solness, o construtor*.

Naquela época, as obras de engenharia situadas em áreas residenciais não eram instaladas sem a cobertura de conjuntos escultóricos, para ocultar a feiúra das máquinas. Quanto mais complexo e utilitário fosse o interior, mais elaborado devia ser o exterior. Boye recebera a encomenda de revestir os canais, tanques e sifões que abasteceriam de água Buenos Aires com mosaicos calcários, cariátides de ferro fundido, placas de mármore, coroas de terracota, portas e janelas trabalhadas com tantas pregas e esmaltes que cada detalhe se tornava invisível na selva de cores e formas que carregavam a fachada. A função do edifício era cobrir de volutas o que havia dentro até que desaparecesse, mas a visão do exterior era tão inverossímil que os habitantes da cidade também acabaram esquecendo que aquele palácio, intacto por mais de um século, continuava a existir.

Alcira levou Martel em cadeira de rodas até a esquina das ruas Córdoba e Ayacucho, de onde pôde ver que uma das mansardas, a do extremo sudoeste, estava levemente inclinada, apenas alguns centímetros, talvez por distração do arquiteto ou porque o ângulo da rua produzisse uma ilusão dos sentidos. O céu, que permanecera claríssimo durante toda a manhã, às duas da tarde se fechava num cinza de chumbo. Das calçadas brotava uma névoa tênue, anunciando a garoa que cairia de uma hora para a outra, e era impossível saber — disse Alcira — se fazia frio ou calor, porque a umidade criava uma temperatura enganosa, que por momentos sufocava e minutos mais tarde doía nos ossos. Isso obrigava os habitantes de Buenos Aires a se vestir, não de acordo com o que os termômetros indicavam, mas segundo o que as estações de rádio e de televisão anunciavam de quando em quando como "sensação térmica", que dependia da pressão do barômetro e das intenções do vento.

Mesmo correndo o risco de tomar chuva, Martel insistiu em observar o palácio da calçada e ali ficou absorto durante dez ou quinze minutos, voltando-se para Alcira de vez em quando para lhe perguntar: Você tem certeza de que essa maravilha é só uma casca para esconder a água? Ao que ela respondia: Agora não tem mais água. Só restaram os tanques e as galerias da água de outros tempos.

Boye alterou o projeto centenas de vezes, contou-me Alcira, porque, à medida que a capital crescia, o governo mandava construir tanques e cubas de maior capacidade, o que exigia estruturas metálicas mais sólidas e alicerces mais profundos. Quanto mais água a distribuir, maior a pressão necessária, e por isso devia-se elevar a altura dos tanques numa cidade de perfeita lisura, cujo único declive eram as ribanceiras do Prata. Houve quem propusesse a Boye que descuidasse da harmonia do estilo e se contentasse com um palácio eclético, como tantos outros de Buenos Aires, mas o arquiteto exigiu que fossem respeitadas as rigorosas simetrias do Renascimento francês previstas nos planos originais.

Os representantes do estúdio Bateman, Parsons & Bateman, responsável pelas obras, continuavam a trançar e desmanchar os esqueletos de ferro das tubulações, numa corrida desenfreada contra a voraz expansão da cidade, quando Boye decidiu voltar para Cristianía. Da mesa que dividia com Ibsen no Gran Café, mandava o desenho das peças que comporiam a fachada através de correios que demoravam uma semana para chegar a Londres, onde eram aprovados, antes de seguir viagem para Buenos Aires. Como cada peça era desenhada em escala um para um, isto é, em tamanho natural, e encaixá-la no lugar errado podia ser desastroso para a simetria do conjunto, era preciso que o projetista — cujos croquis passaram de dois mil — tivesse a exatidão de um enxadrista que joga várias partidas simultâneas às cegas. Boye se preocupava não apenas com a beleza dos ornamentos, que representavam imagens vegetais, escudos das províncias argentinas e figuras da zoologia fantástica, mas também com os materiais de seu fabrico e a qualidade dos esmaltes. Às vezes era difícil seguir as indicações, que vinham escritas com letra muito pequena —

e em inglês — ao pé dos desenhos, porque o arquiteto se estendia em detalhes sobre os desenhos do mármore de Azul, a temperatura de cocção da cerâmica e os cinzéis com que deviam ser cortadas as peças de granito. Boye morreu de ataque cardíaco em meio a uma partida de xadrez, em 10 de outubro de 1892, quando ainda não havia completado os desenhos da mansarda sudoeste. O estúdio Bateman, Parsons & Bateman deixou os últimos detalhes a cargo de um de seus técnicos, mas um defeito no granito usado na base da torre sudoeste, somado à quebra das últimas 86 peças de terracota durante o transporte da Inglaterra, atrapalhou o bom andamento das obras e causou a quase imperceptível assimetria que Martel detectou na tarde de sua visita.

No piso superior do palácio, do lado da rua Riobamba, a empresa de águas tem um pequeno museu onde se exibem alguns dos desenhos de Boye, bem como os ejetores de cloro originais, as válvulas, trechos de tubulações, peças sanitárias de fins do século XIX e maquetes dos projetos municipais que tentaram, sem sucesso, transformar o palácio de Bateman e Boye em alguma coisa útil para Buenos Aires, mas ao mesmo tempo infiel a sua grandeza perdida. Como Martel estava interessado em observar até os menores vestígios daquele passado antes de adentrar as monstruosas galerias e tanques que ocupavam quase todo o interior do edifício, Alcira empurrou a cadeira de rodas pela rampa que desembocava no salão de entrada, onde os usuários continuavam pagando suas contas de água diante de uma fileira de guichês, ao fim da qual ficava o acesso ao museu.

Martel ficou fascinado com a louça quase translúcida dos sanitários e bidês, expostos em duas salas vizinhas, e com os esmaltes das molduras e placas de terracota expostas em pedestais de feltro, tão luminosos como no dia em que saíram do forno. Alguns desenhos de Boye estavam emoldurados, outros, conservados em rolos. Em dois deles havia apontamentos de Ibsen para o drama que estava escrevendo. Alcira copiara uma frase, *De tok av forbindingene uken etter*, que talvez significasse "Tiraram-lhe as vendas depois de uma semana", e anotações de xadrez indicando a situação das partidas ao serem interrompidas. A cada explicação de sua acompanhante, Martel respondia com a mesma frase: "Olha que coisa! A mesma mão que escreveu *Casa de bonecas*!".

Não era possível subir às galerias interiores em cadeira de rodas, e muito menos circular pelos estreitos corredores que davam para o grande pátio interno, cercado por 180 colunas de ferro fundido. Nenhum desses obstáculos intimidou o cantor, que parecia tomado por uma idéia fixa. "Eu preciso chegar lá, Alcirita", dizia. Talvez o alentasse a idéia de que as centenas de operários que trabalharam dezesseis horas por dia na construção do palácio, sem domingo nem pausa para o almoço, assoviavam ou cantarolavam nos andaimes os primeiros tangos da cidade, os verdadeiros, e depois os levavam aos prostíbulos e cortiços onde pernoitavam, porque desconheciam outra idéia da felicidade além daquela música entrecortada. Ou então, como pensava Alcira, era movido pela curiosidade de observar o pequeno tanque da esquina sudoeste, coroado pela clarabóia da mansarda, que tanto podia servir para armazenar água em tempos de extrema estiagem como para depositar canos sem préstimo. Depois de estudar os planos do palácio, o coronel Moori Koenig escolhera aquele cubículo para ocultar a múmia de Evita Perón em 1955, depois de tirá-la do embalsamador Pedro Ara, mas, na última hora, um impetuoso incêndio na vizinhança o impediu de realizar seu intento. Ali também se consumara, mais de cem anos antes, um crime tão atroz que ainda se falava dele em Buenos Aires, onde são tantos os crimes sem castigo.

Cada vez que Martel deixava a cadeira de rodas e tentava caminhar sobre muletas, corria o risco de distender um músculo e sofrer mais um de seus dolorosos derrames. Naquela tarde, porém, como era imperioso subir as sinuosas escadas de ferro para chegar aos tanques mais altos, armou-se de paciência e foi içando o peso de seu corpo de degrau em degrau, enquanto Alcira, atrás dele, levando as muletas, rezava para que não caísse em cima dela. De quando em quando, parava para descansar e, depois de algumas inspirações profundas, enfrentava o trecho seguinte, com as veias do pescoço saltadas e o peito de pombo quase rebentando sob a camisa. Sem dar ouvidos a Alcira, que repetidas vezes tentava dissuadi-lo, pensando que o tormento se repetiria na descida, o cantor seguia seu caminho como um possesso. Quando chegou ao topo, quase sem ar, desabou num dos ressaltos do ferro e ficou alguns minutos de olhos fechados, até que o sangue lhe voltou ao corpo. Mas, ao abri-los, o pasmo o deixou de novo sem fôlego. A visão superava as cenografias oníricas de Metrópolis. Gargantas de cerâmica, escoras, minúsculas persianas, válvulas, todo o recinto dava a impressão de ser o ninho de um animal monstruoso. Fazia muito tempo que a água desaparecera dos doze tanques distribuídos em três níveis, mas a lembrança da água ainda estava lá, com suas silenciosas metamorfoses ao entrar nos canos de bombeamento e as perigosas ondulações que a desfiguravam ao menor embate dos ventos. Sobretudo os tanques de reserva, instalados dentro das quatro mansardas, podiam cair quando o sudeste soprava forte, rompendo o sutil equilíbrio dos pilares, das chapas horizontais e das válvulas.

A água rosada do rio ia se transfigurando em sua passagem de um canal para o outro, desfazendo-se, nas eclusas, das urinas, dos sêmens, dos mexericos da cidade e do frenesi dos pássaros, purificando-se de seu passado de água selvagem, de seus venenos de vida, e voltando à transparência de sua origem até se enclaustrar naqueles tanques atravessados por serpentinas e vigas, mas viva, ainda que na lembrança, sempre viva, porque só ela, a água, sabia se orientar nos meandros daquele labirinto.

O pátio central, que Boye pensara reservar para banheiros públicos mas que a adiposidade da construção reduzira a um quadrado de trezentos metros de superfície, estava coberto de mosaicos calcários cujas extravagantes figuras imitavam obsessivamente a geometria dos caleidoscópios. A essa hora da tarde em que a luz das clarabóias caía em cheio, do chão subiam vapores de cores mais vivas que as do arco-íris, formando arcos e reverberações que se desmantelavam quando a caverna era estremecida pelo mais leve som. Martel foi até um dos peitoris que separavam os tanques do abismo e entoou *aaaaaaa*. As cores se agitaram enlouquecidas, e o eco dos metais adormecidos repetiu a vogal infinitas vezes: *aaaaaaaa*.

Então seu corpo se ergueu e ganhou uma estatura que parecia de outro ser, aprumado e elástico. Alcira chegou a acreditar que algum milagre lhe devolvera a saúde. O cabelo, que Martel sempre penteava com brilhantina, apertando-o e alisando-o para que se parecesse com o de seu ídolo Carlos Gardel, levantava-se rebelde e encrespado. Tinha o rosto transfigurado por uma expressão atônita que refletia a um só tempo beatitude e selvageria, como se o palácio o tivesse enfeitiçado.

Então o ouvi cantar uma canção de outro mundo — contou-me Alcira —, com uma voz que parecia conter milhares de outras vozes doídas. Devia ser um tango antediluviano, porque a sua linguagem era ainda menos inteligível que a de suas peças de repertório; pareciam mais faíscas fonéticas, sons ao léu que davam a entender sentimentos como mágoa, abandono, lamento pela felicidade perdida, saudades de casa, que só na voz de Martel ganhavam algum sentido. O que quer dizer *brenai, ayaúú, panísola*? Porque era mais ou menos isso que ele cantava. Senti que sobre aquela música caía não apenas um passado, mas todos os que a cidade tinha conhecido desde os tempos mais remotos, quando não passava de um capinzal inútil.

A canção durou de dois a três minutos. Martel estava exausto quando terminou, e a duras penas conseguiu se sentar no ressalto de ferro. Algo sutil se modificara no recinto. Os imensos tanques continuavam refletindo, já muito apagadas, as últimas ondas da voz, e a luz das clarabóias, ao acariciar os úmidos mosaicos do pátio, levantava figuras de fumaça que nunca se repetiam. Mas não eram essas as variações que chamaram a atenção de Alcira, e sim um inesperado despertar dos objetos. Estaria girando o carretel de alguma válvula? Seria possível que a rotina da água, interrompida desde 1915, se estivesse espreguiçando nas eclusas? Essas coisas nunca acontecem, pensou. No entanto, a porta do tanque da esquina sudoeste, selada pela ferrugem das dobradiças, estava agora entreaberta, e uma claridade leitosa delineava a fenda. O cantor se levantou, impelido por outro fluxo de energia, e se dirigiu para lá. Fingi que me apoiava nele para que ele se apoiasse em mim, contou-me Alcira meses mais tarde. Fui eu quem acabou de abrir a porta, disse. Um poderoso cheiro de morte e de umidade me cortou a respiração. Havia alguma coisa no tanque, mas não vimos nada. Era coberto por uma mansarda cenográfica, com duas clarabóias que deixavam entrar o sol das três da tarde. Do piso, brilhante como se nunca ninguém o tivesse tocado, brotava a mesma névoa que tínhamos visto em outras partes do palácio. Mas o silêncio ali era mais denso: tão absoluto que quase se podia tocar. Nem o Martel nem eu ousamos falar, embora os dois já pensássemos o que, ao sair do palácio, dissemos de viva voz: que a porta do tanque tinha sido aberta pelo fantasma da adolescente atormentada naquele buraco havia um século.

O desaparecimento de Felicitas Alcántara ocorreu no último meio-dia de 1899. Ela acabava de completar catorze anos, e sua beleza já era famosa desde antes da adolescência. Alta, de gestos preguiçosos, tinha uns olhos cambiantes e atônitos, que no ato envenenavam com um amor inevitável. Fora pedida em casamento várias vezes, mas seus pais achavam que só um príncipe era digno dela. No final do século XIX não chegavam príncipes a Buenos Aires. Ainda faltavam vinte e cinco anos para que aparecessem Umberto de Savóia, Edward de Windsor e o marajá de Kapurtala. Os Alcántara viviam, portanto, numa reclusão voluntária. Sua residência bourbonística, situada em San Isidro, às margens do rio da Prata, era ornamentada, assim como o palácio de Águas, por quatro torres revestidas de ardósia e casco de tartaruga. Eram tão ostentosas que nos dias claros podiam ser vistas das costas uruguaias.

Em 31 de dezembro, pouco depois da uma da tarde, Felicitas e suas quatro irmãzinhas se refrescavam nas águas amarelas do rio. As preceptoras da família as vigiavam em francês. Eram muitas e não conheciam os hábitos do país. Para matar o tempo, escreviam cartas para a família ou contavam-se desventuras de amor enquanto as meninas desapareciam de sua vista entre os juncos da praia. Da casa vinha o cheiro dos leitões e perus que estavam sendo assados para a ceia de Ano-Novo. No céu sem nuvens, os pássaros voavam em rajadas desordenadas, bicando uns aos outros. Uma das preceptoras comentou de passagem que, em seu povoado gascão, não havia pior presságio que a ira dos pássaros.

À uma e meia, as meninas deviam se recolher para dormir a sesta. Quando as chamaram, Felicitas não apareceu. Avistavam-se alguns veleiros no horizonte e bandos de borboletas sobre as águas lisas e calcinadas. As preceptoras passaram um bom tempo procurando em vão. Nem pensaram em afogamento, porque a garota era uma nadadora resistente que conhecia a fundo as manhas do rio. Passaram botes voltando dos mercados carregados de frutas e legumes e, da margem, as desesperadas mulheres lhes perguntaram aos gritos se tinham visto uma jovem distraída adentrando as águas. Ninguém lhes prestou atenção. Todos estavam comemorando o Ano-Novo desde cedo e remavam bêbados. Nisso se passaram quarenta e cinco minutos.

Essa perda de tempo foi fatal, porque Felicitas não apareceu naquele dia nem nos seguintes, e os pais sempre pensaram que, se tivessem sido avisados logo em seguida, teriam encontrado algum rastro da filha. Nem bem amanheceu o 1º de janeiro de 1900, várias patrulhas da polícia esquadrinharam a região, das ilhas do Tigre às barrancas de Belgrano, perturbando a paz do verão. As buscas foram comandadas pelo feroz coronel e delegado Ramón L. Falcón, que ganharia a fama em 1909, ao dispersar uma manifestação de protesto contra as fraudes eleitorais realizada na praça Lorea. No confronto morreram oito pessoas e outras dezessete ficaram gravemente feridas. Seis meses mais tarde, o jovem anarquista russo Simon Radowitzky, que por milagre escapara ileso, vingou-se do delegado aniquilando-o com uma bomba jogada contra sua carruagem. Radowitzky pagou seu crime com vinte e um anos de reclusão no presídio de Ushuaia. Falcón é hoje imortalizado por um monumento de mármore a dois quarteirões do local do atentado.

O delegado se notabilizava por seu faro e sua tenacidade. Nenhum dos casos a ele confiados havia ficado sem solução, até o desaparecimento de Felicitas Alcántara. Quando não dispunha de culpados, tratava de inventá-los. Mas desta vez carecia de suspeitos, de cadáver e até de um crime explicável. Existia apenas um motivo claríssimo que ninguém ousava mencionar: a perturbadora beleza da vítima. Alguns lancheiros pensavam ter visto, na tarde de fim de ano, um homem maduro, corpulento, de orelhas grandes e bigodes à Hindenburg, que, de um bote a remos, observava a praia através de binóculos. Um deles disse que o curioso tinha duas enormes verrugas ao lado do nariz, mas ninguém levou em conta esses sinais, pois coincidiam com as feições do próprio coronel Falcón.

Buenos Aires era então uma cidade tão esplêndida que Julet Huret, o correspondente de *Le Figaro*, escreveu ao desembarcar nela que lhe lembrava Londres por suas ruas estreitas cheias de bancos, Viena por suas carruagens de dois cavalos, Paris por suas calçadas largas e seus cafés com mesas no exterior. As avenidas do centro eram iluminadas com lâmpadas incandescentes que costumavam explodir à passagem dos transeuntes. Estavam sendo escavados túneis para os trens urbanos. Duas linhas de bondes elétricos circulavam da rua do Ministro Inglés até os portões de Palermo e da praça de Maio até a estação Retiro. Esses estrépitos abalavam os alicerces de algumas casas e faziam os moradores pensarem na iminência do fim do mundo. A capital abria as portas de seus palácios para os visitantes ilustres. O mais admirado era o de Águas, embora, segundo o poeta Rubén Darío, imitasse a imaginação doentia de Luís II da Baviera. Até 1903, o palácio careceu de vigias. Como o único tesouro do lugar eram as galerias de água e não havia risco de que alguém as roubasse, o governo considerava supérfluo qualquer gasto com a segurança do prédio. Só depois do sumiço de alguns adornos de terracota importados da Inglaterra é que se contratou um serviço de vigilância.

A água de Buenos Aires era puxada do rio por grandes sifões instalados a dois quilômetros da costa, na linha do bairro de Belgrano, e levada através de galerias subterrâneas até os depósitos de Palermo, onde se filtravam as fezes e se adicionavam sais e cloro. Depois da purificação, uma rede de tubulações a conduzia até o palácio da avenida Córdoba. O delegado Falcón mandou esvaziar as tubulações e sondá-las em busca de indícios, deixando as zonas mais pobres da cidade sem água naquele tórrido fevereiro de 1900.

Passaram-se meses sem notícias de Felicitas. Em meados de 1901, em frente ao portão dos Alcántara apareceram panfletos com mensagens insidiosas sobre o destino da vítima. Nenhuma fornecia a menor pista. "A Felicidade era virgem. Não é mais", dizia uma. E outra, mais cruel: "Comer a Felicitas custa um peso no puteiro da rua Junín, 2300". Esse endereço não existia.

O corpo da adolescente foi encontrado numa manhã de abril de 1901, quando o zelador do palácio de Águas foi limpar o apartamento reservado para sua família na ala sudoeste do palácio. A menina estava coberta por uma leve túnica de ervas do rio e tinha a boca cheia de cascalhos redondos que, ao cair ao chão, viraram pó. Contrariando as especulações das autoridades, ela continuava tão imaculada como no dia em que viera ao mundo. Seus olhos belíssimos estavam congelados numa expressão de espanto, e o único sinal de violência era um vergão escuro em volta do pescoço deixado pela corda de violão usada para estrangulá-la. Junto ao cadáver estavam os restos da fogueira que o assassino devia ter acendido e um lenço de linho finíssimo e cor já indefinida, no qual ainda estavam legíveis as iniciais RLF. A notícia perturbou profundamente o delegado Falcón, porque aquelas iniciais eram as suas próprias e se dava como certo que o lenço pertencia ao culpado. Até o fim de seus dias sustentou que o seqüestro e a morte de Felicitas Alcántara eram uma vingança contra ele, e aventou a hipótese impossível de que a menina tivesse sido levada de bote até o depósito de Palermo, enforcada lá mesmo e arrastada pelas tubulações até o palácio da rua Córdoba. Falcón nunca arriscou uma única palavra sobre os motivos do crime, tanto mais indecifráveis depois que o sexo e o dinheiro foram descartados.

Pouco depois que o corpo de Felicitas foi achado, os Alcántara venderam seus bens e se expatriaram para a França. Os vigilantes do palácio de Águas se negaram a ocupar o apartamento do quadrilátero sudoeste e preferiram a casa de chapas que o governo lhes ofereceu às margens do Riachuelo, em um dos locais mais insalubres da cidade. Em fins de 1915, o presidente da República em pessoa ordenou que as dependências malditas fossem interditadas, lacradas e suprimidas dos inventários municipais, razão pela qual todas as plantas do palácio posteriores a essa data mostram um vazio irregular, que continua sendo atribuído a um erro de construção. Na Argentina tem-se o hábito, já secular, de riscar da história todos os fatos que contradigam as idéias oficiais sobre a grandeza do país. Não existem heróis impuros nem guerras perdidas. Os livros canônicos do século XIX se orgulham do desaparecimento dos negros de Buenos Aires, sem levar em conta que, ainda nos registros de 1840, um quarto da população se declarava negra ou mulata. Com intenção semelhante, Borges escreveu em 1972 que as pessoas só se lembravam de Evita porque os jornais cometiam a besteira de continuar citando seu nome. É compreensível, portanto, que, apesar de a esquina sudoeste do palácio de Águas ser bem visível da rua, as pessoas negassem a existência do lugar.

O relato de Alcira me fez pensar que Evita e a menina Alcántara provocaram as mesmas resistências, uma por causa da beleza, outra por causa do poder. Na menina, a beleza era intolerável porque lhe dava poder; em Evita, o poder era intolerável porque lhe dava conhecimento. A existência das duas foi tão excessiva que, assim como os fatos inconvenientes da história, ambas ficaram sem lugar na verdade. Somente na ficção puderam encontrar o lugar que lhes correspondia, como sempre aconteceu na Argentina com as pessoas que têm a arrogância de existir demais.

3.

Novembro de 2001

A pensão era silenciosa de dia e barulhenta de noite, quando os inquilinos do quarto ao lado se pegavam em suas brigas intermináveis e a criançada abria o berreiro. Resignei-me, então, a escrever minha tese em outro lugar. Todo dia, da uma às seis da manhã, eu ocupava uma mesa do Café Británico, em frente ao parque Lezama. O local ficava a um passo de minha conturbada moradia e nunca fechava. Através das vidraças pintadas com letreiros floreados, eu às vezes me entretinha contemplando as sombras dos jardins em ruínas e os bancos agora ocupados por famílias de sem-teto. Num desses bancos, na primavera de 1944, Borges beijara Estela Canto pela primeira vez, depois de lhe mandar, na véspera, uma apaixonada carta de amor: *I am in Buenos Aires, I shall see you tonight, I shall see you tomorrow, I know we shall be happy together (happy and drifting and sometimes speechless and most gloriously silly)*, envergonhado, porém, de seu ardor incontrolável, "Estou em Buenos Aires, verei você esta noite, verei você amanhã, sei que seremos felizes juntos (felizes e dei-

xando-nos levar, e às vezes sem fala e gloriosissimamente bobos)".
Borges tinha então quarenta e cinco anos, mas exprimia seus sentimentos com terror e embaraço. Naquela noite, ele beijara Estela num dos bancos do parque e em seguida voltara a beijá-la e abraçá-la no anfiteatro que dava para a rua Brasil, defronte às cúpulas da igreja ortodoxa russa.

Hugo Wast, um escritor furiosamente católico que acabara de ser nomeado ministro da Justiça, decidiu censurar tudo o que o Vaticano considerava imoral — a começar pela própria idéia do sexo —, crente de que aí estava a origem da decadência argentina. Voltou sua sanha contra os tangos, cujos versos obscenos mandou trocar por outros mais castos, e lançou a polícia de Buenos Aires à caça dos namorados que se acariciavam na rua.

Borges e Estela foram presa fácil. No anfiteatro deserto, à luz do luar, suas silhuetas abraçadas eram um chamativo refletor. Um guarda da 14ª delegacia de repente apareceu diante deles, "como caído do céu", contaria depois Estela, e lhes pediu os documentos. Os dois tinham esquecido os papéis em casa. Foram detidos e levados ao pátio da delegacia, onde ficaram sentados junto com outros vadios até as três da madrugada.

Ouvi a história pela boca de Sesostris Bonorino, que sabia de certos detalhes ínfimos. Só mais tarde suspeitei qual era sua fonte. Ele sabia que naquela noite Estela levava na bolsa um maço de cigarros Condal e que ela fumou dois dos nove que lhe restavam; podia descrever o conteúdo dos bolsos do paletó de Borges, que ocultavam um lápis, duas balas, algumas notas de um peso, cor de ferrugem, e um papel no qual copiara um verso de Yeats: *I'm looking for the face I had/ Before the world was made* ("Procuro o rosto que era meu/ No mundo por nascer").

Uma noite, quando eu ia saindo para o Café Británico, ouvi alguém me chamar do porão. Bonorino estava ajoelhado no quarto ou quinto degrau da escada, colando fichas na balaustrada. Era atarracado e calvo como uma cebola, carecia de pescoço e tinha a cabeça tão afundada nos ombros que era difícil saber se estava carregando uma mochila ou se uma corcunda o deformava. Antes, ao vê-lo à luz do dia, também me impressionara o amarelo quase translúcido de sua pele. Parecia afável e me tratava com deferência, talvez porque eu estava de passagem e compartilhava sua paixão por livros. Queria que lhe emprestasse por algumas horas *Through the labyrinth*, o pesado volume editado por Prestel que eu levava na bagagem.

Não que eu precise ler o livro, pois já sei tudo o que ele diz, vangloriou-se. Só queria estudar as figuras.

Fiquei pasmo e por alguns segundos não soube o que dizer. Ninguém na pensão tinha visto o livro de Prestel, que continuava intocado dentro de minha mala. Também achava improvável que ele o tivesse lido, pois fazia menos de um ano que fora publicado em Londres e Nova York. Além do mais, ele pronunciava *"through"* com a fonética do castelhano. Cheguei a me perguntar se Enriqueta, quando limpava o quarto, também remexia nas minhas coisas.

Fico feliz de ter um vizinho que sabe falar inglês, soltei, em inglês. Por sua expressão indiferente, vi que não tinha entendido uma palavra.

Estou preparando uma enciclopédia nacional, respondeu. Se não se importar, gostaria que um dia me explicasse alguns métodos de trabalho anglo-saxões. Já me falaram muito do Oxford e do Webster, mas não estou habilitado para ler nenhum dos dois. Sei mais coisas do que um homem normal sabe na minha idade, mas o que aprendi é aquilo que ninguém ensina.

Então, para que o senhor quer o livro de Prestel? Os labirintos que ele mostra foram feitos para confundir, não para esclarecer.

Eu não teria tanta certeza. Para mim, são um caminho que

não permite voltar atrás, ou um modo de mover-se sem deixar o mesmo ponto. Ao ver a imagem de um labirinto, pensamos, erroneamente, que sua forma é dada pelas linhas que o desenham. É o contrário: a forma está nos espaços vazios entre essas linhas. Vai me emprestar o vade-mécum?

Claro, respondi. Amanhã mesmo o trago para o senhor.

Teria voltado a meu quarto para apanhá-lo, mas tinha marcado um encontro com o Tucumano no Británico à uma da manhã e já estava atrasado. Desde que tínhamos conhecido os escandinavos, meu amigo estava obcecado com a idéia de montar no porão uma exibição do Aleph para turistas, e para tanto teria que se livrar de Bonorino ou associar-se a ele. A empresa me parecia delirante, mas por fim fui eu mesmo quem achou a solução. O bibliotecário tinha mania pela ordem e notava qualquer mínima mudança na disposição das fichas. A partir do quinto degrau, os quadradinhos de cartolina, de tamanhos e cores desiguais, formavam uma teia cujo desenho só ele conhecia. Se alguém esbarrasse nelas, Bonorino armaria um escândalo e correria a chamar a polícia. O Tucumano tentara várias vezes se aproximar do porão, sem sucesso. Eu, em compensação, conseguira atrair o interesse do velho mostrando-lhe uma antologia que levava comigo, *Índice de la nueva poesía americana*, que incluía três poemas de Borges que só podem ser lidos nesse volume: "La guitarra", "La calle Serrano" e "Atardecer", além da primeira versão de "*Dulcia linquimus arva*". Imaginei que um erudito como Bonorino não resistiria à curiosidade de ver como Borges ia se desfazendo de impurezas retóricas ao passar de um rascunho a outro.

Esperei pelo Tucumano no salão reservado do café. Eu gostava de entrever dali o contorno das palmeiras e das tipuanas do parque Lezama e imaginar os grandes jarros de cimento de sua alameda central, sobre pedestais de gesso em que a deusa da fertilidade era representada em idênticos baixos-relevos. De madrugada, o lugar era hostil e ninguém tinha coragem de atravessá-lo. A mim já me bastava saber que ele estava do outro lado da rua. Naquele parque nascera Buenos Aires, e a partir de suas ladeiras se estendera pela terra chã, desafiando a fúria do sudeste e o barro voraz do rio. À noite, a umidade ali era mais sensível do que em outros lugares, e as pessoas sufocavam no verão e gelavam até os ossos no inverno. O Británico, no entanto, encontrara um jeito de ninguém notar isso.

Em meados de outubro, o tempo estava bom, e perdi muitas horas de trabalho ouvindo o garçom recordar a época de frenesi patriótico, durante a guerra das Malvinas, quando o café teve que se chamar "Tánico", e enumerar todas as vezes que Borges passara por ali para beber um cálice de xerez e que Ernesto Sabato se sentara à mesa que eu mesmo ocupava nesse momento para escrever as primeiras páginas de seu romance *Sobre heróis e tumbas*. Eu sabia que as histórias do garçom eram mitologias para estrangeiros, e que Sabato não tinha por que ir escrever tão longe, quando dispunha de um confortável escritório em Santos Lugares, fora dos limites da cidade, com uma farta biblioteca que podia consultar sempre que precisasse de inspiração. Por via das dúvidas, não voltei a essa mesa.

O Tucumano chegou com meia hora de atraso. Eu sempre carregava meu exemplar do *Índice* — pelo qual pagariam quinhentos dólares em qualquer sebo — e um par de livros de teoria pós-colonial com que pretendia analisar o conceito de nação nos tangos citados por Borges. Durante as primeiras horas da madrugada, no entanto, minha atenção voava para qualquer coisa, fossem os canecos de Quilmes Cristal ou as genebras duplas que os fregueses pediam, ou o ataque ao flanco do rei preto no tabuleiro de xadrez onde se batiam dois velhos solitários. Saí de minha abstração quando o Tucumano colocou diante dos meus olhos uma esfera do tamanho de uma bola de pingue-pongue, semelhante a um enfeite de Natal. Sua superfície era composta de minúsculos espelhos, alguns coloridos, que fulguravam ao reflexo da luz.

É mais ou menos assim o Ale, não?, disse, pavoneando-se.

Talvez fosse um bom chamariz para incautos. Certos detalhes batiam com a narração de Borges: era uma esfera cambiante, minúscula, mas seu brilho não era intolerável.

Mais ou menos, respondi. Turista engole qualquer bola.

Eu tentava lançar mão do léxico subterrâneo de Buenos Aires, mas o que o Tucumano usava com naturalidade a mim me atrapalhava. Às vezes, nas reflexões que escrevia para minha tese, deixava escapar algumas dessas palavras fugazes. Tratava de suprimi-las assim que as detectava, porque ao voltar a Manhattan já teria esquecido seu significado. A língua de Buenos Aires mudava tão rápido que primeiro apareciam as palavras e depois chegava a realidade, e as palavras continuavam quando a realidade já era passado.

Segundo o Tucumano, um eletricista podia iluminar a esfera por dentro ou, melhor ainda, apontar-lhe o feixe de luz de uma lâmpada halógena que lhe desse certa aparência espectral. Eu sugeri que, para acentuar o efeito dramático, ele tocasse a fita em que Borges, com sua voz vacilante, enumera o que se vê no Aleph. A idéia o entusiasmou:

Tá vendo, tigrão? Se não fosse pelo Sexostrix, a gente ganhava os tubos e arrebentava Buenos Aires.

Não conseguia me acostumar a que me chamasse de tigrão, mano, grande. Preferia os epítetos mais carinhosos que deixava escapar quando estávamos a sós. O que raras vezes acontecia, só quando eu implorava ou o enchia de presentes. Quase toda nossa intimidade era desperdiçada na discussão das estratégias para explorar o falso Aleph, que o Tucumano, não sei por quê, via como um negócio redondo.

Na noite seguinte, fui ao porão com o volume de Prestel. Em pé junto à balaustrada, Bonorino fazia anotações num caderno enorme, dos que costumavam ser usados como livro-caixa. Também o vi copiar algumas frases nas fichas coloridas, que estavam empilhadas no segundo e terceiro degraus: as verdes e retangulares à esquerda, as amarelas e rombóides no meio, as vermelhas e quadradas à direita. "Guardo aqui na mente", disse, "o trajeto do bonde Lacroze, de Constitución a Cabildo, em 1930. Os veículos deixavam a estação e seguiam por entre as casas sonolentas da zona sul, pelas ruas Santiago del Estero, Pozos e Entre Ríos. Só ao chegar ao bairro de Almagro se desviavam para o norte, então semeado de chácaras e baldios. Era outra cidade, e eu a vi."

Acompanhei admirado aquele alarde de erudição topográfica, enquanto Bonorino, lápis em punho, transcrevia febrilmente o itinerário. Pensei em verificar se tudo o que ele dizia estava correto. Tomei nota dos dados em um livro de John King que levava comigo: "Lacroze, linha 4. Bonor. diz que os bondes eram brancos com uma faixa verde". O bibliotecário despejava tudo o que sabia nas fichas, mas nunca consegui saber qual era seu critério de classificação, que dados correspondiam a que cor.

Durante alguns minutos, com o Prestel aberto, falei-lhe das intrincadas mandalas desenhadas no piso das catedrais francesas: Amiens, Mirepoix e principalmente Chartres. Ele me respondeu que mais apaixonantes eram as que tínhamos diante dos olhos e não víamos. Como a conversa ia durando mais do que eu calculara, tive a brilhante idéia de convidá-lo a tomar um chá no Británico, sabendo que ele nunca saía. Coçou a calva e me perguntou se eu não me importava de tomá-lo embaixo, em sua pequena cozinha.

Aceitei sem titubear, apesar de sentir uma rajada de culpa por atrasar minhas leituras daquela noite. Quando cheguei ao terceiro degrau do porão, percebi que era impossível continuar descendo. As fichas estavam esparramadas por toda parte, em uma ordem tão estranha que pareciam vivas e capazes de movimentos imperceptíveis. Por favor, espere eu apagar a luz, disse-me Bonorino. Embora a única lâmpada que iluminava a gruta fosse de vinte e cinco watts, para cúmulo empanada com cocô de mosca, bastava a ausência dessa luz para que as escadas desaparecessem. Senti que uma mão sem ossos me apanhava pelo cotovelo e me arrastava para baixo. Minto quando digo que me arrastava, porque na verdade flutuei, sem peso, enquanto ouvia a meu redor um crepitar que devia ser o das fichas afastando-se de mim.

A morada do bibliotecário era miserável. Como as janelas que davam ao rés da rua ficavam permanentemente fechadas desde o episódio dos gatos, o ar era quase irrespirável. Tenho certeza de que, se alguém tentasse acender um fósforo ali, a chama se apagaria no ato. Vi uma estante com dez ou doze livros, entre os quais distingui o dicionário de sinônimos da Sopena e uma biografia de Yrigoyen escrita por Manuel Gálvez. As paredes estavam cobertas de papéis sebosos, pregados uns sobre os outros como as folhas de um calendário. Ali distingui desenhos que copiavam à perfeição as entranhas de um Stradivarius, ou indicavam como a energia de alta voltagem é distribuída a partir de um núcleo de ferro, ou reproduziam uma máscara dos índios querandis e alfabetos que eu nunca vira nem imaginara. Pareciam fragmentos dispersos de um dicionário sem fim.

Observei a toca detidamente enquanto Bonorino se entretinha folheando o pesado volume de Prestel. Várias vezes o ouvi dizer, diante do desenho da cidade de Jericó circunscrita em um labirinto de muralhas e do misterioso labirinto sueco de Ytterholmen, esta frase que nada significa: "Se quero chegar ao centro, não devo me afastar da margem; se quero andar pela margem, não posso deixar o centro".

Além de abafado pela clausura, o porão estava coberto de

camadas de poeira que se levantavam em nuvens à menor agitação. Em um extremo, embaixo da janela, vi um catre ruinoso com uma coberta de cor indiscernível. Algumas camisas estavam penduradas em pregos nas poucas áreas que as fichas não tinham invadido; junto à cama, dois caixotes de frutas serviam, talvez, de bancos ou criados-mudos. O banheirinho, sem porta, constava de um vaso e uma pia, na qual Bonorino devia se abastecer de água, pois a cozinha, mais estreita que um armário, resumia-se a uma tábua e um fogareiro a gás.

A linguagem de Bonorino contradizia seu ascetismo: era floreada, elíptica e, acima de tudo, esquiva. Nunca obtive uma resposta direta às perguntas que lhe fiz. Quando tentei saber como ele tinha chegado à pensão, deu-me um longo sermão sobre a pobreza. A duras penas descobri que o dono anterior era um nobre búlgaro, artrítico, para quem Bonorino costumava ler, de tarde, os poucos romances que conseguia na biblioteca de Montserrat. Pude deduzi-lo de uma enxurrada de frases, dentre as quais só me lembro da seguinte, porque a anotei: "Tive de saltar das felonias de monsieur Danglars às de Caderousse e não me detive até que o inspetor Javert tombou no lodo do Sena". Perguntei-lhe se isso queria dizer que tinha lido, de uma sentada, *O conde de Monte Cristo* e *Os miseráveis*, façanha impossível até para um adolescente insone como eu, e me respondeu com outra charada: "O que é duro não perdura".

Enquanto conversávamos, notei que o chão ao pé do último degrau estava limpo e desimpedido e imaginei que Bonorino se deitava ali com freqüência, em decúbito dorsal, como manda o conto de Borges. Concluí que era assim que ele contemplava o Aleph e senti, confesso, uma inveja abjeta. Parecia-me injusto que aquele bibliotecário Quasímodo se tivesse apropriado de um objeto sobre o qual todo mundo tinha direito.

O chá que bebemos estava frio, e passados quinze minutos de

conversa eu já morria de tédio. Bonorino, ao contrário, falava com entusiasmo, como todas as pessoas solitárias. Com paciência, fui pinçando de sua verve caudalosa alguns dados que me interessavam. Assim descobri que ele nunca pagara um centavo pela cafua e que, portanto, seria fácil despejá-lo. Ninguém lhe disputava o porão, porque era um cubículo insalubre que só serviria para depósito de ferramentas e bebidas. Mas se nesse lugar persistia o Aleph, então valia mais que o edifício, mais que o quarteirão inteiro, e talvez tanto quanto Buenos Aires, pois continha tudo o que a cidade era e viria a ser. Contudo, embora eu tenha mencionado o conto de Borges várias vezes, Bonorino fugiu do assunto e preferiu elogiar as belezas da passagem Seaver, descrevendo sua ladeira suave, as casas com telhado de ardósia, as escadas que subiam até a rua Posadas. Propôs que fôssemos caminhar por lá qualquer dia, e não tive coragem de lhe dizer que a passagem tinha desaparecido décadas atrás, quando a avenida 9 de Julho fora prolongada até os paredões do Retiro.

Cheguei ao Café Británico às duas e meia da manhã. Devia haver umas seis ou sete mesas ocupadas, o dobro do normal a essa hora. Vi os habituais jogadores de xadrez, uma dupla de atores recém-saídos do teatro e um compositor de rock fracassado tocando acordes soltos no violão. Percebi que todos se movimentavam com ansiedade, como pássaros na iminência de um tremor de terra, mas naquele momento nem eu nem ninguém saberia dizer por quê.

Nessa noite não avancei quase nada na redação de minha tese e, quando vi que, além do mais, tudo estava saindo péssimo, tentei ler alguns livros sobre cultura subalterna, mas não conseguia me concentrar nem sequer para fichar os textos. A idéia de tirar Bonorino do caminho para que o Tucumano pudesse montar sua exibição do Aleph não me deixava em paz. Embora eu fizesse quase tudo o que o Tucumano me pedia, meu maior desejo, na verdade, era ter o porão para mim. Em meus instantes de sensatez, percebia que a existência do Aleph era ilusória. Tratava-se de uma ficção de Borges, que acontecia em um prédio demolido havia mais de meio século. "Estou enlouquecendo", pensei, "estou batendo pino." Espantava a idéia, e ela voltava a me rondar. Mesmo contrariando todo senso de realidade, eu acreditava que o Aleph estava ao pé do último degrau do porão e que, se me deitasse no chão em decúbito dorsal, poderia vê-lo como Bonorino o via. Sem o Aleph, o bibliotecário não poderia ter desenhado o ventre de um Stradivarius com tanta precisão nem relatado o instante em que Borges e Estela Canto se beijaram no parque Lezama. Era uma esfera indestrutível e fixa em um único ponto do universo. Se a pensão fosse atingida por um raio ou Buenos Aires desaparecesse, o ponto continuaria lá, talvez invisível para quem não soubesse vê-lo, mas nem por isso menos real. Borges conseguira esquecê-lo. A mim me atormentava incansavelmente.

Até então, meus dias haviam sido rotineiros e felizes. À tarde me sentava nos cafés e percorria os sebos; num deles consegui uma primeira edição de *Elderly Italian poets*, de Dante Gabriel Rossetti, por seis dólares, e o volume de Samuel Johnson sobre Shakespeare publicado pela Yale a um dólar e cinqüenta, porque a capa estava danificada. Já desde antes de eu chegar à Argentina, o desemprego vinha aumentando desenfreadamente e milhares de pessoas estavam liquidando seus bens e abandonando o país. Algumas bibliotecas centenárias eram vendidas por peso, e às vezes eram compradas por sebistas que não tinham idéia do seu valor.

Também gostava de ir ao Café El Gato Negro, na rua Corrientes, onde me amodorrava com o cheiro de orégano e de páprica, ou de me apoltronar junto à vidraça de El Foro para assistir ao desfile de rábulas com seu cortejo de escreventes. Aos sábados, preferia a calçada ensolarada de La Biela, defronte ao cemitério de La Recoleta, onde todas as frases felizes que pensei para a tese foram estropiadas pela intromissão dos mímicos e por medonhos espetáculos de tango no espaço aberto diante da igreja do Pilar.

Às vezes, lá pelas dez da noite, dava uma passada por La Brigada, em San Telmo. Em frente havia um mercado que fechava tarde e era velho como o século que acabara de passar. Sob as marquises da entrada estavam instaladas fileiras de bolivianas com seus vestidos coloridos vendendo sacos de misteriosas especiarias espalhadas sobre panos. Dentro, no dédalo de galerias, bancas de brinquedos se acotovelavam com armarinhos, como num mercado persa. O núcleo do quarteirão estava repleto de meias carcaças que pendiam de ganchos junto a montanhas de rins, tripas e chouriços. Em nenhum outro lugar do mundo as coisas conservaram tanto o sabor que tinham no passado quanto nesta Buenos Aires que, no entanto, já não era quase nada do que havia sido.

É sempre difícil achar uma mesa em La Brigada. Para provar que a carne é macia, os garçons a cortam com o canto da colher, e vale a pena fechar os olhos quando o primeiro pedaço toca a língua, porque assim a felicidade fende a memória e fica nela. Quando não queria jantar sozinho, eu procurava as mesas dos diretores de cinema, atores e poetas que se reuniam ali e pedia licença para acompanhá-los. Já aprendera a avaliar quando era oportuno fazê-lo e quando não.

Em novembro começou o calor. Até os moleques que andavam de um lado para o outro puxando carrinhos cheios de papelão velho, que depois vendiam a dez centavos o quilo, espantavam as tristezas da alma assoviando umas músicas tão boas que a gente podia deitar a cabeça nelas: as pobres crianças enfiavam a mão no bolso e só achavam o bom tempo, que lhes bastava para esquecer por um instante a bestial cama onde à noite não dormiriam.

Quando cheguei a La Brigada, vi um par de galãzinhos de televisão numa mesa junto à janela. Valeria estava com eles e, pelos desenhos que traçava numa folha de papel, deduzi que estava explicando os passos do tango. Eu não voltara a vê-la desde a noite de minha chegada, mas seu rosto era inesquecível, pois me lembrava minha avó materna. Cumprimentou-me com entusiasmo. Percebi que se entediava e estava esperando que algo ou alguém a resgatasse.

Os rapazes aqui têm que dançar num filme, amanhã, e nem sabem diferenciar uma rancheira de uma milonga, informou-me Valeria. Os dois assentiram, como se não tivessem ouvido o comentário.

Leva os dois a La Estrella, ou La Viruta, ou seja lá qual for o nome do lugar esta noite, respondi. Virei-me para os galãs e disse: Valeria é a melhor. Já a vi ensinar um japonês de pernas tortas. Às três da manhã, o sujeito dançava que nem Fred Astaire.

Ela é muito mais velha do que nós, comentou um deles, idiotamente. As mulheres mais velhas não me excitam, e aí não consigo aprender.

Mais velhos ou mais jovens, todos temos o mesmo tamanho na cama, respondi, copiando Somerset Maugham ou talvez Hemingway.

A conversa definhou, e durante alguns minutos Valeria tentou reanimá-la falando de O *pântano*, um filme argentino que lhe lembrava as histerias e negligências de sua própria família, e que por isso mesmo continuava a perturbá-la. Os galãzinhos, em compensação, tinham saído antes de o filme acabar: Graciela Borges atua como uma deusa, mas aquele monte de cachorros em todas as cenas é uma coisa insuportável, disseram. Não paravam de latir, e o cinema até fedia a merda de cachorro.

Preferiram O *filho da noiva*, que os fizera derramar rios de lágrimas. Eu não estava a par dos filmes mais recentes e não pude dar minha opinião. Gostava das obras maceradas pelo tempo. Tanto em Manhattan como em Buenos Aires, freqüentava salas de arte e cineclubes, onde conheci maravilhas das quais ninguém mais se lembrava. Numa pequena sala do teatro San Martín, assisti, num mesmo dia, a *La fuga*, uma jóia argentina de 1937 que durante seis décadas foi dada como perdida, e *Crónica de un niño solo*, que não ficava atrás de *Os incompreendidos*. Uma semana mais tarde, em um ciclo do Museu de Arte Latino-Americana, descobri um curta-metragem de 1961 chamado *Faena*, que mostrava os bois sendo derrubados a marretadas e em seguida esfolados vivos no matadouro. Então entendi o verdadeiro sentido da palavra barbárie, e durante uma semana não consegui pensar em outra coisa. Em Nova York, uma experiência como essa me converteria em vegetariano. Em Buenos Aires isso era impossível, pois, afora a carne, quase não há o que comer.

Pouco depois das onze, Valeria e seus alunos pediram a conta e se levantaram. Tinham que filmar logo ao amanhecer, e ainda precisavam treinar duas ou três horas. Quando se despediram, eu já não esperava mais nada daquela noite, mas um dos atorezinhos me surpreendeu:

A gente vai ter que ir até o cu do mundo sem dormir, velho. Até o mercado de Liniers, imagina. A filmagem estava marcada para o meio-dia, mas aí descobriram que o local já estava reservado. Um cantor aleijado nos passou para trás. Como é mesmo o nome do cara?, disse, estalando os dedos.

Martel, respondeu o outro galã.

Julio Martel?, perguntei.

Esse mesmo. Quem conhece esse fulano?

É um grande cantor, corrigiu Valeria. O melhor depois de Gardel.

Só se for para você, insistiu o atorzinho que não se excitava com ela. Ninguém entende o que ele canta.

A ansiedade não me deixou trabalhar nem dormir. Pela primeira vez a sorte me permitia saber de antemão o local onde Martel daria um de seus recitais privados. Depois de assistir a *Faena*, podia conjecturar por que ele escolhera o complexo do mercado, três pavilhões de dois andares, com uma sucessão de arcadas conventuais na frente, que começara a ser construído no dia da inauguração do palácio de Águas. No passado, o portão norte dava acesso às salas de matança e à antiga praça atacadista, onde logo ao amanhecer eram arrematados os bois destinados ao consumo. Em 1978, a ditadura fechou o matadouro e demoliu seu prédio. Nos quarenta hectares do terreno, foi construído um laboratório farmacêutico e um parque recreativo, mas o gado continuava chegando em carretas ao pavilhão contíguo, desembarcava nos currais e era vendido em lotes, por peso.

A rua do mercado mudara de nome muitas vezes, e cada qual a chamava como queria. No início do século XX, quando o lugar era conhecido como Chicago e os degoladores só usavam facas importadas dessa cidade-açougue, quem se aventurava por ali a chamava de rua Décima. Nos registros da paróquia, constava como San Fernando, em memória de um príncipe medieval que só comia carne bovina. Os arrematantes que se reuniam na esquina azul e rosa do bar Oviedo, bem defronte ao mercado, até havia pouco tempo continuavam a chamá-la de Tellier, em homenagem a Charles Tellier, um francês responsável pelo primeiro transporte de carne congelada através do Atlântico. Desde 1984, porém, chama-se Lisandro de la Torre, por causa do senador que desmascarou o monopólio dos frigoríficos.

Não existem mapas confiáveis de Buenos Aires, porque as ruas mudam de nome de uma semana para a outra. O que um mapa afirma, o outro nega. Os endereços orientam e ao mesmo tempo desnorteiam. Por medo de se perder, há quem não se afaste de casa mais que dez ou doze quarteirões em toda a vida. Enriqueta, a zeladora da minha pensão, por exemplo, nunca pôs os pés a oeste da avenida 9 de Julho. "Para quê?", perguntou-me. "Sabe Deus o que podia me acontecer."

Quando acabei de jantar em La Brigada, fui até o Café Británico sem passar por meu quarto, contrariando meu costume. Tinha pressa de passar a limpo minhas anotações sobre o filme *Faena* e ver se nos rituais do matadouro encontrava alguma explicação para a presença de Martel no mercado ao meio-dia seguinte. Segundo o curta, todas as manhãs sete mil bois e vitelas subiam uma rampa a caminho da morte. Vinham de vadear uma lagoa onde se banhavam parcialmente e de passar por entre jatos de mangueiras que completavam a limpeza. No alto da rampa, uma comporta se fechava atrás dos animais e os separava em grupos de três ou quatro. Então uma marretada brutal caía sobre o cachaço de cada um deles, descarregada por um homem de peito nu. Raras vezes ele errava o golpe. Os animais tombavam e quase no mesmo instante eram lançados de uma altura de dois metros sobre um piso de cimento. Que nenhum deles percebesse a iminência da morte era essencial para a delicadeza da carne. Quando um boi pressente o perigo, o terror enrijece seus músculos e sua carne se impregna de um sabor azedo.

À medida que as reses caíam da rampa, seis ou sete manejadores iam amarrando suas patas com uma corda de aço que encaixavam em um gancho enquanto um contrapeso as suspendia, de cabeça para baixo. Os movimentos tinham de ser rápidos e precisos: os animais ainda estavam vivos e, se acordavam, ofereciam uma louca resistência. Já pendurados, seguiam por um trilho à razão de duzentos por hora. Os degoladores os esperavam ao lado de um tanque, com as facas em riste: uma estocada certeira na jugular, e era só. O sangue jorrava aos borbotões numa calha onde iria coagulando para ser aproveitado. O que se seguia era atroz, e me parecia impensável que Martel quisesse cantar para esse passado. As reses eram esfoladas, abertas, despojadas de suas vísceras e entregues, já sem cabeça nem patas, aos retalhadores, que as dividiam ao meio ou em pedaços.

Era assim já em 1841, quando Esteban Echeverría escreveu "El matadero", o primeiro conto argentino, no qual a crueldade com o gado é uma réplica da bárbara crueldade exercida contra os homens no país. Embora o matadouro não fique mais nos fundos do mercado e hoje se encontre espalhado por dezenas de frigoríficos fora do perímetro urbano, os rituais do sacrifício não mudaram. Apenas foi acrescentado outro passo de dança, o aguilhão elétrico, que consiste numa vara munida de dois pólos de cobre por onde é dada uma descarga. Aplicando o instrumento no dorso dos animais, vai-se tocando o gado para as rampas de sacrifício. Em 1932, um delegado de polícia chamado Leopoldo Lugones, filho — e homônimo — do máximo poeta nacional, percebeu que o choque elétrico poderia ser útil para torturar seres humanos e mandou testá-lo no corpo dos presos políticos, escolhendo as partes moles onde a dor é mais insuportável: os genitais, as gengivas, o ânus, os mamilos, os ouvidos, as fossas nasais, na intenção de aniquilar todo pensamento ou desejo e de reduzir as vítimas a não-pessoas.

Listei esses detalhes na esperança de encontrar uma pista do que levava Martel a cantar em frente ao antigo matadouro, mas mesmo relendo a lista várias vezes não consegui ver nada. Alcira Villar teria dado a chave, mas eu ainda não a conhecia. Ela depois me diria que Martel tentava recuperar o passado tal como havia sido, sem as distorções da memória. Sabia que o passado se mantém intacto em algum lugar, não em forma de presente, mas de eternidade: o que foi e continua sendo amanhã ainda será o mesmo, algo como a Idéia Primordial de Platão ou os cristais de tempo de Bergson, embora o cantor nunca tivesse ouvido falar deles.

Segundo Alcira, o interesse de Martel pelas miragens do tempo começou no cinema Tita Merello, num dia de junho, quando assistiram juntos a dois filmes de Carlos Gardel rodados na França, *Melodía de arrabal* e *Luces de Buenos Aires*. Martel observara seu ídolo com tanta intensidade que por momentos sentiu — disse então — que ele era o outro. Nem mesmo a péssima projeção dos filmes o desiludira. Na solidão do cinema, num dueto em voz baixa com a voz da tela, cantou dois dos tangos: "Tomo y obligo" e "Silencio". Alcira não percebeu a menor diferença entre um cantor e outro. Quando o Martel imitava Gardel, ele *era Gardel*, disse. Quando se empenhava em ser ele mesmo, era melhor.

Reviram os dois filmes no dia seguinte na sessão da tarde e, ao sair, o cantor resolveu comprar as cópias em vídeo, que eram vendidas em uma loja na esquina da Corrientes com a Rodríguez Peña. Durante uma semana, só fez passá-los no televisor, dormir um pouco, comer alguma coisa, e voltar a assisti-los, contou-me Alcira. Pausava as cenas para observar a paisagem rural, os cafés da época, as vendas, os cassinos. Mas, quando entrava Gardel, ele o escutava embevecido, sem interrupções. Quando tudo acabou, disse que o passado dos filmes era um artifício. O timbre das vozes se conservava quase com a mesma nitidez que nas gravações restauradas em estúdio, mas o entorno era um papelão pintado, e, embora o que víamos fosse o mesmo papelão do dia da filmagem, o olhar aos poucos o degradava, como se no tempo houvesse uma irresistível força de gravidade. Nem então ele deixou de pensar, disse-me Alcira, que o passado estava intacto em algum lugar, talvez não na memória das pessoas, como poderíamos supor, mas fora de nós, num ponto incerto da realidade.

Eu não sabia de nada disso quando fui ao mercado de Liniers às onze da manhã, no dia seguinte a meu encontro com Valeria. Em meio a um mar de fios, junto a dois caminhões carregados de refletores e equipamentos de som, avistei os galãzinhos de La Brigada com sapatos de verniz e tacão. A filmagem tinha acabado, mas não fui falar com eles. O local estava iluminado pelo suave sol de novembro e, mesmo acusando os estragos da umidade e da velhice, ainda conservava sua severa beleza. Atrás das arcadas do mercado entreviam-se vestíbulos e escadas que levavam aos escritórios de um sindicato, a uma escola de cerâmica e à associação de moradores, enquanto em frente se anunciava um museu gauchesco, que não quis visitar. No centro, uma torre de vinte metros coroada por um relógio derramava sua sombra sobre o largo Del Resero, onde cresciam algumas tipuanas, como no parque Lezama.

Embora o movimento da rua àquela hora da manhã fosse frenético e os ônibus passassem lotados, deixando um rastro de sons asmáticos, o ar cheirava a boi, a bezerro e a capim fresco. Enquanto esperava o meio-dia, entrei no mercado. Uma intrincada rede de corredores circundava os currais. Apesar do adiantado da hora, duas mil cabeças de gado esperavam a vez de ser arrematadas. Naquelas galerias, os consignatários executavam um minueto inimitável, um de cujos passos era discutir os preços entre si ao mesmo tempo que traçavam hieróglifos em suas agendas eletrônicas, falavam ao celular e trocavam sinais com seus sócios, sem se atrapalhar nem perder o passo. A certa altura ouvi um sino catedralesco chamando para o leilão, enquanto os peões levavam o gado de um curral para o outro. Depois de ter visto *Faena*, saber o destino de cada um daqueles animais — um destino inevitável, embora ainda não tivesse acontecido — encheu-me de um insuportável desespero. Já estão na morte, pensei, mas só amanhã a morte vai alcançá-los. Qual a diferença para eles entre o não-ser de agora e o não-ser do dia seguinte? Qual a diferença entre o que sou agora e o que esta cidade vai fazer de mim: algo que está acontecendo comigo neste instante e que, como os bois prestes a ser sacrificados, não posso ver? O que Martel fará de mim enquanto faz outra coisa de si mesmo?

Faltava pouco para o meio-dia, e apertei o passo para chegar ao mercado ainda a tempo. Se o cantor queria o lugar só para ele, talvez fosse acompanhado por uma orquestra. O barulho dos caminhões e dos ônibus abafaria sua voz, mas eu estaria bem ao lado para ouvi-la. Iria bebê-la, se fosse preciso. Já então ele só se deslocava em cadeira de rodas e não podia ficar mais de uma hora num local: sofria de convulsões ou desmaios, seus esfíncteres se descontrolavam.

Às quinze para a uma, no entanto, ele ainda não tinha chegado. Os cheiros de comida da vizinhança convergiam sobre o largo Del Resero e me atiçavam a fome. Estava sem dormir e em toda a noite havia tomado apenas dois cafés no Británico. Da esquina do bar Oviedo saíam empregados de escritório e matronas com pacotes de comida, e tive a tentação de atravessar a rua e também comprar alguma coisa para mim. Sentia uma leve tontura e daria tudo por um prato de comida, embora na verdade duvidasse que conseguiria comer direito. Estava ansioso, com uma angústia inexplicável, e o vago pressentimento de que Martel não apareceria.

De fato, nunca o vi chegar. Fui embora por volta das duas e meia. Queria sumir do mercado, sumir de Mataderos e também do mundo. Um ônibus me deixou a poucas quadras da pensão, junto a uma tasca onde me serviram uma infame sopa de macarrão. Cheguei a meu quarto pouco antes das cinco, desabei na cama e dormi até o dia seguinte.

Quando aludia a um lugar, Martel nunca era literal, mas toda vez eu me enganava pensando o contrário. Se os galãzinhos de La Brigada tivessem dito que ele ia evocar as escravas brancas da Zwi Migdal, eu o teria procurado em qualquer um dos prostíbulos que essa sociedade de rufiães administrara perto das ruas Junín e Tucumán, no quarteirão agora purificado por livrarias, videolocadoras e distribuidoras de cinema. Jamais pensaria, por exemplo, em ir à esquina da avenida Libertador com a Billinghurst, onde no começo do século XX havia um café clandestino, com um tablado ao fundo, onde as mulheres trazidas como gado da Polônia e da França eram vendidas ao melhor lance. E muito menos teria imaginado que Martel poderia cantar no casarão da avenida De los Corrales onde, em 1977, a ex-prostituta Violeta Miller mandara sua enfermeira Catalina Godel para a morte.

Eu o esperei no largo Del Resero e não o vi, porque ele estava dentro de um automóvel parado na esquina do pavilhão sul do mercado, junto com o violonista Tulio Sabadell.

Só em fins de janeiro, quando já estava deixando Buenos Aires, eu soube o que aconteceu. Alcira Villar então me contou que naquela manhã o cantor vomitara sangue. Ao medir sua pressão, viu que estava baixíssima. Tentou dissuadi-lo de sair, mas ele não cedeu. Estava pálido, com dores nas articulações e a barriga inchada. Quando o colocamos no carro, pensei que nunca chegaríamos, disse-me Alcira. Mas dali a quinze minutos se recuperou. Às vezes a doença se escondia dentro de seu corpo, como um gato assustado, e às vezes saía mostrando os dentes. Também Martel era pego de surpresa, mas ele sabia aquietá-la e até fingir que não existia.

Íamos naquela manhã pela linha expressa de Ezeiza, continuou Alcira, e, pouco antes de pegarmos a avenida General Paz, suas dores passaram tão sem aviso como apareceram. Então pediu que parássemos para comprar um buquê de camélias e me disse que, depois de assistir aos filmes de Gardel, tinha decidido cantar alguns tangos dos anos 30. Nos dias anteriores tinha ensaiado "Margarita Gauthier", o mesmo que sua mãe entoava ao lavar roupa — "Era um gesto reflexo", dissera-lhe Martel. "Começava a esfregar as camisas, e o tango se instalava em seu corpo sem ser chamado" —, mas nessa manhã queria começar seu recital privado com "Volver", de Gardel e Le Pera.

O Sabadell e eu ficamos surpresos, disse Alcira, quando ele rompeu a cantar no carro, com voz de barítono, uma estrofe de "Volver" que refletia, ou pelo menos eu achava, seu conflito com o tempo: *Tengo miedo del encuentro/ con el pasado que vuelve/ a enfrentarse con mi vida.* O mais estranho foi que ele repetiu a melodia em clave de fá, com voz de baixo profundo, para em seguida, quase sem transição, cantá-la como tenor. Nunca o tinha ouvido deslocar a voz de um registro ao outro, porque o Martel era um tenor natural, e nunca voltou a fazer isso na minha presença. Estava muito atento às nossas reações, principalmente às do Sabadell, que o olhava incrédulo. Eu só lembro da minha admiração, porque a passagem de uma voz para outra, longe de ser brusca, era quase imperceptível, e até agora não sei como ele fez isso.

Antes de chegarmos à avenida De los Corrales, contou-me Alcira, o Martel foi tomado por um desses humores sombrios que tanto me inquietavam, e ficou em silêncio, com os olhos fixos no nada. Ao passar por uma casa com sacadas, que parecia desabitada e cujo único ornamento eram as ruínas de um telhado de vidro, o motorista procurou estacionar, talvez obedecendo a uma ordem que o Sabadell e eu desconhecíamos. Só então Martel saiu de sua letargia e lhe pediu que seguisse direto até o largo Del Resero.

Não descemos do carro, disse Alcira. O Martel pediu para o Sabadell depositar o ramo de camélias junto à entrada de um ambulatório, no pavilhão sul, e ficar ao lado por um momento, olhando para que ninguém o levasse. Enquanto isso, permaneceu de cabeça baixa, sem dizer uma palavra. Ao redor de nós desfilavam enormes caminhões, ônibus e motocicletas, mas a vontade de silêncio do Martel era tão profunda e dominante que não me lembro de ter ouvido nada, e só guardei as sombras fugazes dos veículos, e a figura do Sabadell, que parecia nu sem seu violão.

Dois meses mais tarde, durante uma de nossas longas conversas no Café La Paz, Alcira me contou quem era Violeta Miller e por que Martel resolvera deixar as camélias no local do assassinato de Catalina Godel.

Duvido que você tenha ouvido falar da Zwi Migdal, disse-me então. No início do século XX, quase todos os bordéis de Buenos Aires dependiam dessa máfia de cafetões judeus. Os emissários da Migdal percorriam as aldeias miseráveis da Polônia, Galícia, Bessarábia e Ucrânia, em busca de garotas também judias que iam seduzindo com falsas promessas de casamento. Em alguns casos, chegaram a ser celebradas cerimônias ilusórias numa sinagoga onde tudo era fraude: o rabino e os dez obrigatórios partícipes do *minyan*. Depois de uma iniciação brutal, as vítimas eram confinadas em prostíbulos onde trabalhavam de catorze a dezesseis horas por dia, até seus corpos se reduzirem a escombros.

Violeta Miller foi uma dessas mulheres, contou-me Alcira. Terceira filha de um alfaiate dos subúrbios de Lodz, analfabeta e sem dote, ao sair da sinagoga numa manhã de 1914 aceitou a companhia de um comerciante de boas maneiras que a visitou mais duas vezes e na terceira a pediu em casamento. O que a garota pensou ser o cúmulo da felicidade na verdade era o início de sua perdição. No navio, durante a viagem de bodas para Buenos Aires, soube que o marido levava mais sete esposas a bordo, e que o destino de todas elas eram os bordéis argentinos.

Na mesma noite da chegada, foi leiloada num lote que incluía mais seis polacas. Vestida de colegial, subiu ao tablado do Café Parisién. Alguém lhe ordenou que, se lhe perguntassem a idade em ídiche, levantasse as mãos e mostrasse os dedos indicando que tinha doze anos. Na verdade, já completara quinze, mas não tinha seios nem pêlos e tinha menstruado pouquíssimas vezes, a intervalos irregulares.

O proxeneta que a comprou capitaneava um bordel com uma dúzia de meninas. Deflorou Violeta sem o menor preâmbulo e, ao amanhecer, quando ouviu seus lamentos, silenciou-a a chicotadas que levaram uma semana para cicatrizar. Assim, chagada e dolorida, foi obrigada a servir das quatro da tarde até o amanhecer seguinte, saciando estivadores e escriturários que lhe falavam em línguas incompreensíveis. Tentou fugir, mas foi apanhada a poucos metros da casa. O rufião a castigou queimando-lhe as costas com um ferro de marcar gado. Sofrer todas as dores de uma vez é preferível a este purgatório em que estou ardendo em vida, pensou Violeta, e decidiu jejuar até a extenuação. Agüentou uma semana bebendo apenas um copo de água, e teria resistido até a morte se as cafetinas que tomavam conta dela não lhe tivessem mostrado uma caixa de papelão com a orelha de outra pupila fugitiva, advertindo-lhe que, se insistisse, iriam deixá-la sem olhos para que não tivesse como se defender.

Durante cinco anos, Violeta viveu de bordel em bordel. Morava em Buenos Aires sem saber como era a cidade: em seu quarto sempre havia uma lâmpada acesa para que não distinguisse a noite do dia. A miudeza de seu corpo atraía um sem-número de clientes pervertidos, que a julgavam impúbere e confundiam sua apatia com inexperiência. No final do verão de 1920, contraiu umas febres recorrentes que a prostraram durante meses. Talvez tivesse morrido se um pedreiro também polonês, a quem Violeta confiara a história de suas desgraças, não aproveitasse suas visitas para lhe entregar às escondidas frasquinhos de glicose e emplastros febrífugos. Dois meses mais tarde, quando a coitada ainda estava convalescente, uma de suas colegas de infortúnio lhe contou que logo seria posta à venda, mais uma vez. Era uma notícia terrível, pois tinha o corpo estropiado pelas febres e pelo uso, e no

Chaco, onde as infelizes como ela iam terminar a vida, trabalhava-se até os esfíncteres rebentarem.

Durante os cinco anos e meio de seu martírio, Violeta conseguira poupar o dinheiro das gorjetas, centavo a centavo. Juntou duzentos e cinqüenta pesos, a quinta parte do que haviam pagado por ela no primeiro leilão, e, valendo o nada que agora valia, poderia muito bem comprar a si mesma. Mas isso era impossível, porque as mulheres só eram negociadas entre gente do ramo. Desesperada, perguntou ao pedreiro se algum de seus conhecidos se disporia a passar por cafetão. Teria de ser alguém corajoso. Depois de muitas gestões, um ator de circo aceitou representar o papel. Apresentou-se como italiano, falou em um imaginário bordel na Ilha Grande de Chiloé, e fechou o negócio em menos de meia hora. Uma semana mais tarde, Violeta estava livre.

Viajou em trens de carga até o noroeste da Argentina. Ficava poucos meses em qualquer vilarejo morto, trabalhando como doméstica ou balconista, e, quando temia que descobrissem seu rastro, fugia para outro lugar. Na travessia, aprendeu o alfabeto e o catecismo da religião católica. Ao final do terceiro inverno, aportou em Catamarca. Aí se sentiu a salvo e resolveu ficar. Hospedou-se no melhor hotel da cidade e em duas semanas gastou quase todas as economias que levava. Não foi problema, porque a essa altura já havia seduzido o gerente do hotel e o tesoureiro do banco da província. Ambos eram tementes a Deus e à esposa, e Violeta conseguiu deles mais do que podiam dar: o primeiro bancou a hospedagem por todo o tempo que ela quis, o outro lhe concedeu dois empréstimos a juros baixos e a apresentou às damas do Apostolado da Oração, que se reuniam às sextas-feiras para rezar o terço. Decidida a recuperar a qualquer custo a felicidade e o respeito perdidos em sua vida de puta forçada, Violeta abriu-lhes o coração. Contou-lhes que nascera judia, mas que seu maior desejo, desde menina, era receber a luz de Cristo. As damas convenceram o bispo a batizá-la e foram suas madrinhas na cerimônia.

Catamarca era uma cidade devota de Nossa Senhora do Vale, e Violeta valeu-se de suas relações para abrir um comércio de objetos religiosos, onde vendia medalhinhas abençoadas por Roma, imagens da Virgem para as escolas, ex-votos para os doentes curados por milagre e indulgências plenárias para os moribundos. Os promesseiros vinham dos lugares mais remotos, e esse tráfego incessante fez dela uma mulher riquíssima. Era generosa com a Igreja, mantinha um restaurante para pobres e toda primeira sexta-feira do mês doava brinquedos para o hospital infantil. Sua miudeza, que tanto a fizera sofrer nos prostíbulos, em Catamarca era vista como sinal de distinção. Recebeu várias propostas de casamento, todas recusadas com delicadeza. Estava comprometida com Nosso Senhor, disse a seus pretendentes, e a Ele oferecera sua castidade. Em parte, era verdade: jamais se interessara pelo sexo, muito menos depois de tanto fazê-lo à força. Odiava o suor acre e a violência dos machos. Odiava o gênero humano. Às vezes também odiava a si mesma.

Assim viveu por mais de quarenta e cinco anos. Com uma felicidade que não podia revelar, leu que os chefes da Zwi Migdal foram caindo um a um graças à denúncia de uma pupila destemida, e enviou medalhas de Nossa Senhora ao delegado e ao juiz que mandaram os mafiosos para a prisão.

Nunca soube uma palavra de suas irmãs, que imaginou assassinadas em algum campo de concentração, nunca quis voltar a Lodz, nem sequer aceitou assistir aos poucos filmes sobre o Holocausto exibidos em Catamarca. A única coisa de que sentia saudade era a Buenos Aires que não lhe permitiram conhecer.

Ao completar setenta anos, decidiu morrer como uma dama de respeito na cidade onde só havia sido escrava. Numa de suas raras viagens à capital, comprou um terreno no bairro de Mataderos, na avenida De los Corrales. Encomendou a um renomado escritório de arquitetura a construção de uma casa idêntica às que invejara na Lodz de sua adolescência, com uma sala de jantar para catorze convidados, um dormitório com guarda-roupa de parede a parede, banheiras de mármore onde cabia sem se encolher e uma biblioteca com estantes até o teto, repletas de volumes encadernados que escolheu pela vivacidade das cores e pelo tamanho uniforme. Quando a casa ficou pronta, mudou-se para Buenos Aires sem se despedir de ninguém.

Como em seus passeios pelos vales de Catamarca tomara gosto por observar as constelações, quis que todos os quartos da nova casa tivessem teto de vidro blindado, o que obrigou os arquitetos a desenhar um trapezóide com um complicado sistema de escoamento e finíssimas membranas de impermeabilização, mais dispositivos elétricos que permitiam abrir partes do teto nos dias claros e tapar a luz ao amanhecer.

O maior dos luxos, porém, foi uma plataforma de mármore que se erguia à direita da sala de jantar, junto ao hall de entrada, cercada de balaústres entalhados, sobre a qual mandou instalar um telescópio de astrônomo e uma poltrona que se ajustava como um vestido a seu pequeno corpo. Subia-se à plataforma em um elevador-gaiola acionado por um maquinário que sobressaía do teto, coberto por um arco Tudor pintado de verde.

Em Buenos Aires, voltou à religião de seus antepassados. Passou a freqüentar a sinagoga todas as sextas-feiras à tarde, aprendeu a ler em hebraico e mandou escrever com a mais elegante caligrafia uma *ketubá* que certificava seu falso casamento de meio século atrás. Colocou-lhe uma moldura de bronze com símbolos em relevo das quatro estações e a pendurou no lugar mais visível da sala. Junto a cada uma das portas da casa, pregou uma *mezuzá* de ouro, com o nome do Todo-Poderoso e versículos do Deuteronômio.

A solidão, no entanto, não lhe dava trégua. Alcira me contou que duas mulheres se revezavam na limpeza da casa, mas as duas lhe roubaram cortes de seda e tentaram arrombar o cofre onde guardava suas jóias. Em 1975, ouviam-se tiroteios quase todas as noites, e a televisão falava em ataques guerrilheiros aos quartéis. Violeta sentiu alívio quando soube que os militares tinham tomado o governo e estavam capturando todos os que se opunham a eles. Sua calma durou pouco. No final do outono de 1978, sofreu duas quedas ao sair do banheiro e foi acometida de fortes acessos de asma. O médico exigiu que depusesse sua desconfiança e contratasse uma enfermeira.

Entrevistou quinze candidatas que a desagradaram, ou porque comiam demais, ou porque a tratavam como a uma criança retardada, ou porque queriam duas folgas semanais. Em compensação, a última, que apareceu quando ela já ia perdendo as esperanças, superou suas expectativas: era diligente, calada, e parecia tão ansiosa por servir que preferia — disse — sair da casa apenas o imprescindível: uma vez a cada quinze dias para fazer as compras. Trouxera cartas de apresentação imbatíveis, escritas por um tenente da Marinha que expressava sua "gratidão e admiração pela portadora, que durante quatro anos cuidou devotadamente de minha mãe, até seu falecimento", e por um capitão-de-fragata que devia a ela a recuperação da mulher.

Margarita Langman tinha ainda a vantagem de sua fé: era judia e temente a Deus. Violeta começou a depender dela como um parasita. Ninguém, jamais, se antecipara a seus desejos. Margarita os pressentia antes que ela os tivesse. Quase todas as noites, enquanto a velha observava as constelações, a mulher permanecia a seu lado, de pé, ajustando as lentes do telescópio e explicando-lhe as imperceptíveis rotações de Centauro abaixo do Cruzeiro do Sul. Parecia imune ao tédio. Quando não estava com Violeta, arrumava os armários da cozinha ou costurava. A televisão e o rádio transmitiam constantes advertências do governo que acentuavam a desconfiança das duas contra os estranhos: "A senhora sabe onde seu filho está agora?", "Conhece a pessoa que chama à sua porta?", "Tem certeza de que à sua mesa não se senta um inimigo da pátria?". Violeta era astuta e se julgava capaz de reconhecer a falsidade dos seres humanos à primeira vista. Embora sentisse por Margarita uma confiança instintiva, estranhava que ela respondesse com evasivas quando lhe perguntava sobre a família e que nunca recebesse visitas nem telefonemas dos dois irmãos que dizia ter. Temia que não fosse o que aparentava. Agora que tinha conhecido o prazer de uma companhia verdadeira, não imaginava a vida sem ela.

Um dia, quando a enfermeira foi ao mercado para fazer as compras da quinzena, Violeta resolveu espiar seu quarto. Vasculhar disfarçadamente a bolsa das outras pupilas da Migdal ou das balconistas na loja de Catamarca lhe permitira evitar roubos e calúnias. Mas desta vez, poucos minutos depois de cruzar a entrada e quando mal tivera tempo de ver a cama impecável, com almofadas bordadas, alguns livros no criado-mudo e a mala sobre o guarda-roupa, ouviu barulho na porta da rua e teve de se afastar. Agora se arrependia de ter dado a Margarita um jogo de chaves, mas que remédio? O médico lhe dissera que outro tombo poderia deixá-la inválida, e nesse caso ficaria à mercê de sua acompanhante. Era melhor pô-la à prova antes que isso acontecesse.

Esqueci o xale, disse a enfermeira. E além disso o mercado está muito cheio. É melhor eu ir à tarde. Não gosto de deixar a senhora sozinha por tanto tempo.

Durante a semana seguinte, Violeta se irritava só de ouvi-la lavar a louça. Pagava-lhe cem mil pesos por mês, e cada centavo lhe lembrava seus martírios de adolescente. Odiava a energia com que Margarita podia se movimentar até tarde da noite, quando a ela restava apenas um corpo espoliado e ferido. Odiava vê-la ler, porque nunca lhe permitiram ter um livro entre as mãos até que se libertou, aos vinte anos, quando já não sentia curiosidade por nenhum. Não gostava do jeito como a olhava, da forma de sua cabeça, das mãos cheias de assaduras, da monotonia de sua voz. O que mais a mortificava, porém, era nunca estar sozinha em casa para espiar seus segredos.

Fazia muito tempo, contou Alcira, que a velha queria comprar uma Magen David de ouro com brilhantes. A necessidade de pôr Margarita à prova fez com que se decidisse a encomendar a jóia. Todas as moças judias sonhavam em ter uma, e quando a enfermeira a visse, sentiria inveja. Afinal, quem conhecia o coração humano melhor que Violeta? Impaciente, mandou chamar um ourives da rua Libertad e negociou com ele, milímetro a milímetro, o desenho e o preço de uma pesada estrela de ouro de vinte e quatro quilates, com diamantes de tonalidades azuis em cada uma das seis pontas, que penderia de uma grossa corrente.

Numa manhã de dezembro, o joalheiro anunciou que a Magen David estava pronta e se dispôs a entregá-la, mas a velha recusou o oferecimento. Preferia, disse, que Margarita fosse buscá-la. Era sua chance de mantê-la longe de casa por duas ou três horas. As duas discutiram com aspereza. A enfermeira insistia em que não era prudente deixar Violeta desamparada durante tanto tempo, enquanto esta inventava pretextos para que Margarita fosse apanhar a jóia.

O verão estava próximo e o calor já era terrível. Espiando através das venezianas da sacada, Violeta viu a enfermeira afastar-se pela avenida De los Corrales rumo ao ponto do ônibus 155. Viu-a cobrir a cabeça com um lenço que lhe ocultava metade do rosto e abrigar-se à sombra de uma árvore. O ar calcinado tremia sobre o empedrado. Chegou um veículo. Certificou-se de que o tomava, esperou dez minutos e só então, triunfal, entrou no quarto proibido.

Nem sequer folheou os livros do criado-mudo. Nenhum deles parecia importante. Dos cabides pendiam alguns poucos vestidos, ordenados por cores, duas calças e duas blusas. Se Margarita ocultava alguma coisa, devia estar na mala, que deixara sobre o guarda-roupa, fora de seu alcance. Como baixá-la? Foi descartando vários recursos. Até que se lembrou de uma escada com rodinhas que os arquitetos lhe venderam contra sua vontade.

O prostíbulo não lhe ensinara a ler, mas sim outras habilidades: a desconfiança, a rapina, o uso de gazuas. Surpreendeu-se da facilidade com que, no quarto degrau, apoiada no guarda-roupa, conseguiu destrancar a fechadura da mala e abri-la. Desiludida, viu apenas algumas camisas ordinárias e um álbum de fotografias.

Nas primeiras páginas do álbum havia imagens triviais de família, contou-me Alcira. Alguém que devia ser o pai de Margarita, os ombros cobertos pelo *talit* das orações, abraçava uma menina de uns dez ou onze anos, olhar de órfã, indefesa perante a hostilidade do mundo. Em outras fotos, a própria Margarita, vestindo o guarda-pó escolar, esquivava a câmera; era surpreendida soprando velas de aniversário, brincando no mar. Na última, que ao fundo mostrava um moinho de vento, ela sorria junto a um homem que podia ser seu irmão, embora tivesse a pele escura e feições acabocladas, como os camponeses do norte argentino. Segurava no colo uma criança de poucos meses.

Horas mais tarde, quando Violeta foi interrogada na igreja Stella Maris, diria que, ao observar essa última foto, pressentiu a vida dupla da enfermeira. Senti um frio na espinha, contou em sua declaração. Pensei que o homem da foto talvez fosse seu marido, e o bebê, seu filho. Então me dei conta de que estava entrando em seu passado e não poderia voltar atrás. Junto ao álbum, de lado, encontrei o caderno que tantas vezes tinha visto nas mãos dela. Não era um diário, como cheguei a pensar, mas páginas de frases sem sentido, recortes de papéis sujos que diziam: *queijo*, *beijo, grosso, gosto, eu amo a mamãe, meu nome é Catalina, minha professora se chama Catalina*, e ao pé de cada frase uma anotação com letra mais firme, *Fermín, perguntar por que não lhe deram o leite — Tota, papai ou mamãe militam na M? Os dois? — Repetir amanhã a tabuada do cinco.* Páginas e páginas assim. Nada que chamasse a minha atenção, diria Violeta ao oficial que a interrogou. Já ia fechando a mala quando apalpei o forro e senti que estava cheio de papéis, de objetos, sei lá, tive curiosidade e também receio, porque os papéis estavam soltos e a mulher ia perceber que eu tinha mexido neles. Mas meus palpites nunca falham, e uma coisa aqui no peito me dizia que ela escondia alguma culpa. Então me armei de coragem, abri o forro da mala e retirei dali algumas folhas em branco. Todas tinham timbres impressos em relevo, com escudos militares e o nome de um almirante ou de um capitão-tenente. Mais fundo encontrei vários documentos de estranhos. Mas alguns papéis tinham a foto da mulher, se bem que às vezes de cabelo tingido, e sempre com outros nomes, Catalina Godel, Catalina Godel, eu me lembro desse claramente, e Sara Bruski, Alicia Malamud, além de alguns sobrenomes gentílicos, como Gómez, Arellano e não sei quantos mais. Como é que eu ia imaginar que Margarita tinha sido professora primária no Bajo Flores e que tinha fugido do presídio militar? A gente nem sabe mais quem é quem nestes tempos confusos.

    Desceu as escadas e parou para pensar. As cartas de recomendação da enfermeira eram, sem dúvida, falsificadas. Tinha sido muito ingênua em não confirmá-las com alguns telefonemas. Mas, se o que elas diziam provavelmente era falso, todo o resto, sem dúvida, era real: os timbres com âncoras e nomes de oficiais em relevo. Não podia perder tempo. Já tinham se passado quase duas horas. Voltou a empurrar a escada até a biblioteca e colocou os enfeites no lugar. Depois, com a calma aprendida em seus anos de escravidão, telefonou para o número que aparecia ao pé dos timbres. Atendeu um suboficial de plantão. "É uma questão de vida ou morte", disse, segundo Alcira me contaria mais tarde no Café La Paz. O militar lhe perguntou de que número ela estava falando e mandou-lhe esperar na linha. Em menos de dois minutos, o capitão-de-fragata estava ao telefone. "Que bom poder falar com o senhor", disse-lhe Violeta. "A enfermeira que contratei não seria a mesma que cuidou de sua esposa?" "Diga-me com que nome essa mulher se identificou. Nome ou nomes", exigiu o oficial. Tinha a voz áspera, impaciente, como a do rufião que a comprara no Café Parisién. "Margarita Langman", disse Violeta. De repente, ela também se sentia assediada. O passado interminável avançava contra ela. "Descreva sua aparência", ordenou o capitão. A velha não sabia como fazê-lo. Falou da foto com a criança e o homem acaboclado. Em seguida, ditou-lhe seu endereço na avenida De los Corrales, declarou-lhe com pudor seus setenta e nove anos. "Essa mulher é um elemento muito perigoso", disse o oficial. "Estamos indo para aí agora mesmo. Se ela chegar antes de nós, trate de retê-la, de distraí-la. É melhor que não a deixe escapar, entendido? É melhor que não a deixe escapar."

Eu, Bruno Cadogan, soube então que as camélias deixadas por Sabadell no largo Del Resero não eram para evocar os matadouros bárbaros de Echeverría e de *Faena*, e sim outros mais impiedosos e recentes. Alcira Villar me disse no Café La Paz que, se ficaram apenas alguns minutos naquela esquina da morte, foi porque Martel queria honrar Catalina Godel não no ponto final de suas desgraças, mas na casa onde estivera escondida durante quase seis meses, depois de fugir da Escola de Mecânica da Marinha. Não entendo, então, comentei com Alcira, por que Martel reservou o mercado para um recital que nunca deu. Se você o conhecesse, respondeu, saberia que já naquela altura ele nunca cantava em público. Não queria que o vissem abatido, consumido. Desejava que ninguém o perturbasse enquanto o Sabadell depositava o raminho de flores e ele recitava em voz baixa um tango para Catalina Godel. Talvez sua primeira intenção fosse descer do carro e caminhar até o ambulatório, não sei. Os desígnios do Martel eram insondáveis como os de um gato.

4.

Catalina Godel saiu de casa aos dezenove anos, quando se apaixonou perdidamente por um professor de escola rural que estava em Buenos Aires de passagem. De nada valeram as lágrimas da mãe, nem os sermões do pai sobre a infelicidade que lhe proporcionaria um homem de outra religião e de classe social mais baixa, nem as maldições dos irmãos mais velhos. Foi trabalhar na remota escola de seu amado, nos desertos de Santiago do Estero. Lá ficou sabendo que ele militava na resistência peronista e, sem vacilar, abraçou a mesma causa. Poucos meses depois, já sabia fabricar coquetéis molotov com rapidez, revelara habilidade na limpeza de armas e ótima pontaria. Descobriu-se audaz, disposta a tudo.

Embora seu companheiro às vezes desaparecesse por várias semanas, Catalina não se preocupava. Habituou-se a não fazer perguntas, a dissimular e a falar apenas o imprescindível. O silêncio só foi doloroso na noite de Ano-Novo de 1973, quando ficou sozinha na pequena escola, cercada por uma tempestade de poeira enquanto a terra parecia arder sob seus pés. Dias mais tarde, soube pelo rádio que seu companheiro fora preso quando tentava tomar um posto da polícia na avenida General Paz, em Buenos Aires. A ação pareceu-lhe insensata, delirante, mas ela entendia que as pessoas, fartas de abusos, tentavam agir de qualquer jeito. Numa pequena mala de lona guardou as poucas roupas que tinha, algumas fotos da infância e um livro de John William Cooke, *Peronismo y revolución*, que ela sabia quase de cor. Foi caminhando até o povoado mais próximo e lá pegou o primeiro ônibus para Buenos Aires.

Você não pode imaginar o empenho que o Martel e eu botamos em pesquisar cada detalhe dessa vida, disse-me Alcira Villar no Café La Paz vinte e nove anos mais tarde, pouco antes de eu voltar definitivamente para Nova York.

Costumávamos nos ver ao cair da tarde, por volta das sete. Fazia dois meses que eu morava em um hotelzinho insalubre, perto do Congresso. O calor e as moscas não me deixavam dormir. Quando caminhava para o La Paz, o asfalto afundava sob meus pés. Embora o ar-condicionado do café mantivesse a temperatura em vinte e cinco graus, o calor e a umidade demoravam horas para se desprender do meu corpo. Mais de uma vez fiquei lá, fazendo anotações para este relato, até os garçons começarem a limpar as mesas e lavar o chão. Alcira, em compensação, chegava sempre radiante, e só às vezes, já tarde da noite, seu rosto era marcado por olheiras. Quando eu comentava, ela as tocava com a ponta dos dedos e dizia, sem sombra de ironia: "É a felicidade de estar envelhecendo". Contou-me que ela e o cantor descobriram a história de Catalina lendo os autos do processo contra os comandantes da ditadura, e, embora a história não diferisse muito de outras mil, Martel ficou fascinado com ela e durante meses não conseguiu pensar em outra coisa. Empenhou-se em procurar testemunhas que tivessem conhecido Catalina na avenida De los Corrales ou durante os anos de militância. Um breve relato ia levando a outro, disse Alcira, e assim entrou em cena o passado de Violeta Miller. Um de seus sobrinhos poloneses viajou a Buenos Aires em 1993 para pleitear a herança do casarão vazio. Através do sobrinho soubemos como tudo tinha começado, em Lodz.

Demoramos quase um ano para montar o quebra-cabeça, continuou Alcira. As duas mulheres tinham biografias afins. Tanto Catalina quanto Violeta eram judias submetidas à servidão, e ambas, cada uma do seu jeito, burlaram seus amos. O Martel achava que, se tivessem confiado mais uma na outra, contando quem eram e tudo o que haviam sofrido, talvez nada lhes tivesse acontecido. Mas as duas estavam acostumadas ao receio, e assim, separadas, Violeta foi vencida pelo temor e pela mesquinharia, e só Catalina pôde defender sua dignidade até o final.

Depois do assalto ao posto policial, contou-me Alcira, o companheiro de Catalina foi julgado e preso na penitenciária de Rawson, na Patagônia. Libertado em maio de 1973, dali a um ano e meio já estava de novo na clandestinidade. Perón morrera deixando o governo nas mãos de uma esposa idiota e de um astrólogo que acumulava poder assassinando inimigos imaginários e reais. Nessa época, Catalina resolveu forjar para si uma identidade falsa, a de Margarita Langman, e começou a trabalhar como professora no Bajo Flores, onde lhe emprestaram um quartinho sem banheiro. A essa altura já estava grávida, e durante alguns dias cogitou a idéia de voltar à casa dos pais, para que cuidassem dela e seu filho pudesse crescer num ambiente de felicidade doméstica. Mais tarde, essa debilidade burguesa pareceu-lhe um mau presságio.

Seu filho nasceu em meados de dezembro de 1975. Embora o pai da criança tivesse sido avisado do parto por um telefonema da própria Catalina — que deu entrada no hospital com o nome de Margarita —, ele só apareceu uma semana mais tarde. Ao que parece, na hora do nascimento estava sob as águas do rio da Prata, colocando minas de demolição submarina no iate *Itatí*, propriedade de altos oficiais da Marinha. Passaram janeiro e fevereiro escondidos na casa de um capataz de fazenda em Colônia do Sacramento, Uruguai, enquanto o governo de Isabelita Perón ia caindo aos pedaços e eles eram procurados por toda parte. Nesse breve verão em Colônia, Margarita viveu a felicidade da vida inteira. Ela e seu companheiro se fotografaram, contemplaram o pôr-do-sol à beira do rio e caminharam de mãos dadas pelas ruelas da cidade velha, empurrando o carrinho do bebê. Voltaram a Buenos Aires quando os militares, que já haviam dado seu golpe mortal, estavam assassinando todos aqueles que identificavam como subversivos. O ex-professor rural caiu entre os primeiros, em abril de 1976. Assim que ela soube disso, deixou a criança aos cuidados da avó e voltou para o Bajo Flores. Só saía de lá para participar como voluntária dos atentados suicidas que os montoneros executaram naquele ano.

Catorze meses mais tarde, foi surpreendida por uma cilada no bar Oviedo, em Mataderos, onde marcara mais um de seus encontros clandestinos. Ao entrar, percebeu que o local estava cercado por militares à paisana. Correu para os lados do mercado. Tentou subir em um ônibus e escapulir, mas a encurralaram no pátio onde agora fica o ambulatório. Foi levada, cega, até um porão onde a torturaram e violentaram, enquanto a interrogavam sobre sua vida sexual e sobre o paradeiro de pessoas que ela mal conhecia. Depois de muitas horas — nunca soube quantas —, largaram as ruínas de seu corpo em um lugar chamado "La Capucha", onde outros presos sobreviviam com a cabeça coberta. Aí começou a se curar como podia, bebericando da água que lhe davam e repetindo seu nome de guerra no escuro, Margarita Langman, eu sou Margarita Langman. Passaram-se meses. No sigiloso diz-que-diz dos prisioneiros, soube que, se fingisse abrir e conseguisse ganhar a confiança dos algozes, poderia talvez fugir e contar o que estava acontecendo lá dentro. Escreveu uma confissão renegando de seus ideais, entregou-a a um tenente e, quando este propôs que a lesse diante das câmeras de televisão, ela aceitou sem vacilar. Assim conseguiu ser aproveitada em um laboratório de falsificações, onde eram forjados títulos de propriedade para automóveis roubados, passaportes e vistos de consulados estrangeiros. Com paciência, foi ganhando familiaridade com os nomes e as patentes de seus captores e acumulando papéis timbrados. Chegou até a imprimir documentos para ela mesma, alguns com seu nome real. Sempre carregava esses documentos dentro de um envelope para filmes fotográficos que ninguém abriria temendo velar o conteúdo.

Já contava algum tempo no laboratório quando lhe ordenaram apontar os militantes que circulavam pelo bairro de Mataderos. Era a prova decisiva de sua lealdade, talvez o último passo antes de sua libertação. Saiu com uma patrulha às sete da noite. Ia no banco dianteiro de um Ford Falcon, com três suboficiais atrás. Era inverno e caía uma chuva gelada. Ao chegar à esquina da Lisandro de la Torre com a Tandil, um ônibus apanhou o Ford de lado e o fez tombar. Os homens que viajavam com Margarita ficaram desacordados. Ela conseguiu escapar por uma janela do veículo, com leves cortes nos braços e nas pernas. O mais difícil foi desvencilhar-se dos transeuntes que queriam levá-la ao hospital. Por fim conseguiu se esgueirar no escuro e buscar refúgio no Bajo Flores, onde os militares haviam feito grandes estragos e quase não lhe restavam amigos. Na manhã seguinte, nos classificados do *Clarín*, viu o anúncio de Violeta Miller pedindo uma enfermeira, forjou as cartas de recomendação e se apresentou no casarão na avenida De los Corrales.

Você já sabe o que aconteceu depois disso, disse-me Alcira. Na tarde em que iria morrer, Catalina Godel, Margarita, ou como você quiser chamá-la agora, voltou da joalheria com a Magen

David, quase no mesmo instante em que Violeta acabava de falar com os algozes. A velha se apegava à vida com sanha tenaz, como proclama nosso hino nacional. Era tanto seu medo de ser descoberta que acabou se delatando. Começou a tremer. Disse que estava com calafrios e dores nas costas, que precisava de um chá. A senhora vai ter que esperar, respondeu-lhe Margarita com insólita arrogância. Estou morrendo de calor e vou direto para o banho.

Então Violeta cometeu dois erros. Tinha o estojo da Magen David nas mãos e, incompreensivelmente, não o abriu. Em vez disso, ergueu os olhos e deu com os de Margarita. Viu neles um lampejo de compreensão. Tudo aconteceu num sopro. A enfermeira passou junto a Violeta como se já não existisse e foi direto para a porta da rua. Correu pela avenida, refugiou-se nas arcadas junto ao largo Del Resero e ali foi caçada por seus algozes, no mesmo ponto onde a capturaram da primeira vez.

Todas as manhãs, um Ford Falcon apanhava Violeta Miller e a levava até a igreja Stella Maris, no outro extremo da cidade. Ali era interrogada pelo capitão-de-fragata, contou-me Alcira, às vezes por cinco, sete horas. Desencavou seu passado e a envergonhou por sua dupla conversão religiosa. A velha perdeu a noção do tempo. Só sentia o peso das lembranças, que afloravam à sua revelia. Sua antiga osteoporose se agravou e, quando os interrogatórios terminaram, mal conseguia se mexer. Teve de se resignar a contratar enfermeiras que a tratavam com o rigor das cafetinas de sua adolescência. Mas nada a abateu tanto quanto a desordem que encontrava todas as tardes ao voltar à avenida De los Corrales. A casa se transformara na mina de ouro do capitão-de-fragata, que foi despojando-a das banheiras de mármore, da mesa de jantar, dos balaústres da plataforma, do elevador-gaiola, do telescópio, dos lençóis rendados, do televisor. Até o cofre onde Violeta guardava as jóias e os títulos ao portador foi arrancado da parede. Os únicos objetos intactos eram um romance de Cortázar que Margarita não acabara de ler e o cesto de costura vazio, na cozinha. O telhado de vidro um dia apareceu quebrado em dois pontos centrais da biblioteca, e a chuva começou a cair sem clemência sobre os livros em frangalhos.

Lembra que o Sabadell depositou o ramo de camélias nas arcadas do mercado, ao meio-dia?, perguntou-me Alcira. Claro, foi em 20 de novembro, respondi. Eu estava lá, esperando por Martel, e não o vi. Já te falei que nem descemos do carro, repetiu. Ficamos lá, vendo o Sabadell depositar as flores e as pessoas indo e vindo, indiferentes, pelo largo Del Resero. O cantor estava de cabeça baixa, sem dizer uma palavra. Sua vontade de silêncio era tão profunda e dominante que daquele meio-dia eu só guardei as sombras fugazes dos veículos, e a figura do Sabadell, que parecia nu sem seu violão.

De lá fomos para o casarão da avenida De los Corrales, continuou Alcira. A propriedade continuava em litígio e já valia menos que os escombros. Fazia tempo que tinham arrancado a madeira do assoalho, e os cacos de vidro do telhado estavam espalhados por toda parte.

O Martel, de cadeira de rodas, pediu que o levássemos até a cozinha. Lá foi logo abrindo um dos armários, como se estivesse em casa. Então tirou um pedaço de lata enferrujada, com linhas de costura empastadas, e um exemplar úmido de *O jogo da amarelinha*, que se desmanchou assim que tentou folheá-lo. Com esses despojos nas mãos, cantou. Pensei que fosse começar com "Volver", como dissera no carro, mas preferiu abrir com "Margarita Gauthier", um tango escrito por Julio Jorge Nelson, "a viúva de Gardel". *Hoy te evoco emocionado, mi divina Margarita*, disse, erguendo um pouco o tronco. Continuou assim, como se levitasse. A letra é uma xaropada melosa, mas o Martel a transformava em um soneto fúnebre de Quevedo. Quando sua voz atacou os três versos mais açucarados do tango, notei que estava com o rosto banhado em lágrimas: *Hoy, de hinojos en la tumba donde descansa tu cuerpo,/ he brindado el homenaje que tu alma suspiró,/ he llevado el ramillete de camelias ya marchitas...* Pousei a mão em seu ombro para que parasse, porque podia machucar a garganta, mas ele terminou a canção airoso, descansou por alguns segundos e pediu para o Sabadell que tocasse alguns acordes de "Volver". Sabadell o acompanhava com sabedoria, sem permitir que o violão competisse com a voz: seu rasqueado era mais uma extensão da luz que transbordava da voz.

Pensei que quando acabasse "Volver" iríamos embora, mas o Martel levou as mãos ao peito, de um modo quase teatral, inesperado vindo dele, e repetiu o primeiro verso de "Margarita Gauthier" pelo menos quatro vezes, sempre com o mesmo registro de voz. À medida que a repetição avançava, as palavras se enchiam de sentido, como se ao passar fossem recolhendo as vozes que as pronunciaram em outros tempos. Então me lembrei, disse Alcira, de já ter vivido uma coisa parecida assistindo a certos filmes que deixam a mesma imagem congelada por mais de um minuto: a imagem não muda, mas a pessoa que a olha vai virando outra pessoa. O ato de ver vai se transformando imperceptivelmente no ato de possuir. *Hoy te evoco emocionado, mi divina Margarita*, cantava o Martel, e as palavras já não estavam fora do nosso corpo e sim incorporadas à corrente sangüínea, você consegue entender isso, Bruno Cadogan?, perguntou-me Alcira. Respondi que, fazia muito tempo, eu tinha estudado uma idéia parecida do filósofo escocês David Hume. Citei: A repetição nada muda no objeto repetido, mas sim no espírito que a contempla. Foi isso mesmo, disse Alcira. Essa frase define claramente o que eu senti. Naquele meio-dia, da primeira vez que ouvi o Martel entoar *mi divina Margarita*, não achei que estivesse modificando os *tempi* da melodia, mas na segunda ou terceira vez notei que ele espaçava as palavras sutilmente. É possível que também espaçasse as sílabas, mas meu ouvido não é tão apurado para captar esse matiz. *Hoy te evoco emocionado*, cantava, e a Margarita do tango voltava ao casarão como se o tempo não tivesse passado, com o corpo de vinte e quatro anos antes. *Hoy te evoco emocionado*, dizia, e eu sentia que esse conjuro bastava para desvanecer os vidros do chão e apagar as teias de aranha e o pó.

Dezembro de 2001
O desencontro com Martel no largo Del Resero me deixou perturbado. Perdi o rumo do que estava escrevendo e também o rumo de mim mesmo. Passei várias noites no Británico fitando a desolada paisagem do parque Lezama. Quando voltava à pensão e conseguia dormir, qualquer ruído inesperado me acordava. Não sabia o que fazer com a insônia e, desconcertado, saía para caminhar por Buenos Aires. Às vezes me desviava da decrépita estação de Constitución, sobre a qual Borges tanto escrevera, para os bairros de San Cristóbal e Balvanera. As ruas pareciam todas iguais, e, embora os jornais chamassem a atenção sobre a onda de assaltos, eu não sentia o perigo. Perto da estação circulavam bandos de crianças que não deviam ter mais do que dez anos. Deixavam seus refúgios em busca de comida, protegendo-se uns aos outros, e pediam esmola. Dormiam nos vãos dos prédios à vista de quem passava, cobrindo o rosto com jornais e sacos de lixo. Muitas pessoas estavam vivendo à intempérie, e onde uma noite eu via duas, na noite seguinte encontrava três ou quatro. Partindo de Constitución, eu seguia pelas ruas San José ou Virrey Cevallos até a avenida de Mayo e depois atravessava a praça De los dos Congresos, cujos bancos estavam ocupados por famílias de miseráveis. Mais de uma vez passei as horas de vigília na esquina da Rincón com a México, espiando a casa de Martel, mas sempre em vão. Um

meio-dia até o vi sair de lá com Alcira Villar — que só semanas mais tarde eu viria a saber quem era —, mas, quando tentei alcançá-lo em um táxi, uma manifestação de aposentados barrou meu caminho.

Embora a cidade fosse plana e quadriculada, eu não conseguia me orientar por causa da monotonia dos prédios. Não há nada mais difícil que perceber as sutis variações no que é idêntico, como nos desertos e no mar. A confusão às vezes me paralisava numa esquina qualquer e, quando saía do meu estupor, era para andar em círculos à procura de um café. Felizmente, havia cafés abertos a toda hora, e neles me sentava para esperar que, com a primeira claridade da manhã, as casas recobrassem um perfil reconhecível. Só então voltava para a pensão, de táxi.

A insônia me debilitou. Tive alucinações, em que certas fotos da Buenos Aires do início do século XX se sobrepunham às imagens da realidade. Eu saía à sacada do meu quarto e, em lugar dos prédios vulgares da calçada em frente, via o terraço de Gath & Chaves, uma grande loja da rua Florida desaparecida quarenta anos antes, onde senhores com chapéu de palhinha e damas de peitilho engomado bebiam chocolate quente contra um horizonte eriçado de agulhas e mirantes vazios, alguns coroados por estátuas helênicas. Ou então via passar os absurdos bonecões que nos anos 20 propagandeavam analgésicos e aperitivos. As cenas irreais se sucediam por horas a fio, e nesse tempo eu não sabia onde meu corpo estava, porque o passado se instalava nele com a força do presente.

Quase todas as noites eu me encontrava com o Tucumano no Británico. Discutíamos repetidas vezes sobre a melhor maneira de desalojar Bonorino do porão, sem nunca chegarmos a um acordo. Talvez o problema não fossem os meios, mas os fins. Para mim, o Aleph — se existisse — era um objeto precioso que não podia ser dividido. Meu amigo, ao contrário, pretendia degradá-lo transformando-o numa atração de feira. Descobrimos que, quando da morte do nobre búlgaro, o prédio fora vendido a uns senhorios de Acassuso, proprietários de outras vinte casas de inquilinato. Combinamos que eu lhes escreveria uma carta denunciando o bibliotecário, que não pagava aluguel desde 1970. Nosso gesto prejudicaria o administrador dos prédios e talvez a pobre da Enriqueta. Nada disso preocupava o Tucumano.

Em fins de novembro, a Universidade de Nova York me mandou uma remessa de dinheiro inesperada. O Tucumano então propôs que deixássemos de lado a dureza boêmia da vida na pensão e passássemos uma noite na suíte da cobertura do hotel Plaza Francia, de onde se avistava a avenida Libertador e alguns de seus palácios, além das bóias luminosas da costa norte cintilando sobre as águas imóveis do rio. Embora não se tratasse de um hotel de primeira classe, a tal suíte custava duzentos dólares, muito acima do que meus recursos permitiam. Mas não quis contrariá-lo e paguei adiantado uma reserva para a sexta-feira seguinte. Pensávamos em jantar num dos restaurantes da Recoleta que serviam "cozinha de autor", mas naquele dia surgiu um transtorno inesperado: o governo anunciou que só se permitiria retirar dos bancos uma porcentagem ínfima do dinheiro depositado. Temi ficar de bolsos vazios. Logo depois do repentino aviso — já tarde demais para cancelar a reserva no hotel —, ninguém aceitava cartões de crédito e o valor do dinheiro se tornou impreciso.

Chegamos ao Plaza Francia perto da meia-noite. O ar tinha cor de fogo, como se prenunciasse tempestade, e as lâmpadas da iluminação pública pareciam envoltas em casulos aquosos. De quando em quando passava um carro pela avenida, em marcha lenta, atordoado. Tive a impressão de ver um casal se beijando ao pé da estátua eqüestre do general Alvear, embaixo da nossa sacada, mas na verdade tudo eram sombras e não tenho certeza de nada, nem sequer da paz com que tirei as roupas e me joguei na cama. O Tucumano ainda ficou um bom tempo na sacada, esquadrinhando o perfil do Prata. Entrou na suíte de mau humor, todo picado de pernilongos.

É a umidade, resmungou.

É a umidade, repeti. Como em Kuala Lumpur. Menos de um ano atrás, eu confundia as duas cidades. Talvez, contei-lhe, porque li uma história sobre mosquitos que aconteceu aqui, em fevereiro de 1977. Naquele verão, um enervante fedor de peixe invadiu Buenos Aires. Nas praias alargadas pela seca, apareceram milhões de dourados, peixes-rei e bagres em decomposição, envenenados pelos detritos de fábricas apadrinhadas pelos militares. A ditadura impusera uma censura de ferro e os jornais não se atreveram a publicar nem uma palavra sobre o ocorrido, embora os habitantes o constatassem a todo momento por meio dos sentidos. Como a água das torneiras tinha uma estranha cor esverdeada e parecia infecta, quem não era indigente acabou com o estoque de água mineral, refrigerantes e sucos de fruta de todo o comércio. Nos hospitais, onde se esperava uma epidemia a qualquer momento, milhares de vacinas contra a febre tifóide eram aplicadas todos os dias.

Um dia, uma nuvem de mosquitos brotou dos lamaçais, escurecendo o céu. Aconteceu de repente, como se fosse uma praga bíblica. As pessoas logo ficaram cobertas de picadas. Nos quarenta quarteirões ao norte da catedral, onde se concentram os bancos e as casas de câmbio, o fedor do rio era insuportável. Alguns passantes apressados que não podiam adiar suas transações cobriram o rosto com máscaras brancas, mas as patrulhas policiais os obrigavam a mostrar a cara e os documentos. Pela rua Corrientes, as pessoas caminhavam levando espirais repelentes acesas e, apesar da fúria do calor, em algumas esquinas fizeram fogueiras para afugentar os mosquitos com a fumaça. A praga sumiu tão sem aviso como tinha aparecido. Só então é que os jornais publicaram, nas páginas internas, breves notas com um título comum: "Fenômeno inexplicável".

Às duas da manhã, enquanto dormíamos no hotel, começou uma forte ventania. Tive que me levantar para fechar as janelas da suíte. O Tucumano acordou e me perguntou para quem eu estava olhando da sacada.

Não estou olhando para ninguém, respondi. E lhe falei do vento.

Pára de mentir, devolveu. Você mente tanto que já nem sei se alguma vez me falou a verdade.

Vem cá, olha o céu, argumentei. Agora está limpo. Dá para ver as estrelas sobre o rio.

Você sempre mudando de assunto, Bruno. Eu lá quero saber do céu? Quero saber é das tuas mentiras. Se está querendo ficar com o Ale só para você, fala logo. Eu já te preparei o terreno. Agora não ligo se você me deixar a pé. Só te peço para abrir o jogo, tigrão.

Jurei que não sabia do que estava falando, mas ele continuava ansioso, elétrico, como se estivesse drogado. Fui me ajoelhar a seu lado, junto à cama, e lhe acariciei a cabeça, tentando acalmá-lo. De nada adiantou. Virou-me as costas e apagou a luz.

O humor do Tucumano era incompreensível para mim. Não havia nenhum compromisso entre nós e cada um podia fazer o que bem entendesse, mas quando eu virava a noite trabalhando no Británico ele ia me procurar e fazia umas cenas de ciúmes que me enchiam de vergonha. Depois pedia façanhas ou presentes difíceis, para me pôr à prova, e bastava eu começar a satisfazer seus desejos que se afastava. Não saber ao certo o que queria de mim talvez fosse o que mais me atraía nele.

Exausto, peguei no sono. Três horas mais tarde, acordei sobressaltado. Estava sozinho na suíte. Sobre a mesa da ante-sala, o Tucumano tinha deixado um bilhete a lápis: "Fui, grande. Fica com o ale de erança. Outro dia voçê me paga". Revi mentalmente os eventos daquela noite tentando entender a causa de seu aborrecimento, mas não encontrei nada. Tive vontade de deixar o hotel no mesmo instante, mas seria absurdo eu descer e pedir a conta sem maiores explicações. Durante meia hora, ou mais, fiquei sentado na saleta da suíte com a mente vazia, imerso nesse estado de desesperança que torna impossíveis até os movimentos mais simples. Não tinha coragem nem de fechar os olhos temendo que a realidade me abandonasse. Vi o brilho cinzento da manhã avançar sobre mim enquanto o ar, tão úmido na noite anterior, se adelgaçava até a transparência.

Levantei-me com esforço, como se tivessem colocado um corpo doente sobre meus ombros, e fui até a sacada para contemplar o amanhecer. A bola do sol, descomunal e invasora, erguia-se sobre a avenida, e suas línguas de ouro lambiam os parques e os suntuosos edifícios. Duvido que já tenha existido outra cidade de beleza tão suprema como a Buenos Aires daquele instante. O trânsito era caudaloso, incomum para uma madrugada de sábado. Centenas de automóveis avançavam pela avenida em marcha lenta, enquanto a luz, antes de cair dessangrada entre as folhas das árvores, investia contra o bronze dos monumentos e queimava a crista das torres. A cúpula do Palais de Glace, embaixo da minha sacada, de repente foi partida por uma espada de fulgor. Em alguns de seus salões se dançara o tango na década de 1920, e em outros — conhecidos como Vogue's Club — tocaram o sexteto de Julio de Caro e a orquestra de Osvaldo Fresedo. Enquanto o sol subia e seu disco se tornava menor e mais cegante, uma luz púrpura varreu a fachada do Museu de Belas-Artes, em cujas salas, duas semanas antes, eu contemplara as minuciosas cenas da batalha de Curupaiti que Cándido López pintou com a mão esquerda entre 1871 e 1902, depois de ter a direita estraçalhada pela explosão de uma granada.

Tive a impressão de que Buenos Aires pairava sem peso naquela claridade de gelo, e temi que, atraída pelo sol, ela desaparecesse de minha vista. Todos os maus pressentimentos de uma hora antes se dissiparam. Julguei não ter direito à dor enquanto via a cidade arder dentro de um círculo que refletia outros mais altos, como os que Dante adverte no centro do Paraíso.

As sensações puras costumam vir misturadas com as idéias impuras. Foi nesse momento, se não me engano, logo depois de ter o impulso de escrever uma carta para o Tucumano dando conta do espetáculo que ele tinha perdido, que eu redigi outra muito diferente, dirigida aos senhorios de Acassuso, na qual denunciava a ocupação ilegal do porão, durante mais de trinta anos, pelo bibliotecário Sesostris Bonorino. Não sei explicar como, enquanto pensava na luz deslumbrante que acabava de ver, minha mão podia traçar frases infames. Gostaria de ter dito ao meu amigo que, como estranhos que éramos a Buenos Aires, ele e eu talvez fôssemos mais sensíveis a sua beleza que os nativos. A cidade fora erguida nos confins de uma planície sem matizes, em meio a palhas imprestáveis tanto para forragem quanto para a cestaria, às margens de um rio cuja única graça é sua largura descomunal. Por mais que Borges tenha tentado atribuir-lhe um passado, o que ela tem agora também é liso, sem nenhum fato heróico além dos que seus poetas e pintores lhe improvisam, e toda vez que a gente apanha entre as mãos um fragmento qualquer de passado, logo o vê dissolver-se num monótono presente. Sempre foi uma cidade cheia de pobres e na qual é preciso andar aos saltos para desviar da merda dos cachorros. Sua única beleza é a que a imaginação humana lhe atribui. Não é rodeada pelo mar nem pelas colinas, como Hong Kong e Nagasaki, nem atravessada por uma corrente em que navegaram séculos de civilização, como Londres, Paris, Florença, Budapeste, Genebra, Praga e Viena. Nenhum viajante chega a Buenos Aires porque ela fica a caminho de outro lugar. Para além da cidade não existe outro lugar: os espaços de nada que se abrem ao sul eram chamados, já nos mapas do século XVI, Terra do Mar Incógnito, Terra do Círculo e Terra dos Gigantes, todos nomes alegóricos da inexistência. Só uma cidade que tanto renegou a beleza pode ter, mesmo na adversidade, uma beleza tão avassaladora.

Deixei o hotel antes das oito da manhã. Como não tinha vontade de voltar para a pensão, onde a gritaria dos sábados era enlouquecedora, busquei refúgio no Británico. O café estava vazio. Solitário, o garçom varria as bitucas da madrugada. Tirei do bolso a carta para os senhorios de Acassuso e a reli. Era laboriosa, maligna e, embora eu não tivesse a intenção de assiná-la, tudo nela me delatava. Continha, em resumo, as informações que Bonorino me confiara. Nem por um momento pensei no quanto eu prejudicaria o bibliotecário. Só queria que o despejassem do porão para poder verificar sem nenhum embaraço se, como tudo indicava, o Aleph de fato existia. E saber o que aconteceria comigo quando o contemplasse.

Pouco antes do meio-dia, voltei para o meu quarto. Fiquei ali por algumas horas, tentando avançar na redação da tese, mas fui incapaz de me concentrar. A ansiedade acabou por me vencer e saí em busca do Tucumano, que ainda dormia na cobertura. Eu esperava que, ao ver a carta, ele demonstrasse gratidão, felicidade, entusiasmo. Nada disso. Reclamou de ter sido acordado, leu o escrito com indiferença e me pediu que o deixasse em paz.

Nos dias que se seguiram, zanzei pela cidade com aquela mesma tristeza que senti antes do amanhecer no hotel Plaza Francia. Caminhei por Villa Crespo tentando encontrar a rua Monte Egmont, onde morava o protagonista de *Adán Buenosayres*, outro dos livros sobre os quais escrevi no meu mestrado, mas nenhum dos vizinhos soube me dizer onde ficava. "Da rua Monte Egmont já não subia o aroma das árvores-santas", recitei-lhes de memória, pensando que a frase pudesse refrescar seu senso de orientação. A única coisa que consegui foi afugentá-los.

Na sexta-feira seguinte, ao meio-dia, quando o calor mais apertava, adentrei no cemitério de La Chacarita. Alguns mausoléus eram extravagantes, com portais envidraçados que permitiam observar o altar interior e os ataúdes cobertos com mantilhas rendadas. Outros eram adornados por estátuas de crianças atingidas por um raio, marinheiros escrutando o imaginário horizonte com uma luneta e matronas que subiam ao céu levando seus gatos no colo. A maior parte dos túmulos, no entanto, resumia-se a uma lápide e uma cruz. Seguindo por uma das alamedas, deparei com uma estátua de Aníbal Troilo tocando bandoneon com gesto pensativo. Mais adiante, as cores cruas de Benito Quinquela Martín enfeitavam as colunas que ladeavam seu sepulcro, e até o próprio caixão do pintor exibia arabescos berrantes. Vi águias de bronze voando sobre um baixo-relevo da cordilheira dos Andes e um mar de granito no qual adentrava a poetisa Alfonsina Storni, enquanto a seu lado se esborrachavam os carros funerários dos irmãos Gálvez. Quando parei diante do monumento de Agustín Magaldi, antigo namorado de Evita Perón que continuava a pontear o violão de sua eternidade, ouvi ao longe uns lamentos pungentes e imaginei que se tratasse de um enterro. Caminhei em direção ao alarido. Três mulheres enlutadas, com o rosto coberto por um véu, choravam ao pé da estátua de Carlos Gardel, que tinha um cigarro aceso entre os lábios esverdeados, enquanto outras mulheres deixavam coroas de flores para a Mãe María, cujo talento para os milagres melhorava com o passar dos anos, segundo o que diziam as placas de seu túmulo.

Por volta das duas e meia da tarde, afastei-me do cemitério pela avenida Elcano e caminhei para o norte, na esperança de uma hora chegar ao campo ou ao rio. Mas a extensão da urbe era invencível. Lembrei-me de um conto de Ballard que descreve um mundo feito apenas de cidades ligadas por pontes, túneis e quase imperceptíveis correntes de navegação, onde a humanidade se asfixia como num formigueiro. As ruas por onde andei naquela tarde, porém, em nada lembravam os edifícios colossais de Ballard. Eram sombreadas por árvores velhas, jacarandás e plátanos, que protegiam mansões neoclássicas e coloniais, entre as quais se erguiam alguns pretensiosos viveiros de pássaros. Quando me dei conta de que tinha chegado à rua José Hernández, no bairro de Belgrano, imaginei que devia estar perto da chácara onde o autor de *Martín Fierro* viveu seus últimos anos felizes, apesar do crescente desdém dos críticos por esse livro — que apenas trinta anos depois de sua morte, em 1916, seria exaltado por Lugones como o "grande poema épico nacional" — e das cruentas batalhas para federalizar a cidade de Buenos Aires, nas quais ele fora um dos paladinos. Hernández era um homem de físico imponente e um vozeirão tão possante que, na Câmara dos Deputados, era conhecido como "Matraca". Nos banquetes pantagruélicos que oferecia em sua chácara, aonde se chegava, vindo do centro, depois de várias horas de cavalgada, os comensais de Hernández admiravam tanto seu apetite quanto sua erudição, que lhe permitia citar textos completos de leis romanas, inglesas e jacobinas das quais ninguém nunca ouvira falar. Vivia atormentado pelos "sufocos", como ele chamava seus ataques de glutonaria, mas não conseguia parar de comer. Uma miocardite o prostrou na cama durante cinco meses, até que morreu numa manhã de outubro, rodeado por uma família que somava mais de cem parentes de primeiro grau, que puderam, todos, ouvir suas últimas palavras: "Buenos Aires... Buenos Aires...".

Percorri toda a rua José Hernández de ponta a ponta, mas não encontrei uma única menção à chácara. Em compensação, vi placas de homenagem a figuras menores da literatura, como Enrique Larreta e Manuel Mujica Láinez, na fachada de mansões que davam para as ruas Juramento e O'Higgins. Depois de algumas voltas, desemboquei nas Barrancas de Belgrano, que nos tempos de Hernández eram o confim da cidade. Ali, o parque projetado por Charles Thays pouco depois da morte do poeta estava agora cercado por imponentes prédios de apartamentos. Uma fonte decorada com valvas e peixes de mármore e um coreto que talvez servisse para as retretas dominicais era tudo o que sobrevivera do passado campestre. O rio recuara mais de dois quilômetros, e era impossível avistá-lo dali. Em um quadro de refinada beeza *Lavadeiras nos baixos de Belgrano*, Prilidiano Pueyrredón pintou a calma que se respirava nesse arrabalde. Embora o título do óleo se refira a mulheres no plural, a tela mostra apenas uma, com uma criança no colo e uma gigantesca trouxa de roupas sobre a cabeça, enquanto outro pacote ainda maior é carregado pelo cavalo que vem logo atrás, sem cavaleiro. Sobre a suave curva das ribeiras, então desertas e selvagens, dois umbuzeiros cravavam suas raízes, em franca batalha contra a bravura do rio, cujas praias a lavadeira palmilhava na madrugada. Buenos Aires tinha então uma cor verde, quase dourada, e nenhum futuro empanava a desolação de sua única colina.

Já quando escurecia, voltei exausto para a pensão. Lá me aguardava um tumulto cruel. Meus vizinhos de quarto atiravam colchões, cobertores e fardos de roupa pelo vão da escada. Na cozinha, Enriqueta soluçava com os olhos cravados no chão. Do subsolo subia a farfalhada diligente das fichas de Bonorino. Acudi Enriqueta, ofereci-lhe um chá e tentei consolá-la. Quando consegui fazê-la falar, eu também senti que o mundo se acabava. Na minha imaginação zumbia o começo de um poema de Pessoa que repetia "Se te queres matar, por que não te queres matar?", e, por mais que eu pelejasse, não conseguia afastá-lo.

Às três da tarde — contou-me Enriqueta —, dois oficiais de justiça e um tabelião chegaram com uma ordem de despejo para todos os inquilinos da pensão. Exigiram os comprovantes de pagamento e devolveram o aluguel aos que estavam em dia. Pelo que entendi, os proprietários tinham vendido a casa a um escritório de arquitetura, e os novos donos queriam ocupá-la o quanto antes. Quando Bonorino leu a notificação judicial, que dava um prazo de apenas vinte e quatro horas para a mudança, ficou imóvel no saguão, de pé, num estado de ausência que nem os gritos de Enriqueta romperam, até que finalmente levou a mão ao peito, disse "Meu Deus, meu Deus", e desapareceu no porão.

Embora a carta que eu mandara aos senhorios de Acassuso não tivesse nenhuma relação com o que estava acontecendo, ainda assim eu queria ter podido reverter o curso do tempo. Apanhei-me repetindo outra frase de Pessoa: "Deus tenha piedade de mim, que a não tive de ninguém". Quando um autor ou uma melodia ficam rondando minha cabeça, eu demoro uma eternidade para espantá-los. E, ainda por cima, Pessoa. Quem, em meio a tanta desesperança, podia querer um poeta desesperado? "Coitado do Bruno Cadogan, com quem ninguém se importa! Coitado dele, que tem tanta pena de si mesmo."

Além disso, eu estava de mãos atadas. Não podia ajudar ninguém. Tinha feito a besteira de gastar duzentos dólares numa única noite no hotel Plaza Francia e não podia retirar a miséria que ainda me restava no banco. E era até preferível que suspendessem o pagamento das bolsas, porque o governo estava confiscando todas as remessas ao país. Já no domingo eu só conseguira sacar alguns pesos somando-me às longuíssimas filas que se formavam em frente aos caixas eletrônicos. Em três deles, as notas acabaram quando eu não tinha avançado nem dez metros. Outros cinco já estavam secos, mas as pessoas se negavam a encarar os fatos e repetiam as operações, à espera de um milagre.

Por volta da meia-noite, os vizinhos do quarto ao lado me contaram, agitados, que iam se refugiar em Fuerte Apache, onde moravam uns parentes. Quando comentei a notícia com Enriqueta, ela reagiu como se se tratasse de uma tragédia.

Fuerte Apache, disse, separando as sílabas. Nem louca eu iria para lá. Não sei como têm coragem de levar essas pobres crianças.

A culpa me atormentava, e, no entanto, não tinha por que me culpar. Ou tinha, sim: afinal de contas, eu havia sido maldoso e covarde a ponto de mandar para os avaros de Acassuso aquela carta inútil em que acusava Bonorino, tirando proveito de suas confidências no porão. Em Buenos Aires, onde a amizade é uma virtude cardinal e redentora, como se deduz da letra dos tangos, todo delator é um canalha. Existem pelo menos seis palavras que o designam com escárnio: *soplón*, *buche*, *botón*, *batidor*, ou *ortiba*, e *alcahuete*. Eu tinha certeza de que o Tucumano me considerava uma pessoa desprezível. Mais de uma vez ele me pediu que escrevesse a carta, pensando que eu preferiria que me cortassem as mãos a fazer uma coisa dessas. Para alguém que, como eu, acreditava num vínculo literal entre a linguagem e os fatos, a atitude de meu amigo era difícil de entender. Para mim também não tinha sido nada fácil delatar. E, no entanto, o Aleph me importara mais que a indignidade.

Reencontrei a mulher gigantesca que, na tarde da minha chegada, lavava uma blusa no bidê. Ia descendo as escadas com um colchão nas costas, desviando-se dos obstáculos com graça. Seu corpo se desmanchava em suor, mas a maquiagem permanecia intacta nos olhos e nos lábios. A vida canta igual para todo mundo, disse ao me ver, mas não sei se falou comigo ou consigo mesma. Eu estava postado no meio do saguão, sentindo-me mais um móvel da cenografia. Nesse instante me dei conta de que "cantar" e "delatar" são verbos sinônimos.

Na penumbra da escada apareceu a cabeça calva de Bonorino. Tentei escapulir, para não ter de encará-lo. Mas ele já havia saído do porão para falar comigo.

Por favor, Cadon, desça comigo, chamou. Eu já estava me acostumando às mutações do meu sobrenome.

As fichas tinham desaparecido da escada, e a soturna habitação, cujas janelas ao rés da rua mal deixavam entrar uma luz avara, lembrou-me a galeria principal da toca que Kafka descreveu em "A construção", seis meses antes de morrer. Assim como o roedor do conto amontoava suas provisões contra uma das paredes, deliciando-se com a diversidade e a intensidade dos cheiros que exalavam, também Bonorino saltitava diante dos caixotes de fruta que tinham servido de criado-mudo e agora, empilhados sobre outros cinco ou seis, vedavam o minúsculo banheiro e a minicozinha. Neles guardava os pertences que acabara de salvar. Consegui distinguir o dicionário de sinônimos, as camisas e o fogareiro a gás. As paredes estavam marcadas com a sombra dos papéis ali pregados durante anos, e o único móvel que continuava no lugar era o catre, agora nu, sem lençóis nem travesseiros. Bonorino apertava contra o peito o livro-caixa em que transcrevera as informações dispersas nas fichas coloridas. A borralhenta lâmpada de vinte e cinco watts mal iluminava seu corpo corcovado, sobre o qual pareciam ter caído todas as desgraças do mundo.

Infaustas novas, Cadon, disse-me. A luz do conhecimento foi condenada à guilhotina.

Sinto muito, menti. A gente nunca sabe por que essas coisas acontecem.

Eu, em compensação, posso ver tudo o que se perdeu: a quadratura do círculo, a domesticação do tempo, a ata da primeira fundação de Buenos Aires.

Nada vai se perder enquanto o senhor estiver bem, Bonorino. Posso lhe pagar uns dias de hotel? Faça-me esse favor.

Já aceitei o invite de outros expulsos, que me darão refúgio em Fuerte Apache. O senhor é forâneo, não tem por que arcar com responsabilidade alguma. Sirvamos a Deus nas coisas possíveis e contentemo-nos em desejar as impossíveis, como disse santa Teresa.

    Lembrei-me do desespero de Carlos Argentino Daneri ao saber que a casa da rua Garay seria demolida, porque, privado do Aleph, ele não poderia terminar um ambicioso poema intitulado "La Tierra". Já Bonorino, que investira trinta anos de sua vida nos laboriosos verbetes da Enciclopédia Nacional, pareceu-me indiferente. Eu não sabia como perguntar sobre seu tesouro com a mínima delicadeza. Poderia comentar o espaço polido que havia ao pé do último degrau, o desenho do Stradivarius que eu entrevira na minha visita anterior. Ele mesmo me deu a solução.

    Sendo assim, conte comigo para o que precisar, disse-lhe, hipócrita.

    Justamente. Estava pensando em pedir-lhe que conserve este livro, que é a destilação dos meus desvelos. Poderá devolvê-lo antes de sua repatriação. Ouvi dizer que em Fuerte Apache os ratos convivem com os ladrões. Se eu perder as fichas, nada perderei. Contêm apenas rascunhos e cópias da imaginação alheia. O que eu de fato criei está neste livro, e não saberia como protegê-lo.

    O senhor mal me conhece, Bonorino. Eu poderia traí-lo. Poderia vender o livro, publicar sua obra com meu nome.

    O senhor jamais me trairia, Cadon. Não confio em mais ninguém. Não tenho amigos.

    Essa declaração cândida me revelou que o bibliotecário não podia ter o Aleph. Se ele o tivesse contemplado uma única vez, saberia que o Tucumano e eu o traímos. Carlos Argentino Daneri, no conto de Borges, tampouco pudera prever a demolição da própria casa. Portanto, no ponto luminoso que reproduzia o Paraíso de Dante, não se podia ver o futuro, nem se podia ver a realidade. Os fatos simultâneos e infinitos que continha, o inconcebível universo, eram apenas resíduos da imaginação.

Eu pensei que, pelo menos, o senhor tivesse o Aleph, arrisquei.

Olhou para mim e deu uma gargalhada. Em sua enorme boca restavam apenas cinco ou seis dentes.

Deite-se ao pé do décimo nono degrau e comprove o senhor mesmo se o tenho, respondeu. Perdi centenas de noites ali, em decúbito dorsal, na esperança de vê-lo. Talvez no passado tenha existido um Aleph. Agora se desvaneceu.

Senti-me aturdido, perdedor, infame. Apanhei o livro-caixa, que pesava quase tanto quanto eu, e não aceitei de volta o volume sobre os labirintos que lhe emprestara.

Fique com ele todo o tempo que quiser, disse. Vai precisar dele mais do que eu em Fuerte Apache.

Nem sequer me agradeceu. Observou-me de cima a baixo com um descaramento que destoava de sua habitual untuosidade. O que ele fez em seguida foi ainda mais extravagante. Com voz ritmada e bem modulada, começou a recitar um rap, enquanto batia palmas: *Ya vas a ver que en el Fuerte/ se nos revienta la vida./ Si vivo, vivo donde todo apesta./ Si muero, será por una bala perdida.*

Nada mau, comentei. Não sabia desse seu dom.

Posso não ser Martel, mas me defendo, respondeu.

Nunca pensei que ele pudesse conhecer Martel.

Como? O senhor gosta do Martel?

E quem não gosta?, disse. Quinta-feira passada, fui visitar um colega da biblioteca no Parque Chas. Alguém nos avisou que ele estava numa esquina, cantando. Chegou de improviso e soltou três tangos. Conseguimos ouvir dois. Foi supremo.

Parque Chas, repeti. Não sei onde isso fica.

Aqui perto, entrando em Villa Urquiza. Curiosa vizinhança, Cadon. As ruas são curvas e até os táxis se perdem por lá. É uma pena que não conste no livro de Prestel, pois, entre os muitos labirintos que há no mundo, esse é o maior de todos.

5.

Dezembro de 2001

Quando fecharam a pensão da rua Garay, fui me hospedar em um hotel modesto da avenida Callao, perto do Congresso. Embora meu quarto desse para um poço, o barulho do trânsito era enlouquecedor a qualquer hora. Tentei retomar o trabalho nos cafés próximos, mas em todos eles as pessoas entravam e saíam atropeladamente, reclamando do governo aos brados. Preferi voltar ao Británico, onde pelo menos conhecia as rotinas. Ali fiquei sabendo, pelo garçom, que o Tucumano estava exibindo seu Aleph de espelhinhos no porão de um sindicato, onde conseguia entrar oferecendo parte dos ganhos ao vigia. A função da primeira noite foi assistida por dez ou doze turistas, mas a da segunda e a da terceira foram suspensas por falta de público. Calculei que, ignorando meus conselhos, o Tucumano tinha omitido a leitura do fragmento de Borges que eu lhe indicara: "Vi o populoso mar, vi a alvorada e a tarde, vi as multidões da América, vi uma prateada teia de aranha no centro de uma negra pirâmide, vi um labirinto em ruínas (era Londres)". Desamparada desse texto, a ilusão que o Aleph criava devia ser precária, e sem dúvida os turistas se retiravam desencantados. Contudo, enganar dez ouvintes era um sucesso estrondoso naquelas semanas de desassossego. Ninguém tinha dinheiro em Buenos Aires (nem eu), e os visitantes fugiam da cidade como na iminência de uma peste.

Ao anoitecer, quando o trânsito rugia e minha inteligência era derrotada pela prosa dos teóricos pós-coloniais, eu me entretinha folheando o livro-caixa de Bonorino, pródigo em laboriosas definições ilustradas de palavras como facão, barbante, Uqbar, erva-mate, fernet, percal, e que incluía, por outro lado, uma alentada seção sobre as invenções argentinas, como a esferográfica — ou *birome* —, o doce de leite, a datiloscopia e o aguilhão elétrico, duas das quais se devem não ao engenho nativo, e sim ao de um dálmata e de um húngaro.

As referências eram inesgotáveis e, abrindo o volume ao acaso, eu nunca topava com a mesma página, como em *O livro de areia*, que Bonorino citava com freqüência. Uma tarde, distraído, encontrei um longo verbete sobre o Parque Chas e, enquanto o lia, pensei que já era tempo de conhecer o último bairro onde Martel cantara. Segundo o bibliotecário, o lugar deve seu nome a uns campos inférteis herdados pelo doutor Vicente Chas, em cujo centro se erguia a chaminé de uma olaria. Pouco antes de morrer, em 1928, o doutor Chas teve um sério litígio com o governo de Buenos Aires, que queria interditar a olaria por causa dos males que causava aos pulmões dos vizinhos e porque impedia o prolongamento da avenida De los Incas em direção ao oeste, bloqueado pela monstruosa chaminé. Na verdade, o município escolhera o local para executar um delirante projeto de arruamento radiocêntrico, de autoria dos jovens engenheiros Frehner e Guerrico, cujo traçado copiava o dédalo sobre os pecados do mundo e a esperança do Paraíso que se encontra sob a cúpula da igreja de San Vitale, em Ravenna.

Bonorino conjecturava, no entanto, que o traçado circular do bairro obedecia a um plano secreto de comunistas e anarquistas para ter onde se refugiar em tempos de incerteza. Sua tese se inspirava na loucura pelas conspirações que caracteriza os habitantes de Buenos Aires. Caso contrário, como se explicaria que a maior diagonal do bairro se tivesse chamado La Internacional antes de ser a avenida General Victorica, ou que a rua Berlín constasse em alguns mapas como Bakunin, e que uma pequena artéria de quatrocentos metros se chamasse Treveris, em alusão a Trier, ou Trèves, a cidade natal de Karl Marx?

"Um colega da biblioteca de Montserrat domiciliado no Parque Chas", anotou Bonorino em seu livro, "guiou-me um dia por esse enredo de ziguezagues e desvios até chegarmos à esquina das ruas Ávalos e Berlín. Para demonstrar as dificuldades do labirinto, insistiu em que eu me afastasse cem metros em qualquer direção e em seguida voltasse pelo mesmo caminho. Se eu demorasse mais que meia hora, ele prometia sair à minha procura. Perdi-me, e não saberia dizer se foi na ida ou na volta. *Já o branco sol intolerável das doze do dia era o sol amarelo que precede o anoitecer*, e por mais voltas que eu desse não conseguia me orientar. Num rasgo de inspiração, meu colega resolveu rastrear-me. Já escurecia quando enfim me viu na esquina da Londres com a Dublín, a poucos passos do lugar onde nos separáramos. Encontrou-me, disse ele, atônito e sedento. Quando voltei da expedição, fui acometido de uma febre persistente. Centenas de pessoas se perderam nas enganosas ruas do Parque Chas, onde parece estar situado o interstício que divide a realidade das ficções de Buenos Aires. Em toda grande cidade existe, como se sabe, uma dessas linhas de alta densidade, semelhante aos buracos negros do espaço, que altera a natureza dos que a atravessam. Consultando velhas listas telefônicas, deduzi que o perigoso ponto encontra-se no retângulo limitado pelas ruas Hamburgo, Bauness, Gándara e Bucarelli, onde algumas casas foram habitadas, há sete décadas, pelas vizinhas Helene Jacoba Krig, Emma Zunz, Alina Reyes de Aráoz, María Mabel Sáenz e Jacinta Vélez, mais tarde transformadas em personagens de ficção. Mas os moradores do bairro situam-no na avenida De los Incas, onde estão as ruínas da olaria."

As coisas que Bonorino dizia não me permitiam entender por que Martel cantara no Parque Chas. O delírio sobre a linha divisória entre realidade e ficção nada tinha a ver com suas tentativas anteriores de capturar o passado — nunca acreditei que o cantor se interessasse pelo passado da imaginação —, e as histórias populares sobre as andanças do Pibe Cabeza e outros marginais pelo labirinto, mesmo que fossem verídicas, careciam de vínculos com a história maior da cidade.

Passei duas tardes na biblioteca do Congresso recolhendo informações sobre a vida do Parque Chas. Verifiquei que ali nunca houve centros anarquistas nem comunistas. Pesquisei com minúcia se alguns apóstolos da violência libertária — como os chamava Osvaldo Bayer — acharam refúgio no dédalo antes de serem levados ao presídio de Ushuaia ou ao pelotão de fuzilamento, mas suas vidas tinham transcorrido em zonas mais centrais de Buenos Aires.

Como o bairro se mostrava tão esquivo, resolvi ir conhecê-lo pessoalmente. Um dia, de manhã cedo, tomei um ônibus que ia da estação Constitución até a avenida Triunvirato, caminhei para o oeste e me internei na terra incógnita. Ao chegar à rua Cádiz, a paisagem se transformou numa sucessão de círculos — se é que os círculos podem ser sucessivos —, e de repente eu já não sabia onde estava. Andei por mais de duas horas quase sem sair do lugar. Em cada cruzamento eu vi o nome de uma cidade, Genebra, Haia, Dublin, Londres, Marselha, Constantinopla, Copenhague. As casas eram todas geminadas, sem espaços de separação, mas os arquitetos tinham achado um jeito de as linhas retas parecerem curvas, e vice-versa. Embora algumas casas tivessem marcos rosados e outras portais azuis — também havia fachadas lisas, pintadas de branco —, era difícil distingui-las: algumas tinham o mesmo número, digamos o 184, e em várias delas tive a impressão de observar as mesmas cortinas e o mesmo cachorro apontando o focinho pela janela. Caminhei sob um sol impiedoso sem ver vivalma. Não sei como, desemboquei numa praça cercada de grades pretas. Até esse momento, eu só tinha visto edificações de no máximo dois pavimentos, mas em volta daquele quadrado se erguiam prédios altos, também iguais, de cujas janelas pendiam bandeiras de times de futebol. Recuei alguns passos, e os prédios se apagaram como um fósforo. De novo me vi perdido entre as espirais de casas baixas. Desandei o caminho, procurando que cada passo repetisse os que acabara de dar na direção contrária, e assim voltei a achar a praça, mas não no ponto onde a deixara, e sim em outro, diagonal ao anterior. Por um momento pensei que era vítima de uma alucinação, mas o toldo verde sob o qual eu tinha estado fazia menos de um minuto brilhava sob o sol a cem metros de mim, e em seu lugar aparecia agora um comércio que se anunciava como El Palacio de los Sandwiches, mas que na verdade era uma banquinha de janela que oferecia balas e refrescos. Atrás do tabuleiro havia um adolescente com um enorme boné que lhe cobria os olhos. Senti alívio ao ver, afinal, um ser humano capaz de me dizer em que ponto do dédalo nos encontrávamos. Atinei em pedir uma garrafa de água mineral, porque estava desmaiando de sede, mas antes de eu completar a frase o rapaz respondeu "Não tem" e desapareceu atrás de uma cortina. Durante algum tempo, bati palmas para chamar sua atenção, até perceber que, enquanto eu estivesse lá, ele não voltaria.

Antes de sair, eu tinha xerocado uma página do guia Lumi com um mapa muito detalhado do Parque Chas, mostrando suas entradas e saídas. No mapa havia uma área sombreada que talvez fosse uma praça, mas sua forma era a de um retângulo irregular, e não quadrada como a que eu tinha diante de mim. Diferentemente das ruelas por onde eu vinha caminhando, nessa em que agora estava não havia placas com nomes nem números na fachada das casas, por isso resolvi seguir reto em direção ao oeste, partindo da banquinha. Tive a sensação de que, quanto mais eu andava, mais a calçada se alongava, como se estivesse caminhando numa esteira rolante.

Era meio-dia no meu relógio, e as casas junto às quais eu passava estavam fechadas e aparentemente vazias. Tive a impressão de que também o tempo se deslocava de maneira caprichosa, como as ruas, mas a essa altura pouco me importava se eram seis horas da tarde ou dez da manhã. O peso do sol tornou-se insuportável. Eu estava morrendo de sede. Se notasse algum sinal de vida em qualquer casa, chamaria sem parar até que alguém aparecesse com um copo de água.

Comecei a ver sombras movendo-se numa das travessas, a quilômetros de mim, e me senti tão fraco que tive medo de desmaiar ali mesmo, sem que ninguém viesse me socorrer. Logo percebi que as sombras não eram alucinações, e sim cachorros que, como eu, estavam procurando onde beber e proteger-se do sol, além de uma mulher que, a passo rápido, tentava esquivar-se deles. A mulher vinha em minha direção, mas não parecia reparar na minha existência, enquanto eu só discernia nela o som de umas pulseiras de metal, que meses mais tarde me permitiriam reconhecê-la até no escuro, porque se balançavam a um ritmo sempre igual, um rápido chocalhar metálico seguido de duas vibrações lentas. Tentei chamá-la para que me dissesse onde estávamos — deduzi que ela o sabia porque caminhava com decisão —, mas, antes que eu pudesse abrir a boca, sumiu no vão de uma porta. Animado por esse sinal de vida, avancei. Passei rente a outras duas casas sem ninguém e a uma fachada de tijolos lustrados, com uma janela de ferro em forma de trevo. Para minha surpresa, havia também uma porta de duas folhas, uma das quais aberta. Entrei. Dei numa sala espaçosa e escura, com estantes onde brilhavam alguns poucos troféus esportivos, umas cadeiras de plástico e dois ou três letreiros emoldurados, com frases edificantes como "Qualidade é fazer as coisas bem-feitas de uma vez" e "São os detalhes que fazem a perfeição, mas a perfeição não é um detalhe".

Depois eu soube que a decoração da sala mudava conforme o humor do zelador, e que às vezes, em vez de cadeiras, havia um balcão e garrafas de genebra nas estantes, mas é possível que eu esteja confundindo o local com outro aonde fui mais tarde, naquele mesmo dia. Em ambos o cenário era alterado sem aviso, como numa peça de teatro. Não lembro grande coisa do que aconteceu em seguida, porque a realidade se embaralhou e tudo o que vivi parecia parte de um sonho. Hoje mesmo continuaria pensando que o Parque Chas é uma ilusão, se não fosse porque a mulher que eu acabara de ver na rua estava na sala e porque voltei a vê-la muitas outras vezes fora dali.

Você está tonto, foi a primeira coisa que a mulher me disse. Senta aqui e fica parado até a tontura passar.

Só quero um pouco de água, disse. Minha boca estava completamente seca e mal conseguia falar.

Da escuridão surgiu um homem alto e pálido, com barba de dois ou três dias, muito escura. Vestia camiseta sem mangas e calças de pijama, e se abanava com um papelão. Aproximou-se de mim a passinhos curtos, desviando-se da ofuscante claridade da rua.

Não tenho licença para vender água, disse. Só refrigerantes e soda em sifão.

Que seja, disse-lhe a mulher.

Falava com tanta firmeza que era impossível não obedecê-la.

Talvez aturdido pela insolação, naquele momento achei que era um ser de irresistível beleza, mas quando a conheci melhor vi que era apenas chamativa. Tinha algo em comum com essas atrizes de cinema pelas quais a gente se apaixona sem saber por quê, mulheres como Kathy Bates, ou Carmen Maura, ou Anouk Aimée, ou Helena Bonham Carter, que não são nada do outro mundo mas que fazem com que a pessoa que as olha se sinta feliz.

Esperou eu beber lentamente a soda que o homem de camiseta me serviu, cobrando-me uma soma absurda, dez pesos, que a mulher me obrigou a não pagar — Se você lhe der dois pesos, já vai pagar o triplo do preço, disse —, e em seguida, com ar negligente, pediu uma bengala com empunhadura de nácar que devia estar ali guardada fazia mais de uma semana. O homem retirou o objeto de uma das estantes, onde estava oculto atrás dos troféus. Era de cabo curvo, lustroso. Abaixo do castão de nácar, vi a imagem tradicional de Carlos Gardel que enfeita os ônibus de Buenos Aires, com roupas de gaúcho e echarpe branca no pescoço. Pareceu-me uma peça tão única que lhe pedi permissão para tocá-la.

Não vai gastar, disse-me a mulher. O dono já quase nem a usa.

A bengala não tinha peso. Sua madeira era muito bem trabalhada, e a imagem de Gardel devia ser obra de um mestre da pintura popular. Meus elogios foram reprimidos pelo homem de camiseta, que queria fechar o clube — disse — e dormir a sesta. Eu já estava refeito e perguntei à mulher se não se importava de eu sair do labirinto junto com ela, até um ponto de ônibus.

Tem um táxi me esperando na esquina da Triunvirato, disse. Posso te guiar até lá.

Embora de sua bolsa sobressaísse um mapa com vários pontos assinalados, não parecia precisar dele. Não errou o caminho uma única vez. Quando começamos a andar, perguntou meu nome e o que eu estava fazendo ali.

É raro ver no Parque Chas alguém que não seja do bairro, disse. Em geral, ninguém vem aqui, nem sai daqui.

Repeti o que Bonorino me contara sobre o recital inesperado de Julio Martel numa daquelas esquinas. Falei-lhe da paixão com que eu vinha procurando o cantor fazia meses.

Pena a gente não ter se conhecido antes, disse, como se fosse a coisa mais natural do mundo. Eu vivo com o Martel. Poderia ter apresentado vocês dois. Esta bengala que vim apanhar é dele.

Olhei bem para ela sob a luz calcinada. Então me dei conta de que era a mesma mulher que eu tinha visto na rua México entrando num táxi com o cantor. Por incrível que pareça, acabara de encontrá-la em um labirinto, onde tudo se perde. Eu a imaginava alta, mas não era. Sua estatura aumentava quando ao lado do ínfimo Martel. Tinha o cabelo espesso e escuro, e o sol não a afetava: caminhava à intempérie como se sua natureza também fosse de luz, sem perder o viço.

A senhora pode nos apresentar agora, disse, sem me atrever a chamá-la de você. Por favor.

Não. Agora ele está muito mal. Veio cantar no Parque Chas com uma hemorragia interna, e não sabíamos. Cantou três tangos, um exagero. Ao sair, desmaiou no carro. Fomos direto para o hospital, e teve mil complicações. Está na UTI.

Preciso falar com ele, insisti. Quando for possível. Vou esperar no hospital até a senhora me chamar. Vou ficar lá de plantão, se não se importar.

Por mim, você faça o que quiser. Podem se passar semanas, meses, sem que o Martel possa ver ninguém. Não é a primeira vez que isso acontece. Já perdi a conta dos dias que estou sem dormir.

As ruas curvas se repetiam, monótonas. Se alguém me perguntasse onde estávamos, teria respondido que no mesmo lugar. Vi outras cortinas iguais nas janelas e cachorros também iguais apontando o focinho. Ao dobrar uma esquina, porém, a paisagem mudou e se tornou reta. Durante o breve passeio, contei à mulher tudo o que pude sobre mim, tentando interessá-la nas reflexões de Borges sobre as origens do tango. Disse-lhe que estava em Buenos Aires para trabalhar na minha tese e que, quando meu dinheiro acabasse, só me restaria voltar a Nova York. Tentei sacar dela — em vão — o que Martel sabia sobre os tangos primitivos, já que ele os cantara e, à sua maneira, os compusera de novo. Declarei que não me conformava com que todo esse conhecimento morresse com ele. A essa altura, já havíamos chegado à avenida Triunvirato. O táxi esperava por ela em frente a uma pizzaria.

O Martel está no hospital Fernández, na rua Bulnes, disse-me, com voz maternal. As visitas à UTI são liberadas à tarde, das seis e meia às sete e meia. Duvido que você possa falar com ele, mas eu vou estar lá, sempre.

Fechou a porta do táxi e o carro partiu. Vi seu vago perfil atrás dos vidros, a mão acenando, displicente, e um sorriso que ofuscou o sol tenaz do meio-dia, ou da hora que fosse. Devolvi o sorriso e nesse instante me dei conta de que nem sequer sabia o nome dela. Corri pelo meio da avenida, esquivando-me dos veículos que passavam a toda velocidade, e a duras penas consegui alcançá-la num sinal fechado. Quase sem fôlego, disse o que havia esquecido.

Ah, como sou distraída, respondeu. Meu nome é Alcira. Alcira Villar.

Agora que o acaso vinha em meu auxílio, não deixaria a oportunidade escapulir de minhas mãos. Fui educado numa família presbiteriana cujo primeiro mandamento é o trabalho. Meu pai acreditava que a boa sorte é um pecado, porque desestimula o esforço. Eu nunca conhecera ninguém que tivesse ganhado na loteria, nem que sentisse a felicidade como um dom e não como uma injustiça. E de repente a sorte sorria para mim numa manhã qualquer, às vésperas do verão, dez mil quilômetros ao sul do lugar onde nasci. Meu pai teria mandado eu fechar os olhos e fugir dessa tentação. Alcira, ela disse, Alcira Villar. Eu não podia pensar em outra coisa nem pronunciar outro nome.

A partir do dia seguinte, eu me postei todas as tardes, a partir das seis horas, numa sala próxima à unidade de terapia intensiva. Às vezes espiava pela passagem e observava a dupla porta de vaivém que se abria para um longo corredor, depois do qual estavam os doentes, no segundo andar do hospital. O lugar era limpo, claro, e nada perturbava o denso silêncio dos que esperávamos. Através das janelas, via-se um pátio com canteiros de flores. Às vezes entravam os médicos, chamavam as famílias de parte e falavam com elas em voz baixa. Quando se retiravam, eu os perseguia para perguntar sobre Julio Martel. "Vai indo, vai indo", era tudo o que conseguia extrair deles. As enfermeiras se condoíam de minha ansiedade e procuravam me consolar. "Não se preocupe, Cogan", diziam, maltratando meu nome. "Quem está na UTI não tem por que morrer. A maioria sai daqui para os quartos comuns e acaba voltando para casa." Eu lhes lembrava que não era a primeira vez que Martel estava lá e que isso não era um bom sinal. Então balançavam a cabeça e concordavam: "É verdade. Não é a primeira vez".

Com freqüência, Alcira vinha se sentar a meu lado ou me pedia que a acompanhasse até um dos cafés da avenida Las Heras. Nunca conseguíamos conversar em paz, ou porque seu celular tocava, com alguém querendo lhe encomendar uma pesquisa que ela invariavelmente recusava, ou porque a cada tanto desfilavam punhados de manifestantes pedindo comida. Quando encontrávamos uma mesa afastada, sempre éramos interrompidos por mendigas com filhos no colo, ou bandos de moleques que me puxavam a calça e as mangas da camisa para que lhes desse um torrão de açúcar, o biscoito velho que serviam com o café, uma moeda. Acabei por me tornar indiferente à miséria porque eu também, quase sem me dar conta, estava ficando miserável. Alcira, em compensação, tratava a todos com ternura, como se fossem irmãos perdidos em alguma calamidade e, se o garçom os expulsava com maus modos — o que acontecia quase sempre —, ela protestava enfurecida e não queria ficar no café nem mais um minuto.

Embora eu tivesse uns sete mil dólares no banco, só podia retirar duzentos e cinqüenta por semana, depois de tentar a sorte em caixas eletrônicos que ficavam muito longe uns dos outros, a mais de uma hora de ônibus. Fui aprendendo que os caixas de certos bancos eram abastecidos de notas às cinco da manhã e seus fundos se esgotavam duas horas mais tarde, ao passo que em outros o ciclo começava ao meio-dia. Mas milhares de pessoas aprendiam essas coisas ao mesmo tempo, e mais de uma vez, depois de ir da avenida Chiclana, em Boedo, até a avenida Balbín, do outro lado da cidade, cheguei quando a fila já estava se dispersando porque o dinheiro tinha acabado. Nunca gastei menos de sete horas por semana para reunir os duzentos e cinqüenta pesos permitidos pelo governo, e não conseguia imaginar como se arranjavam as pessoas que trabalhavam em horário fixo.

Quando minhas peregrinações pelos caixas eram bem-sucedidas, eu acertava as contas no hotel e comprava um buquê de flores para Alcira. Ela dormia muito pouco e as vigílias iam apagando seu olhar, mas disfarçava o cansaço e se mostrava alerta, enérgica. Por estranho que pareça, ninguém a visitava no hospital da rua Bulnes. Os pais de Alcira eram muito velhos e viviam em alguma cidadezinha perdida na Patagônia. Martel estava sozinho no mundo. Tinha uma fama legendária de mulherengo, mas nunca se casara, como Carlos Gardel.

Na sala próxima à UTI, Alcira me contou fragmentos da história que o cantor fora recuperar no Parque Chas, aonde chegou já com a hemorragia interna desatada. Eu achei mesmo que ele estava fraco — disse ela —, apesar do entusiasmo com que discutiu o repertório com o Sabadell. Pedi que só cantasse dois tangos, mas ele teimou que seriam três. Na noite anterior tinha me explicado com todas as letras o que aquele bairro significava para ele. Ruminou a palavra bairro, rio, barro, bar, orar, birra, ira, e percebi que esses jogos escondiam alguma tragédia e que por nada deste mundo ele faltaria àquele encontro consigo mesmo no Parque Chas. Mas eu não tinha noção do quanto ele estava mal até que desfaleceu, depois do último tango. Sua voz fluiu com ímpeto e, ao mesmo tempo, com negligência e melancolia, não sei como explicar, talvez porque o vento da voz arrastasse as decepções, as felicidades, as queixas contra Deus e a desgraça de suas doenças, tudo o que ele nunca tinha ousado dizer para as pessoas. No tango, a beleza da voz é tão importante quanto o modo de cantar, o espaço entre as sílabas, a intenção que envolve cada frase. Você já deve ter percebido que um cantor de tango é, antes de mais nada, um ator. Não um ator qualquer, mas uma pessoa em quem o ouvinte reconhece seus próprios sentimentos. A erva que cresce sobre esse campo de música e palavras é a silvestre, agreste, invencível erva de Buenos Aires, o tal *perfume de yuyos y de alfalfa*. Se o cantor fosse Javier Bardem ou Al Pacino com a voz de Pavarotti, a gente não suportaria nem uma estrofe. É só você ver o banho que o Gardel, com sua voz bem-educada mas milongueira, dá em Plácido Domingo, que poderia ter sido seu mestre, mas que ao cantar *rechiflao en mi tristeza* continua sendo o Alfredo de *La traviata*. O Martel, ao contrário desses dois, não se dá o direito de facilitar nada. Não suaviza as sílabas para que a melodia deslize. Ele mergulha você no drama daquilo que está cantando, como se fosse ao mesmo tempo os atores, o cenário, o diretor e a música de um filme triste.

Era, é verão, como você sabe, disse Alcira. Dava até para ouvir o calor crepitando. Naquela tarde, Martel estava com a roupa formal das apresentações nos clubes. Calça listrada, paletó cruzado, preto, camisa branca abotoada até o colarinho e a echarpe da mãe, tão parecida com a de Gardel. Tinha colocado os sapatos de tacão, que lhe atrapalhavam o passo ainda mais, e maquiado as olheiras e as maçãs do rosto. De manhã me pediu que lhe tingisse o cabelo de preto e passasse suas cuecas. Usei uma tintura bem firme e um fixador que mantinha o penteado seco e brilhante. Tinha medo que o suor escorresse enegrecido por sua testa, como acontece com Dirk Bogarde na cena final de *Morte em Veneza*.

Parque Chas é um lugar sossegado, disse Alcira. O que acontece num ponto do bairro é sabido em todos ao mesmo tempo. O diz-que-diz é o fio de Ariadne que atravessa as paredes infinitas do labirinto. O carro que nos levava parou na esquina da Bucarelli com a Ballivian, junto a uma casa de três andares pintada de uma cor estranha, um ocre muito claro, que parecia arder na última luz da tarde. Como tantos outros sobrados da vizinhança, ocupava um espaço triangular, com umas oito janelas no andar de cima e duas à altura da rua, mais três no terraço. A porta de entrada ficava bem recuada no chanfro da esquina, como a úvula de uma garganta profunda. Do outro lado da rua se amodorrava um desses comércios que só existem em Buenos Aires, as "bolacharias". Nos anos prósperos, neles se ofereciam biscoitos de variedades insólitas, desde estrelas de gengibre e cubos recheados com mel de asfódelo até rosquinhas de jasmim, mas a decadência argentina os aviltou, transformando-os em vendinhas de refrigerantes, balas e pentes. A partir da esquina com a Ballivian, a rua Bucarelli subia em ladeira, uma das poucas que interrompem a planura da cidade. Duas pichações recentes declaravam "Massacre palestino" e, ao pé de uma imagem benévola de Jesus, "Como é bom estar com você".

Bastou o Sabadell sacar seu violão e as ruas que pareciam desertas começaram a se encher de gente inesperada, contou-me Alcira: jogadores de bocha, vendedores de loteria, matronas de bobes mal enrolados, ciclistas, contadores com mangas de lustrina e as jovens coreanas que estavam na bolacharia. Os que vieram com cadeiras dobráveis formaram um semicírculo diante da casa ocre. Poucos ali tinham visto o Martel, e talvez nenhum deles o tivesse ouvido. As poucas imagens que se conhecem do cantor, publicadas no jornal *Crónica* e no semanário *El Periodista*, em nada lembram a imagem inchada e envelhecida que naquela tarde apareceu no Parque Chas. De uma das janelas caiu um aplauso, e a maioria lhe fez coro. Uma mulher pediu "Cambalache" e outra insistiu com "Yira, yira", mas o Martel levantou os braços e disse: "Desculpem, mas em meu repertório omito os tangos de Discépolo. Vim cantar outras letras, para evocar um amigo".

Não sei se você já leu alguma coisa sobre a morte de Aramburu, disse Alcira. Impossível. Pedro Eugenio Aramburu. Por que você saberia dessa história, Bruno, se no teu país ninguém sabe nada dos outros? Aramburu foi um dos generais que derrubou Perón em 1955. Durante os dois anos que se seguiram, ocupou a Presidência de fato, consentiu a execução sumária de 27 pessoas e ordenou que o cadáver de Eva Perón fosse sepultado do outro lado do oceano. Em 1970, ele estava se preparando para retomar o poder. Um grupelho de jovens católicos, empunhando a cruz de Cristo e a bandeira de Perón, seqüestrou o general e o condenou à morte num sítio em Timote. A casa ocre da rua Bucarelli foi um dos esconderijos onde eles tramaram o atentado. O Mocho Andrade, que tinha sido companheiro de jogos do Martel, era um dos conspiradores, mas ninguém nunca soube disso. Ele sumiu sem deixar rastro, sem deixar memória, como se nunca tivesse existido. Quatro anos mais tarde, apareceu na casa do Martel, contou sua versão dos fatos e, agora sim, desapareceu para sempre.

Era difícil acompanhar a narração de Alcira, interrompida

pelas súbitas recaídas do cantor na unidade de terapia intensiva. Era mantido vivo à força de um respirador artificial e de contínuas transfusões de sangue. O que consegui anotar é um quebra-cabeça de cuja clareza não estou bem certo.

Andrade, o Mocho, era corpulento, enorme, escuro como o cantor, mas com os cabelos rebeldes e uma voz esganiçada, de hiena. A mãe dele ajudava dona Olivia nos trabalhos de costura, e, nas tardes em que as mulheres se reuniam, o Mocho não tinha outro remédio senão fazer companhia ao inválido Estéfano. Acostumaram-se a jogar baralho e a dividir os livros que retiravam da biblioteca municipal de Villa Urquiza. Estéfano era um leitor voraz. Enquanto um levava duas semanas para ler *Os filhos do capitão Grant*, o outro devorava em uma *A ilha misteriosa* e *Vinte mil léguas submarinas*, que somavam o dobro de páginas. Foi o Mocho quem descobriu, no parque Rivadavia e na rua Corrientes, as bancas onde estavam mofando os exemplares perdidos da revista *Zorzales del 900* e foi também ele quem convenceu a mãe, dona Olivia e a vizinha que estava com elas a darem mais uma volta no trem fantasma enquanto Estéfano gravava "El bulín de la calle Ayacucho" na cabine de gravação de um parque de diversões.

Enquanto um sonhava em ser um cantor de tango sedutor e elegante, o outro queria ser um fotógrafo épico. A ilusão do inválido esbarrava em suas pernas raquíticas, na ausência de pescoço, na corcunda vergonhosa. A perdição do Mocho era sua voz, que ainda aos vinte anos descambava em guinchos pigarreantes. Em novembro de 1963, junto com outros dois conspiradores, arrastou pela rua Libertad, em pleno centro de Buenos Aires, um busto de Domingo Faustino Sarmiento, enquanto gritava por um megafone: "Aqui vai o bárbaro assassino do Chacho Peñaloza!". A cena pretendia ser insultuosa; a voz do Mocho tornou-a ridícula. Embora ele estivesse com sua câmera fotográfica pendurada no pescoço para captar a indignação dos transeuntes, o fotografado foi ele, na primeira página do vespertino *Noticias Gráficas*. Nessa época, Estéfano estava começando a cantar nos clubes. Seu amigo aparecia no meio das apresentações, ia até o palco e batia algumas fotos com flash. Em seguida, desaparecia. Nos primeiros dias do outono de 1970, os dois se encontraram por acaso na noite do Sunderland e, numa mesa do fundo, brindaram ao passado. Martel já era Martel e todos o chamavam assim, mas para o Mocho continuava sendo Téfano.

Qualquer dia, disse-lhe o amigo, vou até Madri e volto no avião preto com Perón e Evita.

Os militares nunca vão deixar o Perón entrar, corrigiu-o Martel. E ninguém sabe onde está o cadáver de Evita, se é que não o jogaram no mar.

Você vai ver, insistiu o Mocho.

Meses mais tarde, Aramburu foi seqüestrado dentro da própria casa por uns jovens. O julgamento do ex-presidente se estendeu por dois dias, e no amanhecer do terceiro o executaram com um tiro no coração. Durante semanas, os conspiradores foram procurados em vão, até que, numa manhã de julho, uma das filiais desse pequeno exército autodenominado Montoneros tentou tomar La Calera, um vilarejo nas serras de Córdoba. Se o seqüestro de Aramburu tinha sido uma obra-prima de estratégia militar, a tomada de La Calera foi de uma inépcia inigualável. Dois dos guerrilheiros morreram, outros caíram feridos, e entre os documentos apreendidos pela polícia estavam as chaves do seqüestro de Aramburu. Todos os nomes dos conspiradores foram decifrados, exceto um: FAP. Os investigadores do Exército atribuíram essas letras à sigla de outra organização, as Fuerzas Armadas Peronistas, que dois anos antes tomara os montes de Taco Ralo, no sul de Tucumán. Mas eram, na verdade, as iniciais de Felipe Andrade Pérez, vulgo "Ojo Mágico", vulgo "El Mocho".

Durante seis meses, Andrade ocupara um quarto na casa ocre da rua Bucarelli. Em reuniões que se estendiam madrugada adentro, ele e os demais conspiradores discutiram os detalhes do seqüestro de Aramburu. Sua missão consistia em ajudar o dono da casa, cego de um olho e míope do outro, a desenhar as plantas do apartamento onde o ex-presidente morava e fotografar a garagem vizinha da rua Montevideo, o bar El Cisne — que ficava na esquina — e a banca de revistas da avenida Santa Fe, onde sempre havia gente. Depois memorizavam as fotos, faziam algumas anotações e em seguida queimavam os negativos. Duas semanas antes da data marcada para o seqüestro, o Mocho traçou o itinerário da fuga. Foi ele quem achou os descampados onde o prisioneiro seria transferido de um veículo para o outro; também foi ele quem determinou que o último veículo, uma caminhonete Gladiator, levaria uma carga oca de fardos de alfafa, atrás da qual o seqüestrado e seus vigias iriam viajar. Para ele, o mais importante daquela aventura seria registrar cada passo com sua câmera: a saída de Aramburu de seu prédio, escoltado por dois falsos oficiais do Exército; o terror de seu rosto na Gladiator; os interrogatórios no sítio de Timote, aonde o levaram para julgá-lo; o anúncio da condenação à morte; o momento da execução. Na última hora, porém, o Mocho recebeu ordem de ficar na casa da rua Bucarelli a fim de coordenar uma eventual retirada. Os conspiradores gravaram todas as palavras que Aramburu balbuciou ou disse durante seu cativeiro, mas não tiraram fotografias. O chefe da operação, um amador, tentou registrar a imagem do seqüestrado contra uma parede branca, mas o filme se rompeu na quinta vez que ele tentou avançá-lo, e as poses se perderam.

Ficar à margem da aventura foi uma decepção tão grande para o Mocho que ele desapareceu do Parque Chas sem aviso, como tantas outras vezes. Os conspiradores temeram que ele os denunciasse, mas sua natureza não era a de um traidor. Hospedou-se sob nome falso numa pensão miserável, e na semana seguinte voltou à rua Bucarelli para recolher sua roupa. A casa estava vazia. No laboratório fotográfico, dentro da pia de revelação, encontrou os negativos de três fotos, sem dúvida tiradas pelo desajeitado e cegueta dono do lugar. Identificou as imagens na hora, pois tinham sido enviadas a todos os matutinos, e alguns as estamparam na primeira página. Uma delas reproduzia as duas canetas Parker, o pequeno calendário e o prendedor de gravata que Aramburu levava ao ser capturado; outra exibia seu relógio de pulso; a terceira, uma medalha que recebera do 5º regimento de infantaria, em maio de 1955. Pensou que era um grave erro não ter destruído os negativos, e os queimou ali mesmo, com a chama de seu isqueiro. Sem perceber, deixou cair o pequeno retângulo com a imagem da medalha numa fresta quase invisível, entre a pia de revelação e a parede. Os investigadores do Exército o encontraram quarenta dias mais tarde, quando o desastre de La Calera já tinha fornecido as chaves para decifrar o seqüestro.

A história que te contei deveria acabar aqui, disse-me Alcira, mas na verdade é aqui que ela começa. No dia seguinte ao episódio de Córdoba, quando todos os jornais publicaram os nomes e as fotos dos seqüestradores de Aramburu, o Mocho apareceu na casa do Martel pedindo abrigo. Não disse do que estava fugindo nem quem o perseguia. Disse apenas: "Téfano, se você não me esconder, eu me mato". Estava transformado. Tinha pintado o cabelo de loiro, mas, como era crespo feito palha de aço, em vez de passar despercebido, era mais chamativo do que um flash. As unhas tinham uma suspeita cor de ferrugem, provocada pelo ácido usado nas revelações, e estava deixando crescer o bigode, hirsuto e resistente às tinturas. Sua voz continuava inconfundível, mas quase não falava. Quando o fazia, mantinha o tom no nível do sussurro, mas esganiçado, agudo como o grito de um cão moribundo.

Nessa época, Martel recolhia apostas de *quiniela* na funerária e vivia à margem da lei, temendo que algum jogador despeitado o denunciasse à polícia. Ele também não queria saber de nada. Dona Olivia escondeu o Mocho no quarto de costura, e o fugitivo se isolou do mundo mantendo o rádio ligado o dia inteiro, esperando sem ansiedade a chegada de alguma tragédia, embora não soubesse por quê. Nada aconteceu. Nos dias que se seguiram, o Mocho acordava pontualmente às sete, fazia flexões no quintal e se trancava no quarto de costura para ler *Os irmãos Karamazov*. Deve ter lido o romance pelo menos duas vezes, pois, afora as notícias do rádio, era sua única distração. Quando Estéfano voltava da funerária, os dois jogavam baralho, como na adolescência, e o cantor lhe mostrava as letras dos tangos pré-históricos que estava restaurando. Uma noite de inícios de agosto, o Mocho desapareceu sem dar explicações, como sempre. Estéfano achou que reapareceria na véspera de Natal, quando dona Andrade teve um infarto total e foi internada de urgência no hospital Tornú, mas, apesar de a notícia ter sido divulgada pelos serviços de solidariedade da televisão, ele não foi vê-la no hospital nem assistiu ao enterro, dois dias depois. Era como se tivesse sido tragado pela terra.

Nos anos que se seguiram, aconteceu de tudo. O governo militar devolveu a Perón a múmia de Evita, que estava intacta num incógnito jazigo em Milão. Durante algum tempo, o general não soube o que fazer com ela: por fim, preferiu conservá-la num sótão de sua casa em Madri. Depois voltou a Buenos Aires. Enquanto um milhão de pessoas o esperava perto do aeroporto de Ezeiza, as facções rivais do peronismo se atacaram com fuzis, forcas e socos-ingleses. Uma centena de combatentes morreu nos confrontos, e o avião do general aterrissou longe daquela fogueira. Perón foi eleito presidente da República pela terceira vez, mas já estava fraco, doente, submetido às vontades de seu secretário e astrólogo. Governou por nove meses, até que o cansaço o fulminou. O astrólogo e a viúva, mulher de poucas luzes, tomaram as rédeas do poder. Em meados de outubro de 1974, os Montoneros seqüestraram o ex-presidente Aramburu pela segunda vez. Retiraram o caixão de seu majestoso mausoléu no cemitério de La Recoleta e em troca exigiram a repatriação dos restos de Evita. Em novembro, o astrólogo viajou em segredo até Puerta de Hierro num vôo especial das Aerolíneas Argentinas e voltou com a ilustre múmia. O caixão de Aramburu reapareceu nessa mesma manhã, dentro de uma caminhonete branca abandonada na rua Salguero.

Alcira me contou que, na noite anterior à troca, o Mocho Andrade voltou à casa de Martel como se nunca tivesse sumido. Já não estava com o cabelo pintado nem usava bigodes. Apenas um par de longas costeletas, conforme a moda da época, e calças boca-de-sino. Pediu a dona Olivia que preparasse macarrão à bolonhesa, bebeu duas garrafas de vinho e, quando lhe perguntavam alguma coisa, punha-se a cantar os versos de "Caminito", com sua voz de pigarro tresnoitado: *He venido por última vez, he venido a contarte mi mal*. Tomou um banho e, ao sair, perguntou se os bailes de fim de semana no Sunderland continuavam animados. Nessa noite, Martel teria de dar um plantão duplo na funerária, mas o Mocho o obrigou a faltar. Ele mesmo passou a ferro o melhor terno preto do cantor e escolheu sua melhor camisa branca, enquanto desafinava: *Ahora, cuesta abajo en mi rodada/ las ilusiones pasadas/ ya no las puedo arrancar*.

Queria desabafar sua história, disse-me Alcira. Quanto mais alegre parecia, mais as coisas vividas o atormentavam. Chegando ao Sunderland, o Martel conseguiu uma mesa a um canto, afastada do movimento do salão, e pediu uma garrafa de genebra.

Eu seqüestrei Aramburu, disse o Mocho depois do primeiro copo, com uma voz sem rugas, como que acabada de estrear.

Estive no primeiro seqüestro e no segundo, o do cadáver. Mas agora tudo acabou. Vão encontrar o caixão amanhã de manhã.

Martel sentiu os casais paralisarem em plena pista de dança, a música sumir e o tempo congelar em seu cristal de lugar nenhum. Temeu que os vizinhos de mesa ouvissem alguma coisa, mas o tango derramado pelos alto-falantes derrotava todos os outros sons, e, toda vez que a orquestra tocava o acorde final, o Mocho acendia um cigarro, em silêncio.

Ficaram no Sunderland até as cinco da manhã, fumando e bebendo. No início, a história que ele contava não tinha pé nem cabeça, mas aos poucos foi ganhando sentido, embora o Mocho nunca tenha revelado onde havia passado os últimos três anos nem por quê, depois de abandonar a casa da rua Bucarelli, os Montoneros o deixaram participar do segundo seqüestro, que era mais arriscado ainda. Parte do que Andrade contou naquela noite já havia sido publicada pelos próprios autores do primeiro seqüestro numa revista montonera, mas o final da trama era desconhecido na época, e ainda hoje continua parecendo inverossímil.

Como você sabe, sou um aventureiro, a disciplina militar me violenta, disse o Mocho a Martel, e assim o ouvi de Alcira. Tive poucos amigos, e fui perdendo todos. Um deles morreu em La Calera; outros dois caíram por bobeira numa pizzaria em William Morris. As mulheres por quem me apaixonei foram me deixando, uma após outra. Também fui abandonado por Perón, que deixou o país arrasado, nas mãos de uma viúva histérica e de um bruxo assassino. Só me restam você e outra pessoa cujo nome não posso dizer.

Faz uns três meses, conheci um poeta. Não qualquer poeta. Um dos grandes. *Dizem que sou o melhor poeta nacional*, escreveu. *Dizem, e é capaz que estejam certos.* Quase todas as noites nos encontrávamos na casa dele, em Belgrano, junto à ponte onde a rua Ciudad de la Paz é cortada pelo trem. Falávamos de Baudelaire, de René Char e de Boris Vian. Às vezes jogávamos baralho, assim como você e eu nos velhos tempos. Eu sabia que, pouco antes da volta de Perón, o poeta tinha estado na prisão de Villa Devoto e que era um militante mítico: o contrário de místico, Téfano, um apreciador da comida, das mulheres, da bebida. Eu o chamava de pequeno-burguês. E ele devolvia: pequeno, jamais. Eu sou um grande burguês.

Uma noite, na casa dele, depois de alguns tragos, de repente me perguntou se eu tinha medo do escuro. Eu vivo no escuro, respondi. Sou fotógrafo. A penumbra é meu elemento. Nem do escuro, nem da morte, nem da clausura. Então você é um dos meus — disse. Tinha preparado um plano perfeito para roubar o cadáver de Aramburu.

Começamos às seis da tarde, dois dias depois. Éramos quatro militantes audaciosos. Eu nunca soube, e nunca vou saber, o nome dos outros dois. Entramos no cemitério de La Recoleta pelo portão principal e nos escondemos num dos mausoléus. Até uma da manhã, ficamos imóveis. Ninguém falou, ninguém se atreveu a tossir. Eu matava o tempo trançando a franja de uns tapetes que achei no chão. O lugar estava limpo. Cheirava a flores. Era pleno mês de outubro, uma noite morna. Ao sair, estávamos com as pernas adormecidas. O silêncio nos queimava a garganta. O jazigo de Aramburu ficava a poucos passos dali, numa alameda central. Arrombá-lo e retirar o caixão foi fácil. Mais difícil foi abrir o portão do cemitério, e os cadeados fizeram um barulho infernal quando os quebramos. Uma coruja voou entre os álamos e deu um pio que me pareceu de mau agouro. Fora, na rua Vicente López, o furgão roubado de uma funerária esperava por nós. A rua estava deserta. Só fomos vistos por um casal que estava saindo de um dos hotéis de alta rotatividade da rua Azcuénaga. Os dois se persignaram ao ver o caixão e apertaram o passo.

Você deve se lembrar, disse-me Alcira, que pouco antes

Isabel e o astrólogo López Rega tinham mandado construir um altar da pátria, onde pensavam reunir os cadáveres dos heróis adversários. A avenida Figueroa Alcorta estava interditada na altura da Tagle, e os carros se enredavam num desvio desenhado por algum urbanista adepto do cubismo. O edifício projetado era uma pirâmide faraônica: na entrada ficaria o mausoléu de San Martín. Atrás, os de Rosas e Aramburu. No topo da pirâmide, Perón e Evita. Sem Aramburu, o projeto ficaria incompleto. Quando o bruxo soube que tinham roubado um de seus cadáveres, ficou possesso. Lançou uma multidão de policiais nas ruas de Buenos Aires para rastrear o corpo perdido. Quem sabe quantos inocentes foram assassinados nesses dias. Mas Aramburu estava bem ali, à vista de todos.

Pouco antes da operação em La Recoleta — disse o Mocho a Martel, e Alcira a mim, muito depois —, o poeta se apossou de um desses caminhões-tanque usados para o transporte de combustíveis. Não me pergunte como ele fez isso, porque nunca nos contou. Só sei que durante um mês, pelo menos, ninguém daria por falta dele. O caminhão era novo, e os mecânicos dos Montoneros abriram uma porta de entrada embaixo do tanque. No alto havia três pequenos respiradouros invisíveis por onde, às vezes, além de ar entrava um pouco de luz. A idéia do poeta era esconder o cadáver ali dentro e passeá-lo pela cidade, à vista dos policiais. Se acontecesse algum acidente, teríamos que defender o troféu com a própria vida. Um de nós montaria guarda dentro do tanque, com um arsenal para caso de emergência. Calculamos que cada um cumpriria um turno de oito dias no escuro e 48 horas ao volante. Às vezes pararíamos o caminhão em local seguro, às vezes rodaríamos ao léu por Buenos Aires. O motorista deveria permanecer alerta. Quem fosse no tanque disporia de um colchão e de uma latrina. Éramos quatro, como disse. Sorteamos os turnos. O poeta ficou com o primeiro. Eu, com o último. Por outro lado, quis a sorte que eu dirigisse durante as 48 horas iniciais.

O plano foi sendo cumprido sem o menor tropeço. Levamos o caixão até a terra de ninguém que fica entre o estádio do River Plate e os alvos do clube de tiro, e aí o passamos do furgão para o tanque. O poeta me permitiu bater fotos durante cinco minutos, mas, antes que o grupo se dispersasse, entregou minha câmera para outro companheiro.

Você vai poder tirar todas as fotos que quiser quando for sua vez de ir aí dentro, disse.

Assumi o volante. Estava sozinho na cabine. No porta-luvas tinha uma Walther nove milímetros e, ao alcance da mão, um walkie-talkie para, a intervalos regulares, informar como íamos indo. Atravessei a cidade de um extremo ao outro, até de madrugada. O caminhão era dócil e virava com elegância. Primeiro desci a avenida Callao, depois retornei pela Rodríguez Peña e segui pela Combate de los Pozos, Entre Ríos, Vélez Sársfield. Era a primeira vez que andava sem destino, sem prazo, e senti que só assim a vida valia a pena. Na altura do Instituto Malbrán, virei na Amancio Alcorta e depois segui para o norte, em direção a Boedo e Caballito. Ia devagar, para poupar combustível. As ruas estavam cheias de buracos e era difícil desviar deles. A voz do poeta me assustou:

Nenhum lugar é melhor para escrever que o escuro, disse.

Não sabia que o tanque se comunicava com a cabine através de uma entrada de ar quase imperceptível, que se abria atrás da latrina.

Vou te levar até o Parque Chas, avisei.

Que o ponto de chegada seja o ponto de partida, respondeu ele. Sempre teremos culpa de tudo o que acontecer no mundo.

Quando começava a clarear, estacionei o caminhão na esquina da Pampa com a Bucarelli e saí para comprar café e biscoitos. Depois atravessei os trilhos do trem e parei ao lado do clube Comunicaciones. Ninguém podia nos ver. Abri a entrada do tanque e falei para o poeta descer e esticar as pernas.

Eu estava dormindo, reclamou.

Vamos ter poucas paradas. É melhor você sair agora, antes que comece a enlouquecer de claustrofobia.

Quando ele se afastou um pouco, fui espiar dentro do tanque. Apesar dos respiradouros, o ar era pesado, e à altura da cabeça pairava um cheiro azedo e ao mesmo tempo seco, que não se parecia com nenhum outro. Cinza rançosa, pensei, se bem que toda cinza é rançosa. Cal e flores. Abri o caixão. Estranhei que a chapa de proteção estivesse desparafusada, porque quando o retiramos do cemitério não ouvi barulho de peças soltas. A sombra que jazia lá dentro devia ser mesmo a de Aramburu: havia um rosário enlaçado no que um dia tinham sido seus dedos e, sobre o peito, a medalha do 5º regimento de infantaria que acharam na casa da Bucarelli. A mortalha estava esfiapada e era muito pouco o que restava do corpo, quase as migalhas de uma criança.

Apoiado num dos pára-lamas do caminhão, o poeta mordiscava um biscoito.

Não tem sentido andar de um lado para o outro, disse. Eu me senti madame Bovary viajando a noite inteira com seu amante pelos subúrbios de Ruão.

Eu era o cocheiro, respondi, e não estava tão aflito quanto o do romance para descer numa taverna.

Preferia que você tivesse descido e não me acordasse. Nem vi o tempo passar escrevendo um poema, à luz da lanterna. Se a gente pegar um caminho monótono, leio para você.

Quando retomamos a marcha, escolhi o caminho mais monótono que eu conheço: a avenida General Paz, nos limites norte e oeste de Buenos Aires.

Sombras para olhar — disse o poeta, no tanque. — As pilhas estão fracas. Qualquer hora vou ficar cego. Vejo/ arrogâncias e humildades/ apócrifas e bastante/ sofrimento disfarçado. Vejo a luz/ dividida das inconsciências, vejo,/ vejo, um galhinho. De que cor? Não posso dizer.*

Continuou assim. Leu o poema inteiro e continuou com outros até que a lanterna foi amarelando e apagando. *Vejo e queria descansar/ um pouco, não estranha.* Estou vendo muito pouco, disse. Por volta das seis da tarde, fomos reabastecer o caminhão no aparelho. Descemos um momento para tomar café e senti o peso do dia no corpo. Não tinha sono, nem sentimentos, nem desejos, e até poderia dizer que já nem pensava mais. Somente o tempo se movia dentro de mim em alguma direção que não sei definir, o tempo se retirava da infância sem infância que nós compartilhamos — disse o Mocho Andrade para Martel, e Alcira depois para mim, na mesma primeira pessoa que foi passando de uma pessoa para outra — e por alguma razão se perdia no que talvez fosse minha velhice, todos éramos velhíssimos em algum sopro perdido daquele dia.

Vi o poeta sair das sombras do tanque com a idade do pai. Arrasado pela proximidade da morte: como sempre, uma mecha de cabelo lhe caía sobre a testa, mas estava descorado e murcho, e suas mandíbulas largas, de boi, estavam desconjuntadas. Nessa noite acampamos no Parque Centenario, e no amanhecer do dia seguinte fiquei dando voltas pelo Parque Chas, onde os moradores não estranharam ver o caminhão passar várias vezes pelas mesmas ruas com nomes de cidades européias: Berlín, Copenhague,

---

* Alusão à brincadeira infantil "Veo veo", que se inicia com o seguinte diálogo: "— *Veo veo.* — *¿Qué ves?* — *Una cosa.* — *¿Qué cosa?* — *Maravillosa.* — *¿De qué color?*". Em seguida, o desafiante anuncia a cor de um objeto dentro de seu campo de visão que caberá ao desafiado adivinhar. (N. T.)

Dublin, Londres, Cádiz, nas quais a paisagem, embora sempre a mesma, tinha farrapos de bruma ou cheiro de porto, como se realmente atravessássemos esses lugares remotos. Mais uma vez me perdi no enredo das ruas, mas nessa manhã fiz de propósito, para ir matando o tempo em busca da saída. Acompanhava a curva da rua Londres e, sem saber como, já estava na *dear dirty* Dublin de Jimmy Joy, isso mesmo, ou o caminhão saltitava pelo Tiergarten a caminho do Muro de Berlim, acenando para os vizinhos sempre indiferentes, porque já estavam habituados a ver os veículos se desnortearem no Parque Chas e serem abandonados pelos motoristas.

Depois que deixei o caminhão, dormi dois dias seguidos, e, quando reassumi o volante, dali a uma semana, o poeta tinha sumido do tanque. Percebi que a dança das rondas só permitiria que nos reencontrássemos no final, quando fosse minha vez de vigiar o cadáver. No início de novembro, um sol incandescente caiu sobre Buenos Aires. Eu vivia na expectativa de que me chamassem para cumprir meus turnos, dormindo em hotéis ruinosos do Bajo, com identidade falsa. A cada cinco horas, eu ligava para o aparelho avisando que continuava vivo. Gostaria de ver o poeta, mas sabia que seria uma imprudência. Alguém me disse que o caminhão estava circulando quase sempre nos arredores do porto, misturado a centenas de outros caminhões que iam e vinham das docas, e que a vida dentro do tanque estava ficando insuportável. Talvez Aramburu também tivesse encontrado outro inferno nessa viagem perpétua.

Uma madrugada, por volta das três horas, foram me buscar para que eu cumprisse minha prisão de oito dias no tanque. Já estava com a minha mochila de fotógrafo pronta, onde levava duas câmeras, doze rolos, duas lanternas potentes com pilhas de reserva e uma garrafa térmica. Tinham me avisado que não podia tirar fotos à noite e que, mesmo durante o dia, devia interromper imediatamente qualquer trabalho sempre que a luz do sol se apagasse nas frestas dos respiradouros. Ao entrar no tanque, tive que reprimir a ânsia de vômito. Mesmo logo depois de limpo e desinfetado, o fedor era terrível. Senti como se estivesse numa dessas tocas onde as toupeiras acumulam insetos e minhocas. A força de gravidade que a morte impunha no ar se misturava com o cheiro orgânico dos corpos que tinham estado lá antes de mim e com a lembrança das fezes que tinham vertido. Os fantasmas não queriam se retirar. Como é que o poeta tinha conseguido encontrar sua língua naquelas sombras? *Estou para abrir as portas*, tinha escrito, *para fechar/ os olhos e não enxergar/ um palmo à frente do nariz, não cheirar, não tocar o nome de Deus em vão.*

Deitei, disposto a dormir até o amanhecer. No colchão tinham se formado desfiladeiros e calombos, e a superfície estava meio sebosa, mas não queria reclamar, não sentia que aquilo seria o fim da juventude. Acordei pouco depois com os trancos do caminhão, como se o companheiro da cabine estivesse dirigindo sem cuidado por uma estrada de lama. Cheguei a boca à entrada de ar e falei:

Você quer que eu cante para te distrair? Tenho uma voz única. Fui solista no coral da escola.

Se está querendo me ajudar, não fala, não canta — respondeu. Era uma moça. — Você não tem voz de gente, parece bicho.

O sujeito que tinha começado a marcha comigo era um dos dois desconhecidos do cemitério. Não percebi quando a moça tomou seu lugar. Ou talvez fossem duas pessoas na cabine.

Vocês estão em dois?, perguntei. E o poeta? Não era a vez dele?

Ninguém disse nada. Eu me senti a última pessoa no mundo.

Continuamos dando voltas, sem nenhuma parada. De vez em quando, eu ouvia um ronco de avião, o bate-bate rápido de um trem e latidos de cachorros. Nem me dei conta quando o sol saiu. Pendurei as duas lanternas em saliências opostas do caminhão de modo que, ao acendê-las, a luz batesse em cheio sobre o cadáver. A pessoa que estava ao volante do caminhão, fosse quem fosse, era péssima motorista. Caía em todas as valetas e pegava todos os buracos. Tive medo de que tantos solavancos não me deixassem apagar as lanternas a tempo quando entrássemos em alguma zona de penumbra.

Vou acender umas luzes aqui, avisei através da abertura de ventilação. Quando formos entrar num túnel, me avisem batendo duas vezes.

Bateram duas vezes, mas a luz do sol continuou firme durante dez, quinze minutos. Bebi café quente da garrafa e comi dois biscoitos de banha. Em seguida, verifiquei a firmeza do meu pulso. Precisava manter o diafragma aberto, sem tremer, por cinco segundos, no mínimo. Iluminei o antro. Só então percebi que embaixo do corpo de Aramburu havia outro, numa caixa de madeira de embalagem. Era um pouco maior e não tinha medalhas nem rosários, mas a mortalha que o cobria era quase idêntica. Se eu não tivesse visto os despojos verdadeiros algumas semanas antes, não saberia diferenciar um do outro, e mesmo agora não tinha muita certeza. Bati pelo menos três rolos completos dos defuntos, em closes e planos gerais. Quando revelasse as fotos, poderia tirar a dúvida. Passada uma hora e meia, voltei para o colchão. Quem sabe quanto tempo rodamos sem parar. Não podíamos demorar muito para voltar ao aparelho. De repente, deslizamos por uma ladeira e calculei que estávamos no Parque Chas. Depois de algumas voltas em círculo, o caminhão avançou com soltura em linha reta e saiu do labirinto. Continuamos assim até o anoitecer. Eu já não tinha mais café nem mantimentos, estava com dor nas pernas e dentro da cabeça tinha uma nuvem densa, que embotava meus sentidos. Nem percebi quando paramos.

Como demoravam para abrir a porta do tanque, chamei várias vezes, mas ninguém respondeu. Fiquei nisso por um longo tempo, resignado a definhar na companhia daqueles mortos. Alta madrugada, pouco antes do amanhecer, fui libertado. A duras penas consegui me manter em pé no pátio do aparelho, junto aos estribos da cabine vazia. Um sujeito que parecia o chefe, um baixinho de barba ruiva que eu nunca tinha visto, me mostrou um colchão velho no desvão e me mandou não sair de lá enquanto não me chamassem. Eu achava que ia dormir no ato, mas o ar fresco me tirou o sono e, debruçado na janela, contemplei o pátio com a mente em branco, enquanto a luz passava do cinza para o rosado, depois para o amarelo e para as glórias da manhã. Uma garota com um matagal de cachos escuros foi até o caminhão, sacudindo a água do banho como um cachorrinho, e examinou o conteúdo do tanque. Deduzi que era ela quem tinha viajado na cabine e senti um fogacho de vergonha porque, no atordoamento da asfixia, tinha me esquecido de retirar minhas fezes. A manhã já ia alta quando uma caminhonete branca estacionou ao lado do caminhão. Eu estava caindo de sono, mas continuava lá, acordado, sem poder afastar os olhos do pátio, com suas lajotas que pareciam arder. Imagino que ali ao lado havia uma rua ou um descampado, não sei, e agora nunca vou saber. Três estranhos baixaram o ataúde de Aramburu: eu o reconheci, porque cansei de fotografar o crucifixo do tampo, com uma auréola dourada sobre os braços abertos do Cristo e, embaixo, a placa sucinta onde se lia o nome do general e os anos de sua vida. A garota de cachos comandava toda a movimentação do cadáver: deixem o corpo aí ao lado, sobre o estrado, devagar, sem riscar a madeira. Tirem a mortalha dele. Coloquem o que está dentro do caixão em cima do catre. Devagar, devagar. Que nada saia do lugar.

Meu torpor se dissipou quando descobri o que estava acontecendo. Era preciso ter estômago de ferro para não sentir horror diante dos dois caixões abertos — um luxuoso, imperial; o outro miserável, tosco, como os que se faziam às pressas nas cidades empestadas — e diante das ruínas dos dois mortos que jaziam à intempérie. A garota de cachos ordenou alguma coisa que, vista do desvão, me pareceu uma troca, se bem que eu nem sei mais se o que vi é o que penso ter visto ou se era só uma traição dos sentidos, o rescaldo dos meus dias de clausura. Com delicadeza de ebanista, retirou o rosário e a medalha militar de um dos corpos e os colocou sobre o peito e entre os dedos do outro cadáver. O que estava num caixão foi levado para o outro, e vice-versa, não tenho certeza do que estou dizendo — contou o Mocho, e Alcira o repetiu para mim, e eu agora o digo numa linguagem que sem dúvida não tem mais nada a ver com o relato original, nada com a sintaxe trêmula nem com a voz sem rugas que se demorou por algumas horas na garganta do Mocho, naquela noite remota do Sunderland —, só tenho certeza de que o ataúde luxuoso ficou na caminhonete branca e o miserável foi devolvido ao tanque, com um corpo que talvez não fosse o mesmo.

Dormi a manhã inteira e acordei por volta da uma. Havia um enorme silêncio na casa e, por mais que eu chamasse, não via ninguém. Lá pelas duas, o poeta apareceu na porta do quarto onde me trancaram. Dei um abraço nele. Estava magro, abatido, como saído de uma doença grave. Comecei a lhe contar o que tinha visto, e ele me mandou parar, esquecer aquilo, que as coisas nunca são o que parecem. Já não sou daqui, recitou: *sinto-me apenas uma memória de passagem. Nem você nem eu somos deste mundo desgraçado, porque damos a vida para que nada continue como está.* É hora de irmos embora, completou.

Cobriu meus olhos com um pano preto e óculos escuros. E assim, às cegas, deixei o aparelho, apoiado em seu ombro. Durante mais de uma hora, eu me deixei levar por caminhos que cheiravam a boi e a capim molhado. Depois, fui envolvido por um persistente cheiro de gasolina. Paramos. A mão do poeta tirou os óculos e a venda preta. Estávamos em pleno sol, e meus olhos demoraram muito para se acostumar à claridade. Avistei, a cem metros, os tanques e torres de uma destilaria. Diante do portão de entrada havia uma longa fila de caminhões-tanque idênticos ao que eu conhecia, enquanto outros também iguais saíam a cada cinco minutos, ou talvez menos. Ficamos em silêncio já nem sei quanto tempo, contemplando aquele vaivém ritmado e tedioso.

Vamos ficar aqui o dia inteiro?, perguntei. Eu pensei que o trabalho tinha terminado.

Nunca se sabe quando uma coisa termina.

Nesse instante, nosso caminhão saiu da destilaria. Sua imagem era familiar demais para não reconhecê-la. Além disso, tínhamos pintado um imperceptível risco amarelo sobre a porta do tanque, e de onde estávamos podíamos ver o brilho do risco tocado pelo sol.

E então, o seguimos?, perguntei.

Vamos deixar que se afaste, disse o poeta. *Até soprar as cinzas.*

O imponente cilindro se perdeu na estrada, carregando seu pequeno lago de combustível. Levava um corpo que se desintegraria com o passar dos anos e iria largando fiapos de si nos tanques subterrâneos dos postos de gasolina e, através do escapamento dos automóveis, nos ares sem donaire de Buenos Aires.

Posso te dar uma carona. Aonde você vai?, perguntou o poeta.

Me deixa em qualquer lugar perto de Villa Urquiza. Vou caminhando.

Queria pensar no sentido do que eu tinha feito, saber se estava fugindo de alguma coisa ou indo em direção a algo. *Minha confiança vem do profundo desprezo por este mundo desgraçado*, tinha dito o poeta. *Darei a vida para que nada continue como está.* Vivemos dando a vida por causas que não entendemos por completo, só para que nada continue como está, disse o Mocho a Martel naquela noite no Sunderland.

Os casais dançavam ao redor, indiferentes. Um cortejo de mariposas rondava os refletores. Algumas os tocavam e morriam sobre o vidro escaldante. Martel permaneceu perturbado por um longo tempo. A história grande tinha tocado o Mocho com suas asas, e ele também ouvia seu vôo. Era um som mais forte que o da música, mais dominante e vivo que o da cidade. Devia abraçar o país inteiro e no dia seguinte, ou no outro, estaria na capa dos jornais. Seu desejo era dizer, como a senhora Olivia diante da morte: "Somos tão pouquinha coisa, tão nada na eternidade", mas disse apenas: "Eu também canto só para isso: para trazer de volta o que se foi e para que nada continue como está".

Na manhã seguinte, contou-me Alcira, o Mocho quis que o Martel fosse com ele visitar a casa da rua Bucarelli, onde começara o labirinto de sua própria vida. As rádios anunciavam a repatriação do cadáver de Evita e o aparecimento da caminhonete branca com o ataúde de Aramburu. Se o que Andrade pretendia era pôr fim a uma história e retirar-se do passado para começar de novo — como disse ao cantor no Sunderland —, não lhe restava outro recurso senão voltar ao Parque Chas e lá velar as ruínas de sua vida.

A manhã se foi de decepção em decepção. A casa da conspiração estava cercada por barreiras e um policial montava guarda junto à porta. Ao longe, nas ruas que sumiam em círculo e nas calçadas que se interrompiam sem aviso, não se via vivalma e o silêncio era tão sufocante que cortava o fôlego. Nem sequer os cachorros apontavam o focinho por entre as cortinas. Sem poder nem sequer parar e olhar as janelas do andar de cima, para não levantar suspeitas do policial, viraram na rua Ballivian para o lado da Bauness e ali voltaram a subir a ladeira que desembocava na rua

Pampa. De quando em quando, Martel virava para o Mocho e notava nele uma crescente desolação. Gostaria de tomá-lo pelo braço, mas temia que qualquer gesto, qualquer contato, desatasse o choro do amigo.

Chegando ao ponto de ônibus, Andrade disse que aí teriam que se separar, porque estavam esperando por ele em outro lugar, mas Martel sabia que esse lugar era nada, a perdição, que já não tinha mais ninguém a quem pedir abrigo. Nem sequer tentou retê-lo. O Mocho parecia ter muita pressa e saiu de seu abraço como quem saía de si mesmo.

Só voltaria a ter notícias dele onze anos mais tarde, quando um dos sobreviventes da ditadura contou por alto que, numa noite de verão, um homem corpulento, com voz de pigarro, fora "transferido" das masmorras do Clube Atlético, ou seja, levado para a morte. A testemunha nem sequer sabia o nome verdadeiro da vítima, só seus codinomes, Rubén ou Ojo Mágico, mas para o Martel bastou o comentário sobre a voz. O nome de Felipe Andrade Pérez não consta em nenhuma das infinitas listas de desaparecidos que circularam desde então, nem é citado nos autos do julgamento dos comandantes da ditadura, como se nunca tivesse existido. A história que ele contou no Sunderland, no entanto, estava cheia de sentido para o Martel. Representava o que ele mesmo queria ter vivido, se pudesse, e também representava — embora disso não tivesse tanta certeza — a morte rebelde que queria ter morrido. Foi por isso, disse-me Alcira, que ele me pediu para tingir seu cabelo, na ilusão de que assim regressaria a seu ser de vinte e sete anos antes, e vestiu as calças risca-de-giz e o paletó preto e cruzado das apresentações, e saiu num entardecer de há duas semanas para evocar o amigo na esquina da Bucarelli com a Ballivian, diante da casa onde não pôde entrar da última vez em que eles se viram.

Acompanhado pelo violão de Sabadell, Martel cantou "Sentencia", de Celedonio Flores. Apesar da maquiagem nas olheiras e nas maçãs do rosto, estava pálido, cheio de ira contra o corpo que o abandonava quando mais necessitava dele. Achei que fosse desmaiar, disse Alcira. Apertou a barriga com força, como se segurasse alguma coisa que estava caindo, e foi em frente: *Yo nací, señor juez, en el suburbio,/ suburbio triste de la enorme pena.* O tango é longo, com mais de três minutos e meio de duração. Temi que não conseguisse chegar ao fim. As coreaninhas da bolacharia o aplaudiram como teriam aplaudido um engolidor de espadas. Três garotos que passavam de bicicleta gritaram "Bis!" e seguiram em frente. Talvez você ache a cena patética, disse-me Alcira, mas na verdade era quase trágica: o maior cantor argentino abria suas asas pela última vez diante de uma gente que não tinha noção do que estava acontecendo.

Sabadell brincou um pouco com o violão, passando de um trecho de "La cumparsita" a outros de "Flor de fango" e "La morocha", até parar em "La casita de mis viejos". Em vários momentos, o Martel esteve a ponto de romper em soluços enquanto cantava esse tango. Sua garganta devia estar doendo, ou talvez o que lhe doía fosse a lembrança de um morto que se negava a aceitar sua condição, como todos os que não têm túmulo. Por que ele não chorava, então?, perguntou-se Alcira e depois me repetiu a pergunta, no hospital da rua Bulnes, por que ele conteve umas lágrimas que poderiam salvá-lo? *Barrio tranquilo de mi ayer,/ como un triste atardecer/ a tu esquina vuelvo viejo...*

Estava suando em bicas. Eu lhe pedi que fôssemos embora — contou-me Alcira — e disse bestamente que Felipe Andrade devia ter cantado com ele em sua eternidade, mas me repeliu com uma firmeza ou uma braveza que nunca tinha demonstrado. Respondeu: "Se para os outros cantei dois tangos, como é que eu vou cantar só dois para meu amigo mais querido?".

Sem dúvida, ele já tinha falado do assunto com o Sabadell,

porque o violonista me interrompeu com a introdução de "Como dos extraños". A letra dessa canção é um conjuro contra o passado intacto que o Martel tentava ressuscitar, disse-me Alcira. Mas, nessa tarde, pela voz do Martel fluiu um passado que não estava morto, como não pode estar morto o que apenas desapareceu e permanece e resiste. O passado daquela tarde continuava, tenaz, no presente, enquanto ele o cantava: era o rouxinol, a andorinha do princípio do mundo, a mãe de todos os cantos. Até hoje não consigo entender como ele ainda respirava, de onde tirava forças para não desfalecer. Eu me peguei chorando enquanto o ouvia cantar, pela segunda vez: *Y ahora que estoy frente a ti/ parecemos, ya ves, dos extraños:/ lección que por fin aprendí./ ¡Cómo cambian las cosas los años!* Eu mesma estava recordando o que nunca tinha vivido.

Com a última palavra de "Como dos extraños", o Martel desabou, enquanto os moradores do Parque Chas pediam mais um tango. Quando ele caiu nos meus braços, ainda o ouvi dizer, sem forças: "Me leva para o hospital, Alcira, que não posso mais. Me leva que estou morrendo".

Já não me lembro se Alcira me contou esse episódio da última vez que a visitei no hospital Fernández ou semanas mais tarde, no Café La Paz. Só lembro da alta noite de dezembro com o céu em chamas, e Alcira a meu lado, exausta, em pé diante da enfermeira que não sabia como consolá-la, e o silêncio que pousou sobre a sala de espera, e o cheiro de flores murchas que tomou o lugar da realidade.

Último

Dezembro de 2001

Naqueles dias de loucura, comprei alguns mapas de Buenos Aires e neles fui traçando linhas coloridas unindo os lugares onde Martel cantara, na esperança de descobrir um desenho que decifrasse suas intenções, algo semelhante ao losango com que Borges resolve o problema de "A morte e a bússola". Como se sabe, as figuras geométricas irregulares variam conforme a ordem em que se ligam os pontos. Partindo da pensão onde eu tinha morado, na rua Garay, podia revelar a silhueta de uma mandrágora, ou um ípsilon meio torto que lembrava a *Caput Draconis* da geomancia, ou até uma mandala parecida com o círculo mágico de Eliphas Levi. Eu via o que queria ver.

Levava meus mapas comigo aonde quer que fosse e procurava novos desenhos quando me cansava de ler nos cafés. Traçava linhas entre os lugares onde, segundo Virgili, o livreiro, Martel cantara antes de eu chegar a Buenos Aires: os hotéis para amantes da rua Azcuénaga, em frente ao cemitério de La Recoleta, e o túnel subterrâneo que passa embaixo do obelisco, na praça De la

República. No arquivo de jornais da Biblioteca Nacional — aquela onde Grete Amundsen se perdera meses antes — procurei indícios do motivo que levara Martel a escolher esses lugares. Os únicos relatos que encontrei foram o de um casal assassinado em pleno gozo dentro de um hotel de alta rotatividade, no final dos anos 60 e o de um fuzilamento no obelisco nos primeiros meses da ditadura. Não parecia haver nenhuma relação entre os dois casos. O assassino do hotel era um marido ciumento alertado por um telefonema da polícia, num tempo em que se costumava delatar os adúlteros. Nem sequer foi processado: três médicos atestaram que ele agira sob efeito de um acesso de loucura, e o juiz o absolveu poucos meses depois. A execução no obelisco, por sua vez, era mais uma das muitas perpetradas entre 1976 e 1980. Embora se tratasse de uma terrível ostentação de impunidade, nenhum jornal argentino registrava o fato. Fui achar a informação por acaso nas páginas do *The Economist,* nas quais o correspondente em Buenos Aires relatava que, num domingo de junho de 1976 — dia 18, se não me engano —, um grupo de homens com capacetes de aço chegou à praça De la República pouco antes do amanhecer, num automóvel sem placa. Uma pessoa também jovem, não identificada, foi arrastada pela praça: em seguida a encostaram contra o granito branco do enorme obelisco e a fuzilaram com uma rajada de metralhadora. Os assassinos se retiraram no mesmo carro, abandonando o corpo, e nada se soube deles.

Aos poucos fui percebendo que, enquanto não soubesse quais eram os outros locais de Buenos Aires onde Martel havia cantado, não poderia ver o desenho — se é que existia um desenho. Por outro lado, não tinha coragem de incomodar Alcira com algo que podia não passar de uma idéia maluca. Quando eu lhe perguntava se sabia em que outros lugares, além daqueles que já conhecíamos, Martel tinha cantado para si mesmo, ela, abalada com o que estava acontecendo na UTI, apenas balbuciava alguns nomes: Mataderos, os túneis, o palácio de Águas, e se retirava. Estou puxando pela memória, respondeu-me certa vez. Vou fazer uma lista dos lugares para você. Só a fez muito depois, quando eu já estava deixando Buenos Aires.

Minhas tardes eram muitas vezes vazias, envenenadas pelo desânimo. Com a aproximação do Natal, eu repetia a mim mesmo que já era hora de voltar para casa. Tinha recebido alguns postais de amigos que lamentavam minha ausência no dia de Ação de Graças, em fins de novembro. Ocupado em buscar um meio de tirar Bonorino do porão do Aleph, nem me lembrei da festa. Vivia de cabeça perdida e já começava a me preocupar. Se continuar desse jeito, pensei, minhas bolsas vão acabar sem que eu tenha conseguido escrever nem um terço da tese.

Fiquei sabendo que na salinha do teatro San Martín, onde eu tinha assistido a algumas obras-primas do cinema argentino, iam passar *Tango!*, anunciado como "nosso primeiro filme sonoro". A obra era datada de 1933, seis anos depois de Al Jolson cantar em *The jazz singer*. Suspeitei que a informação estava errada. E estava mesmo. Nos dois anos anteriores, tinham rodado em Buenos Aires um ou outro melodrama falado, como *Muñequitas porteñas*, com discos que tentavam, em vão, sincronizar diálogos e imagens. Mas o que importa é que, quando eu vi *Tango!*, estava convencido de que aquele era o adeus argentino à era do cinema mudo.

O argumento do filme era banal. Seu único interesse era a sucessão de duos, trios, quintetos e orquestras típicas que volta e meia interrompiam as execuções para que os atores declamassem suas falas. *The jazz singer* deixara uma frase imortal: *You ain't heard nothing yet*, Vocês ainda não ouviram nada. Na primeira cena de *Tango!*, uma cantora corpulenta, travestida de malandro portenho, rompia fogo com um verso que no ato deflagrava um vendaval de significados: *Buenos Aires, cuando lejos me vi*. O primeiro som do cinema argentino fora, então, aquele par de palavras, *Buenos Aires*.

Enquanto assistia ao filme, distraído e perdendo muitos dos diálogos, não sei se por causa da dicção carregada dos atores ou porque a trilha sonora era muito primitiva, tive medo de que um dia a cidade se retirasse de mim e então nada fosse como antes. Contive a respiração, na esperança de que o presente não se movesse. Acabei me sentindo em lugar nenhum, sem tempo a que me agarrar. Aquilo que eu era tinha se perdido em algum ponto, e eu não sabia como recuperá-lo. O próprio filme me confundia, com sua estrutura circular em que tudo voltava ao ponto de partida, incluindo a gorda travestida de malandro, que reaparecia no minuto final, cantando uma milonga que aludia — foi o que pensei — a Buenos Aires: *No sé por qué me la nombran / si no la puedo olvidar*.

Quando saí, enquanto esperava o ônibus 102, que me deixava perto do hospital Fernández, notei que alguma coisa estava mudando no clima da cidade. De início pensei que era a luz da tarde, sempre tão intensa, tão amarela, passando a um rosa pálido. Como se o crepúsculo se tivesse adiantado. Nessa época do ano, sempre escurecia por volta das nove. E não eram nem seis e meia. Tive a impressão de que o humor de Buenos Aires estava mudando, e ao mesmo tempo me parecia absurdo pensar uma coisa dessas de uma cidade. Tinha passado pela praça Vicente López poucos dias antes, e não a recordava como a via nesse momento: com algumas árvores nuas, lisas, e outras cheias de flores que caíam girando em câmera lenta. O pessoal da prefeitura devia ter serrado alguns ramos até a base, pensei. Não entendia esse hábito cruel e inútil, que já observara em outras ruas arborizadas e até no próprio bosque de Palermo, onde vi uma paineira assassinada pela violência da poda.

A um lado do cemitério de La Recoleta, seis estátuas vivas atravessavam a rua de maleta na mão. Estranhei seu andar apressado, alheias ao assombro que iam despertando. A ilusão de imobilidade, que era toda a graça de sua ínfima arte, se desvanecia a cada passo. Estavam ridículas com suas vestimentas douradas e graníticas e as grossas camadas de pintura no cabelo e no rosto: um descuido inconcebível nelas, que sempre se escondiam para tirar a maquiagem. Quem sabe tinham sido expulsas dos arredores da igreja do Pilar, onde costumavam se exibir, se bem que isso nunca acontecia.

Ao saltar do ônibus em frente ao parque Las Heras, vi manadas de cachorros sublevadas contra os rapazes que os passeavam. Aquele lugar tinha sido palco de histórias terríveis, e as ressacas do horror continuavam lá. Para descansar da lida com os cachorros, os passeadores costumavam se reunir para conversar numa parte sombreada do parque, onde em outros tempos ficava o pátio da Penitenciária Nacional. Cada um deles segurava sete ou oito animais, e soltava um dos cachorros, o mais adestrado, que guiava a manada. Nenhum deles devia saber, imagino, que naquele mesmo recanto fora fuzilado em 1931 o anarquista Severino Di Giovanni e, vinte e cinco anos mais tarde, o general Juan José Valle, que se levantou em armas para que o peronismo recuperasse o poder. E se soubessem, por que se importariam com isso? Às vezes o vento batia ali com mais força que em outros lugares do parque, e os cachorros, angustiados por um cheiro que não entendiam — o cheiro de uma aflição humana vinda do passado —, safavam-se das coleiras e fugiam. Mais de uma vez, em minhas viagens diárias ao hospital Fernández, tinha visto os rapazes perseguindo os animais e voltando a reuni-los. Mas naquela tarde, em vez de correr, os cachorros giravam sem parar em torno de seus guardiães, enredando-os e até derrubando alguns deles. Os animais que serviam de guia se erguiam sobre duas patas e uivavam, enquanto o resto da manada, babando, se afastava alguns poucos metros dos passeadores caídos e depois voltava a se aproximar, como se quisesse arrastá-los para fora daquele lugar.

Cheguei ao hospital sentindo que a cidade não era a mesma, que eu não era o mesmo. Temi que Martel tivesse morrido enquanto eu perdia tempo no cinema e subi quase correndo até a sala de espera. Alcira conversava tranqüilamente com um médico e, quando me viu entrar, chamou por mim.

Está se recuperando, Bruno. Agora há pouco, quando entrei no quarto, me pediu que o abraçasse e me abraçou com a força de quem está decidido a viver. Me abraçou sem se importar com esses tubos que tem pelo corpo. Quem sabe se levanta, como das outras vezes, e volta a cantar.

O médico — um homem baixo, de cabeça raspada — deu uns tapinhas nas costas dela.

Calma, ainda temos que esperar algumas semanas, disse. Ele precisa se desintoxicar de todos os medicamentos que lhe demos. Seu fígado não está ajudando muito.

Mas hoje cedo ele estava sem forças, e agora veja a diferença, doutor, replicou Alcira. Hoje cedo estava com os bracinhos moles, a duras penas conseguia firmar a cabeça, como um recém-nascido. E agora me abraçou. Só eu sei a vida que é preciso ter para dar esse abraço.

Perguntei se podia entrar no quarto de Martel e ficar ao lado dele. Fazia dias que estava esperando a permissão.

Ainda não seria prudente, disse o médico. Ele está reagindo, mas continua muito fraco. Talvez amanhã. Quando o senhor entrar, não lhe faça perguntas. Não diga nada que possa emocioná-lo.

Algumas pessoas circulavam pelos corredores com fones de

ouvido. Deviam estar escutando os noticiários, porque, quando se cruzavam, comentavam exaltadas certas coisas que estavam acontecendo em outros lugares: Em Rosario já são três!, ouvi de uma mulher que se apoiava numa bengala em forma de tripé. E em Cipoletti? Você viu o que aconteceu em Cipoletti?, respondeu outra. Mais mortos, meu Deus!, registrou uma enfermeira que ia descendo do terceiro andar. Hoje à noite me toca ficar no plantão de emergência.

Alcira tinha medo de que houvesse um corte de energia. Na hora do almoço, no televisor de um bar, tinha visto pessoas desesperadas saqueando supermercados para levar alimentos. As fogueiras se espalhavam, aos milhares, em Quilmes, Lanús, Ciudadela, às portas de Buenos Aires. Mas ninguém falava em distúrbios dentro da capital. Perguntou-me se eu tinha visto alguma coisa.

Tudo parece tranqüilo, respondi. Não quis falar dos sinais de mal-estar que me assombraram: a cor do céu, as estátuas vivas.

Estava ansiosa demais para conversar. Pareceu-me estranha, como se tivesse deixado o corpo em outro lugar. Fundas olheiras ensombreciam seu rosto, que nada expressava, nem pensamentos nem sentimentos. Como se tudo que havia nela se tivesse retirado com o corpo que não estava.

No ônibus de volta para o hotel, vi que as pessoas corriam agitadas pela rua. A maioria estava quase nua. Os homens, sem camisa, de calção e chinelos; as mulheres, com blusas abertas ou vestidos soltos, leves. Na esquina da Callao com a Guido, subiu um velho com o cabelo endurecido com fixador, que destoaria dos outros passageiros não fosse porque vestia um terno tão surrado que se esgarçava nos cotovelos. Quando chegamos à rua Uruguay, uma manifestação bloqueava o trânsito. O motorista tentou abrir caminho à força de buzina, mas quanto mais ele chamava a atenção, mais compacto o cerco se tornava. O velho, que até esse momento mantivera a compostura, pôs a cabeça para fora da janela e gritou: Escorracem esses filhos-da-puta! Escorracem todos eles! Depois se virou para mim, que estava à sua esquerda, e me disse muito animado, talvez orgulhoso: Hoje de manhã tive o gosto de atirar uma pedra no carro do presidente. Quebrei o pára-brisa do desgraçado. Queria ter partido a cabeça dele.

O que estava acontecendo era não apenas inesperado para mim, mas também incompreensível. Fazia várias semanas que as críticas aos políticos vinham adquirindo um tom cada vez mais violento, e alguns deles tinham até sido agredidos fisicamente, mas nada parecia mudar. Achava os saques aos supermercados inverossímeis, porque o policiamento era constante, e os descartei como mais uma invenção das televisões, que já não sabiam como chamar a atenção. Desde minha chegada a Buenos Aires, eu só ouvira vozes descontentes. Quando não era o clima, era a miséria — que já saltava aos olhos por toda parte, até nas ruas onde em outros tempos só se via prosperidade, como Florida e Santa Fe —, mas as queixas nunca passavam disso. Agora, no entanto, as palavras lançadas ao ar eram cortantes e destruíam o que nomeavam. Escorracem esses filhos-da-puta!, gritavam as pessoas e, embora os filhos-da-puta não arredassem pé, a realidade estava tão tensa, tão prestes a se romper que o tranco do insulto empurrava os políticos para sua perdição. Ou pelo menos era o que me parecia.

Até o presidente da República estava sendo apedrejado. Seria verdade? Talvez o velho do ônibus estivesse contando vantagem. Se ele tinha mesmo apedrejado o carro à vista de todos, como podia estar ali sentado, todo prosa, sem que nada lhe tivesse acontecido? Às vezes, para mim, o labirinto da cidade não estava nas ruas nem nas confusões do tempo, mas no comportamento inesperado das pessoas que nela viviam.

Esperei meia hora e, como o trânsito continuava parado,

resolvi seguir a pé. Caminhei pela Uruguay até a Córdoba e depois peguei a Callao, em busca do hotel. Não queria voltar ao sufoco do meu quarto, mas não via aonde mais podia ir. As lojas estavam baixando as portas, os cafés estavam desertos, livrando-se dos últimos clientes. Atravessar a cidade para me refugiar no Británico era uma loucura. As marés de gente não cessavam. Estava tudo fechado, mas as ruas ardiam e eu me sentia sozinho como um cão, se é que os cães sentem solidão. Já era tarde, nove horas ou talvez mais, e os que andavam de um lado para o outro pareciam acabados de acordar. Levavam colheres de pau, panelas, frigideiras velhas.

Comecei a sentir fome e me arrependi de não ter comprado comida no hospital. O hotel estava com as portas fechadas e tive que tocar a campainha muitas vezes para que me deixassem entrar. O porteiro também estava só de cueca. Seu ventre enorme, com matagais de pêlos, brilhava de suor.

Dê uma olhada nisso, mister Cogan, disse. Veja a desgraceira que está acontecendo em Constitución.

Atrás do balcão da recepção havia um televisor minúsculo. Estavam transmitindo ao vivo o saque a um mercado. As pessoas corriam com sacos de arroz, latas de óleo e rosários de lingüiças por entre pendões de fumaça. Uma velha sem idade, com um mapa de rugas no rosto, caía sentada diante de um ventilador. Com uma das mãos começava a limpar a ferida aberta na cabeça enquanto com a outra segurava a saia, para que o vento não a levantasse. Uma mão desligou o ventilador da tomada e o levou embora, mas a velha continuou a se proteger do vento que não estava mais lá, como se pairasse do outro lado do tempo. Formados em U, em grupos de seis, os policiais avançavam protegidos por capacetes com viseiras que lhes cobriam o queixo e o pescoço. Alguns distribuíam golpes com grossos cassetetes, outros disparavam bombas de gás.

Olhe só para aqueles lá, escondidos atrás das árvores, disse o porteiro. Estão machucando as pessoas com balas de borracha.

Corram! Corram que esses desgraçados vão nos matar!, gritava uma mulher para os câmeras de televisão, enquanto desaparecia na fumaceira.

Sentei no saguão do hotel, derrotado. Não tinha encontrado nada do que fora procurar em Buenos Aires, e agora, ainda por cima, eu me sentia estranho à cidade, estranho ao mundo, estranho a mim mesmo. Percebia-se no movimento das ruas um afloramento, um princípio da história — ou um fim —, mas eu não o entendia, só pensando na voz de Martel que nunca ouvira e que talvez nunca iria ouvir. Era como se o mar Vermelho se estivesse abrindo diante do povo de Moisés e de mim, e eu, distraído, olhasse para o outro lado. O televisor repetia cenas fugazes, que duravam apenas alguns segundos, mas quando a memória amarrava as imagens aquilo era uma tempestade.

Acho que peguei no sono. Por volta das onze da noite, fui sacudido por uma trepidação de sons metálicos que não se parecia com nada que eu conhecesse. Parecia que o vento ou a chuva tinham enlouquecido, e que Buenos Aires estava desabando. Vou morrer nesta cidade, pensei. Hoje é o último dia do mundo.

O porteiro balbuciou frases atropeladas, das quais só entendi alguns poucos significados. Mencionou um discurso ameaçador do presidente da República. Quer dizer que a gente é que somos violentos? Ouviu, mister Cogan? Grupo violento. Foi isso que o panaca falou. Inimigos da orde, ele falou. Mais inimigo da orde é ele, se quer saber.

O estrondo das ruas espantou meu sono. Estava com sede. Fui ao banheirinho da entrada, joguei uma água no rosto e bebi um pouco das mãos em concha.

Quando saí, o porteiro estava subindo as escadas traiçoeiras do hotel, galgando aos saltos aqueles degraus frouxos que mais de uma vez me tinham feito cair, e me chamava, exaltado: Venha ver isso, Cogan! Minha nossa, quanta gente! O pau vai comer.

Saímos a uma sacada do terceiro andar. A maré humana avançava para o Congresso empunhando tampas de panelas e travessas de ágata, batendo-as num ritmo que nunca atravessava, como se todos estivessem lendo a mesma partitura. Rasgavam a garganta num indignado bordão: *Que todos vão embora!/ Que não fique nem um!*

Um rapaz de olhos negros e úmidos como os do Tucumano marchava à frente de um grupo de quinze ou vinte pessoas: a maioria eram mulheres com um filho no colo ou sentado nos ombros. Uma delas gritou, quando nos viu na sacada: Desçam! Venham participar! Ou vão ficar aí assistindo pela TV?

Senti uma pontada de saudade do meu amigo, que eu nunca mais vira desde que fecharam a pensão da rua Garay, e tive o pressentimento de que o encontraria naquela efervescência. Imaginei que me ouviria, onde quer que ele estivesse, se eu o chamasse com todo o desejo que guardava em mim. Por isso também gritei: Estou indo! Estou indo! Onde vão se juntar? No Congresso, na praça de Maio, por toda parte, responderam. Vamos para toda parte.

Tentei convencer o porteiro a se juntar à corrente, mas ele não queria abandonar o hotel nem se vestir. Foi comigo até a porta e me aconselhou a não falar muito. Com esse teu sotaque aí, os pessoal manjam que você é gringo de longe. Te cuida. Entregou-me uma camiseta listrada de azul e branco, como a da seleção argentina de futebol, e assim me mimetizei com a multidão.

Todos já sabem o que aconteceu nos dias que se seguiram, porque os jornais não falaram de outra coisa: das vítimas de uma polícia feroz, que deixou mais de trinta mortos, e das panelas que rugiam sem parar. Eu não dormi nem voltei para o hotel. Vi o presidente fugir de helicóptero por sobre uma multidão que lhe brandia os punhos, e nessa mesma noite vi um homem se esvair em sangue nas escadarias do Congresso enquanto se defendia com os braços da desgraça que se abatia sobre ele, vasculhando os bolsos e as lembranças para saber se tudo estava em ordem, a identidade e os passados de sua vida em ordem. Não abandona a gente, gritei, agüenta firme e não abandona a gente, sabendo que não era para ele que eu dizia isso. Eu o dizia para o Tucumano, para Buenos Aires, e também o dizia a mim mesmo, mais uma vez.

Vaguei pela praça de Maio, pela Diagonal Norte, onde as multidões destruíam as fachadas dos bancos, e cheguei a caminhar até o Café Británico, onde tomei um café com leite e comi um sanduíche sem jogadores de xadrez em volta, nem atores saídos do teatro. Tudo parecia tão calmo, tão apagado, e no entanto ninguém dormia. Os ruídos da vida discorriam nas calçadas e nas praças como se o dia estivesse começando. E o dia sempre estava começando, mesmo que fossem quatro horas da tarde, ou meia-noite, ou seis da manhã.

Mentiria se dissesse que me lembrei de Martel enquanto ia de um lado para o outro. Já de Alcira vez por outra eu me lembrava, sim, pensava nela, e quando via os estropícios de flores em volta das bancas das avenidas pensava em apanhar um ramo para ela.

Voltei para o hotel na sexta-feira de manhã, 35 horas depois de descer em busca do manifestante de olhos úmidos — que nunca mais vi —, e, como pensava que tudo tinha terminado, dormi até de noite. Nesses dias houve uma sucessão de presidentes, cinco ao todo, contando aquele que vi fugir de helicóptero, e todos eles, exceto o último, acabaram solitários e abandonados, escondendo-se da fúria pública. O terceiro durou uma semana, chegou a dar seus votos de feliz Natal e esteve a ponto de imprimir uma nova moeda, que substituiria as onze ou doze que circulavam por aí. Sorria incansável diante da maré de desgraças, talvez porque visse fogo onde para os demais tudo era cinza.

Na noite anterior à posse daquele Coringa, um sábado, caminhei até o rio, vadeando os trilhos de um trem que não existia e desafiando a cerrada escuridão do sul. Um navio enorme, com todas as luzes acesas, avançou à minha direita, atrás da fonte das nereidas, cujas figuras no cio desvelaram Gabriele d'Annunzio e o consumiram de desejo. Tive a impressão de que o barco fendia lentamente as ruas da cidade, embora soubesse que isso era impossível. Movia-se entre os edifícios com a cadência de um camelo fantasmagórico, enquanto a noite abria sua palma e soltava a multidão de estrelas. Quando o navio desapareceu e a escuridão tornou a se fechar à minha volta, deitei no peitoril de pedra que se erguia defronte aos matagais do rio e contemplei o céu. Descobri que, junto ao labirinto de constelações, entre Órion e Touro, e mais além, entre Canopus e Camaleão, se abria outro labirinto ainda mais indecifrável de corredores vazios, espaços limpos de corpos celestes, e entendi, ou pensei entender, o que Bonorino me dissera na pensão na noite em que me pediu o livro de Prestel: que a forma de um labirinto não está nas linhas de seu traçado e sim nos espaços entre essas linhas. Abrindo caminho na imensidão do firmamento, eu tentava achar passagens ligando os veios de negror, mas, nem bem começava a avançar, uma constelação ou uma estrela solitária interrompia minha marcha. Na Idade Média, acreditava-se que as figuras do céu se repetiam nas figuras da terra, e assim também agora, em Buenos Aires, se eu andava numa direção, a história me desandava em outra, as esperanças se desesperançavam e as alegrias da tarde se desalegravam ao cair da noite. A vida da cidade era um labirinto.

Comecei a sentir lufadas de calor úmido. Os sapos coaxavam entre os juncos do rio. Tive que ir embora, porque os mosquitos estavam me comendo vivo.

Ao meio-dia seguinte, o porteiro ligou para o meu quarto e

me convidou para tomar mate com ele e assistir pela televisão à posse dos ministros nomeados pelo Coringa.

— Quase que eu chamei o senhor mais cedo, mister Cogan, mas me deu não sei quê. Olhe só que poteosi. Esse presidente aí é ponta-firme. Não imagina que beleza de discurso ele cabou de fazer.

Vi desfilar pelo televisor dois ou três analistas políticos que definiram o Coringa como "um turbilhão de trabalho, um homem que fará em três meses o que não foi feito em dez anos". E parecia isso mesmo. Quando as câmeras o focavam, sempre se mostrava dinâmico, jovial, e a cada tanto repetia: "Vamos ver se me entendem de uma vez por todas. Eu sou o presidente, ouviram? Pre-si-den-te".

Aonde quer que ele fosse, era seguido por um cortejo de funcionários com pastas e gravadores. Em mais de uma ocasião, pediu que o deixassem a sós para meditar. Pela porta entreaberta de seu gabinete, foi visto erguendo os olhos para o teto com as mãos postas. Um dos acólitos me chamou a atenção quando o vi afastar-se pelos corredores da sede de governo. Caminhava com um leve balanço, como o Tucumano. Por trás, podia muito bem confundi-lo com ele: era alto, de pescoço grosso, costas largas e cabelo espesso, preto. Mas fazia dias que eu estava vendo o Tucumano por toda parte e não sabia como evitar a miragem.

A ante-sala do Coringa estava cheia de padres. Algumas Mães da praça de Maio permaneciam ali, com seus lenços brancos na cabeça, recém-saídas de uma inesperada audiência em que o presidente lhes prometera justiça. Vi algumas figuras da TV e os ministros preparando-se para o juramento. Quando já começava a me chatear, as câmeras viraram com toda a rapidez para um salão em cuja cabeceira se entrevia o busto da República. Na tribuna do juramento, centenas de pessoas se acotovelavam tentando garantir seu lugar e, ao mesmo tempo, abrir alas para o Coringa. Todas muito espartilhadas em suas roupas de domingo, ainda incrédulas na importância que lhes caíra do céu como um súbito maná. Ostentavam gravatas com brilhos que desnorteavam os câmeras, mocassins com borlas episcopais, vapores de seda que as ondulações eletromagnéticas da televisão não conseguiam conter, anéis pesados que corrigiam a luz dos refletores: aquelas galas só podiam anunciar um festim, mas o que seria devorado não se via em parte alguma. Seria para mim um deleite ouvir a conversa daquela gente, pois nunca teria a chance de ver as fulgurações do poder a não ser na fugacidade dos noticiários, e o daquele meio-dia era um poder que se mostrava sem pudor nem temor, convicto da eternidade conquistada pelo Coringa. Mas os microfones captavam apenas a marulhada de vozes, o redobrar de aplausos para um figurão corcovado e corvo e o berreiro das criancinhas levadas à força para receber um beijo do Coringa, com camisas de peitilho duro e saias com rodados e babados.

Não na tribuna, mas na primeira fileira de assistentes, entre os notáveis, avistei o Tucumano. A câmera o olhou de relance e fiquei em dúvida se era mesmo ele, mas poucos segundos depois, em outra tomada, pude admirar sua transformação. Estava penteado com brilhantina, com um terno mostarda, brilhante, que eu nunca tinha visto, gravata com pintas búlgaras e uma pasta 007 entre as pernas. Para completar, óculos escuros. Os flashes dos fotógrafos choviam sobre sua indiferença de divo hollywoodiano. Depois de caminhar pelas margens, agora está chegando ao centro, pensei. Seria efeito do Aleph? Cantei em silêncio em louvor do Coringa, que era capaz de operar tais milagres. Um dos quase-ministros declarou, solene, que o presidente reunira um punhado de homens brilhantes para resgatar o país do abismo. A câmera correu a vista pelos salvadores e saiu atordoada por tanta refulgência. Eram pequenos sóis vestidos com sedas mostarda, ebúrneas, celestiais e verde-limão. Todos de óculos escuros, talvez protegendo os olhos de suas próprias fosforescências. Suspirei. Com um rápido gesto do coração, afastei o Tucumano para sempre. O poder o colocava fora do meu alcance, e eu não queria me deixar arrastar pelo vendaval em que sua vida se transformara.

Eu telefonara várias vezes para o hospital perguntando por Martel. Primeiro, logo ao voltar de minha longa vigília ao som do panelaço; depois, a cada duas horas, sem falhar, desde o exato momento em que acordei, na sexta-feira à noite. Sempre ouvia a mesma resposta: O doente segue sem novidade.

Parecia-me uma frase desalentadora, agourenta. Qual era, para essa voz, a linha divisória entre a saúde e a morte? Vez por outra, ousava perguntar por Alcira, mas nunca consegui que lhe transmitissem meus recados.

No domingo, voltei aos lugares onde tinham ocorrido os tumultos. Ainda se viam os estragos da batalha. Ou melhor: a lembrança da batalha não se retirara. Ficaria pairando sobre a cidade quem sabe por quanto tempo. Os estilhaços de vidro, o sangue, as portas de ferro amassadas, as tampas de panelas, as travessas lascadas, as cabines telefônicas em ruínas, os pneus queimados e ainda ardendo no asfalto, o sangue, as marcas do sangue lavado, as faixas pisoteadas pela cavalaria e pelos infames carros lança-água, os despojos do mesmo clamor por toda parte, Que todos vão embora. Que todos vão embora.

Os estragos continuavam, e os todos também. Os dias iam passando e eles ficavam, à sombra do Coringa.

Na esquina da Diagonal Norte com a Florida havia dois grupos armados de paus que ainda não tinham saciado sua gana de castigar os bancos. Queriam demoli-los com as mãos, pedra por pedra. Ouvi um homem repetir, desalentado: Este país acabou.

Se eles não vão embora, vamos nós. Mas para onde? Queria saber para onde.

Caminhei pelo Bajo até a Callao e virei na Las Heras. O sol castigava com fúria, mas eu nem o sentia mais. Não tenho lembrança de uma solidão tão funda como a daquela tarde, uma solidão que me queimasse e doesse tanto.

Quero falar com Alcira Villar, disse na recepção do hospital. Villar Alcira, Villar, não consta na lista. Não pertence ao quadro de pessoal, advertiu-me a recepcionista. É uma interna? Os horários de visita estão suspensos até amanhã.

E de Martel, Julio Martel, sabe alguma coisa? Unidade de terapia intensiva. Leito catorze, se não me engano.

Procurou no computador, diligente, afável. Não se especifica nenhuma alteração, respondeu. Sem novidade. Deve encontrar-se melhor, ou estável.

Fui até o café da esquina e procurei um canto. Logo vai entrar o Ano-Novo, pensei. 2002. Número de sobrancelhas arqueadas. Nos três meses anteriores acontecera tudo o que podia acontecer: os aviões rebentando contra as Torres Gêmeas a poucas semanas da minha partida do JFK, Buenos Aires envelhecendo diante dos meus olhos hora após hora, eu embrutecendo no não-nada do que não fazia. Voltar para casa. Quantas vezes eu me repetiria isso? Voltar para casa, volta para casa. Que é que eu estava esperando? Martel morrer, pensei. Sou o corvo que grasna sobre o melhor cantor desta nação moribunda. Lembrei-me de Truman Capote esperando que Perry e Dick, os assassinos de *A sangue-frio*, fossem enforcados para pôr o ponto final no seu romance. Eu também estava voando sobre a luz de um cadáver. *Quoth the raven*, o corvo. Deixa minha solidão como está, recitei. *Leave my loneliness unbroken!*

No entanto, ainda havia mais por acontecer. Alcira entrou no café. Sentou-se junto à janela e pediu uma cerveja, acendeu um cigarro. Ninguém era a mesma pessoa naqueles dias, e ela também não era ela. Eu a imaginava bebedora apenas de chá e água mineral, e não-fumante. Minhas intuições se estilhaçaram no chão.

Estava distraída. Correu os olhos pelas notícias do jornal que trazia, mas não as leu. Com desalento, pôs as folhas de lado. As pessoas que víamos passar não pareciam angustiadas, e sim um tanto incrédulas. O país estava na merda, diziam todos, mas continuava existindo. Por acaso uma nação pode morrer? Tantas já morreram e tantas voltaram a respirar entre as cinzas.

Decidi ir até a mesa dela. Eu me sentia vazio. Quando ergueu o rosto para mim, vi nele os estragos dos últimos dias. Tinha batom nos lábios e alguma cor de ruge, mas as desgraças estavam escritas nas olheiras que a envelheciam. Contei-lhe que tinha ligado com insistência para o hospital perguntando por Martel. Tentei vir para te fazer companhia, completei, mas não me deixaram. Sempre repetiam que as visitas estavam proibidas e que o doente continuava sem novidade.

Sem novidade? Já não sei mais o que fazer para reanimá-lo, Bruno. Seu baço dilatou, quase não urina, está inchado. Há três dias parecia ter ressuscitado. Lá pelas seis horas da tarde, pediu que eu me sentasse do seu lado. Conversamos por uma hora, talvez mais. Tentou me ensinar a decorar e combinar números. Três é um pássaro, trinta e três são dois pássaros, zero três são todos os pássaros do mundo. É uma arte muito antiga, disse. Combinou dez ou doze números de vários jeitos e depois foi repetindo as seqüências de trás para a frente. Falava com essa cadência monótona dos crupiês nos cassinos. Como se estivesse atuando. Não entendi por que ele fez isso nem quis lhe perguntar.

Talvez para se sentir vivo. Para lembrar quem foi Martel um dia.

É, deve ser isso. Já me falou que não vê a hora de levantar e cantar de novo. Me pediu que eu já deixe acertado com o Sabadell um recital na Costanera Sur. É uma ilusão, como você pode calcular. Ele nem sequer sabe quando vai poder ficar de pé. O que aconteceu na Costanera?, perguntei para ele. Esse lugar agora é um deserto. Que é isso, Alcirita?, respondeu. Você não viu no jornal? Lembrei que tinha achado um recorte no bolso da calça com que ele veio para o hospital, mas só cheguei a ler o título. Alguma coisa sobre um corpo nu entre os juncos.

Ele piorou depois disso? Você disse que ele piorou?

Nessa mesma noite, ele foi a pique. Está respirando a duras penas. Acho que vão lhe fazer uma traqueotomia. Eu não quero que lhe causem mais sofrimento, mas também não tenho o direito de dizer nada. Vivo há anos ao lado do Martel, mas continuo sendo coisa nenhuma dele.

Mesmo assim, você devia lhes dizer o que sente.

O que eu sinto.

É, os médicos sempre tentam manter as pessoas vivas, aqui e em qualquer lugar. Há um certo orgulho nisso.

Sinto que ele não tem por que morrer agora. Quer que eu diga isso? Vão rir nas minhas costas. Não penso na morte. Mas se eles pensam em arrebentar e entubar sua garganta, como é que eu vou lhes explicar que isso seria dar adeus à voz, e que, sem a voz, o Martel seria outra pessoa? Ele se entregaria à morte na mesma hora em que descobrisse o que aconteceu. Naquela tarde, faz três dias, falei de você para ele, eu já te contei, não?

Não, não contou.

Falei que você está procurando por ele há meses. Agora já sabe onde estou, respondeu. Que venha falar comigo, então. O Bruno pode vir quando quiser.

Não me deixariam entrar.

Agora não. Temos que esperar outra ressurreição. Se você

estivesse lá direto, ia ver ele se reanimar às vezes com tanta força que diria: Pronto, acabaram-se as recaídas.

Quem dera poder ficar no hospital todo o tempo que eu quisesse. Você sabe que não depende de mim.

Levava um bom tempo olhando-a como se não quisesse me separar dela. Retinham-me o cansaço de seus olhos, a lisura de sua pele, os cabelos escuros revoltos pelos vendavais da alma. Sentia que aqueles traços de identidade resumiam os da espécie humana. Por momentos a observava com tanta intensidade que Alcira desviava os olhos de mim. Queria ter lhe explicado que não era ela que me atraía, e sim as luzes que Martel deixava sobre seu rosto e que eu só podia entrever, as reverberações da voz moribunda que se gravavam sobre seu corpo. De repente, Alcira se dobrou ao meio para amarrar seus tênis brancos e baixos, de enfermeira. Quando se ergueu, olhou o relógio, como se estivesse acordando.

Como é tarde, disse. O Martel já deve estar perguntando por mim.

Faz só cinco minutos que você está aqui, respondi. Antes você ficava mais.

Antes não tinha acontecido nada do que aconteceu. Agora todos estamos pisando em brasas. Cinco minutos é uma vida inteira.

Fitei-a enquanto se afastava e percebi que, longe dela, eu não tinha o que fazer. Não queria voltar para o hotel entre fogueiras e mendigos. Agora pelo menos sabia que Martel tinha assinalado mais um ponto em seu mapa hipotético: a Costanera Sur, por onde, sem saber, eu tinha andado na noite do sábado. Um corpo nu entre os juncos. Talvez eu pudesse achar mais informações nas hemerotecas. Lembrei-me de que todas estavam fechadas e que os incêndios tinham chegado até as portas de uma delas. O episódio que Martel citava, no entanto, não devia ser muito antigo. O recorte ainda estava no bolso de sua calça. Por um momento, alimentei a ilusão de que Alcira me permitiria vê-lo, embora soubesse que ela era incapaz de tamanha deslealdade.

Abri o jornal que tinha ficado sobre a mesa, e eu também virei as páginas com desalento: as lúgubres, sangrentas notícias. Chamou-me a atenção um longo artigo ilustrado com fotos de crianças e homens quase nus entre montanhas de lixo. "Eu virei e vi que eram balas", dizia o título provocador. Acima havia outro mais explicativo: "Fuerte Apache, dois dias depois". Era uma minuciosa descrição do bairro onde tinham ido parar Bonorino e meus outros companheiros da pensão. Ao que parece, os primeiros saqueadores de supermercados tinham vindo de lá, e agora estavam velando seus mortos.

Segundo o texto, Fuerte Apache devia ser uma fortaleza: três grandes prédios de dez andares interligados por um terreno de dez hectares, seis quarteirões a oeste da avenida General Paz, bem na borda de Buenos Aires. Em volta das torres tinham construído uns barracões alongados de três pavimentos conhecidos como "as tiras". Pensei no bibliotecário, levando sua penca de fichas de um barracão para o outro, como uma toupeira. "A toda hora", dizia o artigo, "a música retumba. Cúmbia, salsa: os jovens dançam pelas trilhas enlameadas com litronas de cerveja nas mãos." Perguntei-me o que seriam as tais "litronas". Talvez a gíria do gueto se estivesse infiltrando nas redações. "Fuerte Apache foi projetado para vinte e dois mil habitantes, mas em fins do ano 2000 já contava mais de sessenta mil. É impossível dar um número exato. Por seu emaranhado não se aventuram nem os recenseadores nem a polícia. Ontem havia perto de dez capelas-ardentes à entrada das 'tiras'. Em algumas delas eram velados os moradores abatidos pela polícia ou por donos de supermercados durante os saques. Em outras, vítimas de balas perdidas ou de brigas de gangues dentro dos prédios."

Ao pé do artigo havia um quadro minúsculo com a lista de mortos. Pasmo, descobri entre eles o nome de Sesostris Boronino, funcionário municipal. Fiquei paralisado. Fustigou-me uma sucessão de lembranças que pareciam relâmpagos. Lembrei-me do rap que o bibliotecário tinha cantado batendo palmas, antes de nos despedirmos na pensão: *Ya vas a ver que en el Fuerte/ se nos revienta la vida./ Si vivo, vivo donde todo apesta./ Si muero, será por una bala perdida.* Eu devia ter percebido que uma cena tão extravagante não podia ser casual. Bonorino estava me dizendo que conseguira ver seu próprio fim, que não podia evitá-lo e que não se importava. Então, contrariando minhas toscas suposições, era possível ler o futuro na *pequena esfera irisada*. O Aleph existia. Existia. Lamentei a injustiça do epitáfio no jornal. Bonorino tinha sido um dos poucos privilegiados — se não o único — que, ao contemplar o Aleph, se encontrara cara a cara com a forma de Deus.

Tive o impulso de ir até Fuerte Apache para apurar o que tinha acontecido. Não podia entender como um ser tão inocente havia encontrado uma morte assim tão brutal. Mas me contive. Mesmo que conseguisse entrar nos velórios, isso de nada serviria. Fui me conformando com a idéia de que o bibliotecário pudera ver tudo: minha noite com o Tucumano no hotel Plaza Francia, a carta traiçoeira que escrevi e a inútil conseqüência dessa traição. O que mais me desconcertava era pensar que, mesmo sabendo disso, ele me confiara o livro-caixa com as anotações para a Enciclopédia Nacional, que era a obra de sua vida. De que lhe valeria que eu ou outro o tivesse? Por que ele havia confiado em mim?

Agora, a única coisa que fazia sentido era recuperar o Aleph. Se eu o encontrasse, poderia não apenas ver as duas fundações de Buenos Aires, a aldeia de barro com suas charqueadas pestilentas, a revolução de maio de 1810, os crimes da Mazorca e os de cento e quarenta anos mais tarde, a chegada dos imigrantes, as festas do centenário da Independência, o Zeppelin sobrevoando a cidade orgulhosa. Também poderia ouvir Martel em todos os lugares onde ele cantara e saber o momento exato em que estaria lúcido para conversarmos.

Peguei o primeiro ônibus que ia para a zona sul e caminhei, quase sem fôlego, até a pensão da rua Garay. Se alguém ainda estivesse morando lá, desceria ao porão alegando qualquer pretexto e me deitaria em decúbito dorsal, fixando os olhos no décimo nono degrau. Veria o universo inteiro em um único ponto, a torrente da história numa infinitesimal fração de segundo. E se o lugar estivesse fechado, arrombaria a porta ou violaria a velha fechadura. Tivera o cuidado de conservar as chaves.

Ia pronto para tudo, menos para o que encontrei. A pensão estava reduzida a escombros. No espaço que correspondia à velha recepção, descansava, sinistra, uma escavadeira. Ainda continuava em pé o primeiro lance da escada que levava ao meu quarto. Na rua, junto à calçada, bocejava uma dessas caçambas onde se joga o entulho das demolições. Já era noite cerrada, e o local não tinha iluminação nem vigias. Avancei às cegas entre as vigas e os restos da alvenaria, sabendo que aqui e ali se abriam buracos nos quais, se eu caísse, fatalmente quebraria algum osso. Queria chegar ao porão de qualquer jeito.

Desviei de um par de tijolos que caiu dos esqueletos do muro. Mesmo naquela desolação onde todas as referências tinham sido apagadas, eu tinha certeza de que conseguiria me orientar. Ali ficava a recepção, pensei, lá estão os restos da balaustrada, o cubículo de Enriqueta. Dez ou doze passos a oeste devia ficar o retângulo por onde tantas vezes eu vira despontar a cabeça calva e sem pescoço do bibliotecário. Saltei por cima de umas tábuas eriçadas de pregos e agudas unhas de vidro. Em seguida topei com uma cerca de madeira, atrás da qual se abria uma vala. A escuridão era tão densa que eu, mais do que enxergar, intuía. Seria mesmo uma vala? Pensei que devia descer para explorá-la, mas não tive coragem. Joguei no buraco um pedaço de entulho que tinha ao alcance da mão, e quase no mesmo instante escutei a pedra batendo contra outras pedras. Não era, portanto, muito profundo. Quem sabe com a ajuda de uma tocha, por mais precária que fosse, eu conseguisse descer. Não carregava nem um mísero fósforo. A lua acabava de se esconder atrás de uma maré de nuvens. Estava crescente, quase cheia. Resolvi esperar o céu se abrir. Apalpei a cerca e meus dedos toparam com um papel amassado, pegajoso. Tentei jogá-lo fora, mas o papel não desgrudava de minha mão. Era espesso e áspero, com a consistência do papelão de um saco de cimento ou de uma cartolina barata. A luz fugaz de um carro que passou pela rua me permitiu vislumbrar do que se tratava. Era uma ficha de Bonorino que tinha resistido à destruição, à poeira e às máquinas. Consegui ler nela três letras: I A O. Talvez não significassem nada. Talvez, se não fossem traçadas pelo acaso, equivalessem à idéia de Absoluto que se encontra na *Pistis Sophia*, o livro sagrado dos gnósticos. Nem sequer tive tempo de pensar nisso. Nesse instante abriu-se um claro no céu e a vala apareceu, inequívoca, diante de mim. Pelas dimensões, pela posição, calculei que a escavação ocupava o lugar do antigo porão. Onde ficava a escada de dezenove degraus agora se divisava uma estrutura vertical. Justo então, quando ninguém nem sonhava em construir numa Buenos Aires decadente, minha pensão tinha sido derrubada pela fatalidade. O Aleph, o Aleph, repeti. Tentei ver se restava alguma coisa. Contemplei desolado os montículos de terra removida, as vigas de concreto, o ar indiferente. Passei um longo tempo diante das ruínas, incrédulo. Poucas semanas antes, quando nos despedimos na pensão, Bonorino me desafiara a deitar abaixo do décimo nono degrau, em decúbito dorsal, certo de que não o faria. Como sabia de tudo, sabia também que eu recusaria o envide. Tinha previsto o movimento dos tratores sobre os escombros da pensão, o vazio, o prédio ainda por construir e o que ali seria erguido cem anos mais tarde. Tinha visto como a pequena esfera que continha o universo desaparecia para sempre sob uma montanha de entulho. Naquela noite na pensão, eu desperdiçara minha única chance. Jamais teria outra. Gritei, sentei a chorar, já nem me lembro do que fiz. Vaguei sem rumo pela madrugada de Buenos Aires até que, pouco antes de clarear, voltei para o hotel. Enfrentei, como Borges, insuportáveis noites de insônia, e só agora começa a *trabalhar-me o esquecimento*.

O dia seguinte a essa desgraça era véspera do Ano-Novo. Bem de manhãzinha, tomei um banho rápido e quebrei o jejum só com uma xícara de café. Tinha pressa de chegar ao hospital logo cedo. Deixei um recado na enfermaria da UTI avisando Alcira que esperaria pelo chamado de Martel nas escadarias da entrada ou na sala de visitas. Não pensava em arredar pé dali. A recepção, os serviços, tudo parecia ter voltado ao normal. Na noite anterior, porém, as panelas tinham repicado mais uma vez. A enésima explosão de cólera popular acabara de desalojar o Coringa do poder, junto com seu cordão de colaboradores e ministros. Perguntei-me se o Tucumano teria voltado a seu trabalho incerto no aeroporto, mas no ato descartei a idéia. Um sol que brilhou tanto não se deixa derrubar.

No fiel ônibus 102, só se falava do Coringa — que também tinha fugido, como o presidente do helicóptero — e do país aos pedaços. Ninguém acreditava que conseguiria se reerguer de tanta prostração. Os que ainda tinham alguma coisa para vender se negavam a fazê-lo, porque ninguém sabia o preço das coisas. Eu já me sentia fora da realidade, ou melhor, mergulhado naquela realidade alheia que era a vida agonizante de um cantor de tango.

Avancei pelos corredores do hospital sem ser barrado por ninguém. Quando entrei na sala de espera do segundo andar, reconheci o médico de cabeça raspada que tinha visto poucos dias antes. Estava falando em voz baixa com dois velhos que choravam com o rosto entre as mãos, envergonhados da própria dor. Assim como fizera com Alcira, o médico lhes dava tapinhas nas costas. Quando vi que estava voltando para seu trabalho, fui atrás dele e lhe perguntei se durante o dia eu poderia ver Martel.

Tenha calma, disse. Espere. Hoje o paciente me pareceu um tanto abatido. O senhor é da família?

Não soube o que dizer. Não sou nada, respondi. Depois, vacilando, emendei: Sou amigo de Alcira.

Deixemos a esposa decidir, então. O paciente tem tomado fortes calmantes. Imagino que o senhor esteja a par da nova complicação que surgiu. Necrose avançada das células hepáticas.

Alcira me disse que às vezes ele se reanima e parece bem. Numa dessas vezes, perguntou por mim. Disse que eu podia falar com ele.

Quando ela lhe disse isso?

Ontem, mas comentando o que aconteceu faz três dias, ou mais.

Hoje amanheceu com muita dificuldade para respirar. A solução era entubá-lo, mas bastou ele ouvir essa palavra que tirou forças do nada e gritou que preferia morrer. Acho que a esposa leva dias sem pregar o olho.

Era evidente que Alcira tinha falado do assunto com Martel, e que juntos decidiram resistir. Agradeci ao médico. Já não sabia o que dizer. Então meu cantor tinha chegado ao fim, e eu nunca teria a chance de ouvi-lo. O azar me perseguia. Desde o despejo da pensão, sentia que estava chegando tarde a todas as oportunidades da vida. Para me distrair do abatimento, fazia algumas semanas que eu vinha lendo *O conde de Monte Cristo*, na edição de Laffont. Toda vez que abria o romance, esquecia as calamidades ao redor. Mas não desta vez: agora sentia que nada podia me afastar da fatalidade que nos rondava como um corvo que cedo ou tarde se alimentaria da nossa carniça.

Pedi a uma das enfermeiras que chamasse Alcira.

Vi-a chegar dali a cinco minutos, com um cansaço de séculos. No dia anterior, no café, eu já havia notado que a tragédia de Martel começava a transfigurá-la. Movia-se com lentidão, como se arrastasse todos os sofrimentos da condição humana. Foi logo me perguntando:

Você pode ficar, Bruno? Estou muito sozinha, e o Julio está mal, já não sei o que fazer para animá-lo. É tanta luta, coitadinho. Ficou sem ar duas vezes, com uma expressão de dor que não quero ver de novo. Agora há pouco me falou: Não agüento mais, Negrita. Como não agüenta?, respondi. E os recitais que ainda faltam? Já avisei o Sabadell que o próximo é na Costanera Sur. Não podemos dar o cano. Por um momento achei que ia sorrir. Mas voltou a fechar os olhos. Não tem forças. Você não vai me deixar sozinha, não é, Bruno? Não me deixa, por favor. Se você ficar aqui lendo, esperando por mim, vou sentir que estamos menos desamparados. Por favor.

Que é que eu podia dizer? Mesmo que ela não tivesse pedido, eu teria ficado. Ofereci-me para ir comprar alguma coisa para ela comer. Quem sabe desde quando estava assim, sem nada. Não, interrompeu. Não estou com fome. Quanto mais vazio e limpo eu tiver o corpo por dentro, mais lúcida vou me sentir. Você não vai acreditar, mas faz três dias que não vou para casa. Três dias sem tomar banho. Acho que nunca fiquei tanto tempo, talvez quando era muito pequena. E o mais estranho é que não sinto a sujeira. Devo estar com um cheiro horrível, não? Eu me importo, mas também não me importo. É como se tudo o que acontece estivesse me purificando, como se eu estivesse me preparando para não ter vida.

Estranhei aquela torrente de palavras. E a confissão, da qual não a julgaria capaz. Fazia pouco mais de duas semanas que nos conhecíamos. Não sabíamos quase nada um do outro, e, de repente, estávamos lá, em pé, falando dos cheiros do seu corpo. Fiquei desconcertado, como tantas outras vezes. Sei que eu já disse isso antes, mas não paro de pensar que o verdadeiro labirinto de Buenos Aires é sua gente. Tão próxima e ao mesmo tempo tão distante. Tão uniforme por fora e tão diversa por dentro. Tão cheia de pudor, como pretendia Borges que era a essência do argentino, e ao mesmo tempo tão descarada. Alcira também me parecia inapreensível. Acho que ela foi a única mulher com quem eu quis me deitar em toda minha vida. Não por curiosidade, mas por amor. E não por amor físico, mas por algo mais profundo: pela necessidade, pela sede de contemplar seu abismo. E agora não sabia o que fazer vendo-a assim, desolada. Queria ter podido consolá-la, apertá-la contra meu peito, mas fiquei imóvel, deixei cair os braços e a vi afastar-se rumo ao leito de Martel.

Passei nem sei quantas horas na cadeira do hospital. Parte do tempo, como que suspenso, lendo Dumas, atento às sutis tramas da vingança que Monte Cristo ia urdindo. Eu já as conhecia de cor, mas sempre me surpreendia a perfeita arquitetura da narrativa. Ao entardecer, pouco antes do envenenamento de Valentine de Villefort, peguei no sono. Acordei com fome e fui comprar um sanduíche no café da esquina. Estavam a ponto de fechar, e a muito custo consegui que me atendessem. As pessoas tinham pressa de voltar para casa e as portas dos comércios baixavam quase em uníssono. A realidade do hospital, no entanto, parecia pertencer a outro lugar, como se seu conteúdo fosse grande demais para sua forma. Quero dizer que lá havia mais sentimentos do que podiam caber numa tarde.

Voltei ao romance e, quando ergui a cabeça, tudo o que se via através da janela estava tingido de uma luz dourada. O sol caía sobre a cidade com uma beleza tão invencível quanto a daquela madrugada no hotel Plaza Francia. Com estranheza, notei que também agora eu sentia uma angústia sem remédio. Voltei a dormir um pouco, talvez umas duas horas. Acordei assustado com os rojões que rasgavam a noite e com a zoada dos fogos de artifício. Nunca gostei das comemorações do Réveillon e mais de uma vez, logo depois de ouvir pela televisão as multidões na Times Square contando os segundos e de ver descer o invariável globo de luz anual em sua cápsula de tempo, apaguei a luz do abajur e me virei de lado para dormir.

Já era meia-noite? Não, não deviam ser nem dez horas. As enfermeiras iam se retirando uma por uma, como os músicos na *Sinfonia do adeus* de Josef Haydn, e, na sala de espera, sob um par de tubos fluorescentes, fiquei completamente só. Ao longe ouvi um soluçar e a monotonia de uma prece. Nem sequer me dei conta de que Alcira tinha entrado na sala e estava sorrindo para mim. Tomando-me pelo braço, disse:

O Martel está te esperando, Bruno. Faz um bom tempo que voltou a respirar sem problemas. O médico de plantão diz que é bom não se animar muito, que pode ser uma melhora passageira, mas eu tenho certeza de que ele está fora de perigo. Botou tanta vontade que acabou ganhando a briga.

Deixei-me levar. Atravessamos duas portas duplas e entramos numa sala comprida, onde se sucediam pequenos quartos separados por painéis. Embora o lugar estivesse isolado e na penumbra, os sons da doença, repetindo-se a cada passo, feriam meus ouvidos. Para onde quer que eu voltasse os olhos, via pacientes ligados a respiradores, a bombas que lhes injetavam drogas e a monitores de ritmo cardíaco. O último cubículo à direita era o de Martel.

Mal consegui distinguir sua forma em meio àquelas luzes indiretas que saíam das máquinas, e minha primeira impressão foi a que eu já levava na memória: a do homem baixo e de pescoço curto, de cabelo preto e espesso, que tinha visto apanhar um táxi perto do Congresso meses antes. Não sei por que o imaginava parecido com Gardel. Nada a ver: seus lábios eram grossos, o nariz achatado, e nos grandes olhos escuros se esboçava uma expressão ansiosa, de alguém que está correndo atrás do tempo. A raiz dos cabelos, que ele não tingia quem sabe havia quanto tempo, tinha ficado cinzenta, e aqui e ali se abriam clareiras de calvície.

Com um leve gesto, indicou-me uma cadeira ao lado da cama. De perto, as rugas formavam suaves retículas sobre sua pele, e a respiração era asmática, entrecortada. Não tinha como comparar seu estado de agora com o da manhã, quando o médico o achara "um tanto abatido", mas o que vi bastou para não compartilhar do otimismo de Alcira. Seu corpo se apagava mais rápido que o ano.

Cogan, disse, com um fio de voz. Ouvi dizer que está escrevendo um livro sobre mim.

Não quis desapontá-lo.

Sobre o senhor, respondi, e sobre o tango do início do século que passou. Soube que em seu repertório havia muitas dessas peças e viajei para vê-lo. Quando cheguei, em fins de agosto, descobri que o senhor já não cantava mais.

O que eu disse pareceu contrariá-lo, e fez sinais para que Alcira me corrigisse.

Martel nunca deixou de cantar, obedeceu ela. Apenas se negou a continuar se apresentando para gente que não o entende.

Disso eu já sei. Estive no seu encalço durante todos esses meses. Um meio-dia, esperei pelo senhor no velho mercado de Mataderos, inutilmente, e soube, tarde demais, que se apresentou numa esquina do Parque Chas. Teria me contentado em ouvi-lo cantar uma única estrofe. Mas não há rastros seus em parte alguma. Não existem gravações. Não existem vídeos. Só a lembrança de algumas pessoas.

E logo nem isso vai restar, disse ele.

Seu corpo exalava um cheiro químico, e eu juraria que também cheirava a sangue. Não queria cansá-lo com perguntas diretas. Senti que não tínhamos tempo para mais nada.

Muitas vezes pensei que seus recitais seguem uma espécie de ordem, comecei. No entanto, não consegui descobrir o que existe por trás dessa ordem. Imaginei muitas coisas. Até cheguei a acreditar que os lugares que o senhor escolhia desenhavam um mapa da Buenos Aires que ninguém conhece.

Acertou, disse ele.

Fez um sinal quase imperceptível para Alcira, que estava de pé, defronte a um extremo da cama, de braços cruzados.

É tarde, Bruno. Vamos deixá-lo descansar.

Tive a impressão de que Martel tentava erguer uma das mãos, mas notei que era a primeira parte dele já morta. Estavam inchadas e rígidas. Levantei-me.

Espere, jovem, disse. Que lembrança levará de mim?

Aquilo me pegou tão desprevenido que respondi a primeira coisa que me passou pela cabeça:

Sua voz. A maior lembrança é o que eu nunca tive.

Chegue seu ouvido, pediu.

Pressenti que afinal ia me dizer o que eu esperava fazia tanto tempo. Pressenti que, só por aquele instante, minha viagem não seria em vão. Inclinei-me com delicadeza, ou pelo menos quis que fosse assim. Não tenho uma idéia clara do que fiz, porque eu não estava em mim, e no lugar do meu havia outro corpo que se abaixava para Martel, trêmulo.

Quando eu já estava bem perto, ele soltou a voz. No passado, deve ter sido uma voz belíssima, sem feridas, plena como uma esfera, pois o que restava dela, mesmo consumido pela doença, tinha uma doçura que não existia em nenhuma outra voz deste mundo. Apenas cantou:

Buenos Aires, cuando lejos me vi.

E parou. Eram as primeiras palavras ouvidas no cinema argentino. Não sabia o que significavam para Martel, mas para mim abarcavam tudo o que eu fora procurar, porque eram as últimas a sair de sua boca. *Buenos Aires, cuando lejos me vi.* Primeiro pensei que era seu jeito de se despedir da cidade. Agora o vejo de outro modo. Acho que a cidade já o deixara cair, e ele, desesperado, pedia-lhe apenas que ela não o abandonasse.

Alcira e eu o enterramos dois dias depois no cemitério de La Chacarita. O máximo que ela conseguiu foi um nicho no primeiro andar de um panteão onde jaziam outros músicos. Apesar do anúncio fúnebre que publiquei nos jornais, na esperança de que alguém aparecesse no velório, os únicos a permanecer o tempo todo junto ao corpo fomos Alcira, Sabadell e eu. Antes de sair para o cemitério, encomendei, às pressas, um arranjo de camélias, e ainda me lembro da cena, eu caminhando para o nicho com o arranjo nas mãos, sem saber onde colocá-lo. Alcira estava tão inconsolável que não se importava com nada, mas Sabadell se queixou amargamente da ingratidão das pessoas. Perdi a conta das vezes que, antes do enterro, impedi que ele telefonasse para o Club del Vino e para o Sunderland. Acabou ligando quando peguei no sono numa cadeira, às três da madrugada, mas ninguém atendeu.

Uma série de acasos conspirou para que a morte de Martel se transformasse numa piada da fatalidade. Só dias depois, quando fui pagar a conta da funerária, eu me dei conta de que o nome do falecido publicado nos jornais era o civil, Estéfano Esteban Caccace. Ninguém devia lembrar que o cantor se chamava assim, o que explica a solidão de seu funeral, mas já era tarde demais para reparar o erro. Muito depois, no verão de Manhattan, encontrei o Tano Virgili na Quinta Avenida e fomos tomar um café gelado no

Starbucks. Ele me contou que até vira o anúncio e achara que o nome não lhe era estranho, mas o dia do enterro coincidira com a posse do quinto presidente da República, e, com a enorme expectativa da desvalorização da moeda, ninguém conseguia pensar em outra coisa.

No momento em que Sabadell e eu estávamos colocando o caixão dentro do nicho, um grupo de quinze ou vinte inconvenientes irrompeu no panteão, parando a poucos passos de nós. À frente dos intrusos marchava um rapaz de dentes podres e uma mulher rebocada de maquiagem que agitava uma pequena bengala. O rapaz levava no colo uma garotinha de pernas esqueléticas, com uma saia rendada e um diadema de flores de plástico.

Milagre, santinha! A menina está andando!, gritava a mulher.

O sujeito dos dentes baixou a garotinha diante de um dos nichos e ordenou:

Anda, Dalmita, para a santa ver.

Ajudou-a a dar um passo e ele também gritou:

Viram? Milagre!

Fiz menção de me aproximar para saber a quem eles estavam venerando, mas Alcira me reteve, segurando-me pelo braço. Como estávamos esperando selarem o nicho de Martel, não pudemos nos retirar naquele momento.

São devotos de Gilda, explicou-me o lacônico Sabadell. Essa mulher morreu faz sete ou oito anos, num desastre de carro. Suas cúmbias não eram muito populares quando viva, mas olhe agora.

Queria pedir silêncio aos devotos. Percebi que seria inútil. Uma mulher enorme, com uma torre de cabelo loiro e os lábios engrossados com batom púrpura, sacou da bolsa um objeto que parecia um frasco de desodorante e, esgrimindo-o como um microfone, incitou os fiéis:

Vamos lá, meninas, cantemos para a nossa Gilda!

Em seguida atacou, desafinada, uma cúmbia que começava: *No me arrepiento de este amooor/ aunque me cueste el corazooón.* O coro persistiu por cinco intermináveis minutos. Muito antes do fim, acompanharam o estribilho com palmas, até que uma das devotas — ou seja lá o que fosse — gritou: Grande, Dama Selvagem!

Saímos quinze minutos depois, mais desolados do que ao chegar, sentindo-nos culpados por deixar Martel numa eternidade tão saturada de músicas hostis.

Preocupava-me deixar Alcira sozinha e sugeri que nos víssemos naquela mesma tarde, às sete, no Café La Paz. Chegou pontualmente, com essa estranha beleza chamativa que obrigava a olhá-la, como se a tempestade do último mês tivesse passado ao largo dela. Ajudei-a a desabafar pedindo-lhe que me contasse como se apaixonara por Martel da primeira vez que o ouvira no El Rufián Melancólico, e como aos poucos fora vencendo as resistências que ele opunha, o medo de mostrar seu corpo desvalido e doente. Era solitário, arisco, revelou, e levou meses para acostumá-lo a não desconfiar dela. Quando enfim conseguiu, Martel foi sucumbindo a uma dependência cada vez mais aguda. Às vezes ligava para ela no meio da noite para lhe contar seus sonhos, depois a ensinou a aplicar injeções em suas veias quase invisíveis, já muito maltratadas, e no fim não a deixava sair de perto dele e a atormentava com cenas de ciúmes. Acabaram morando juntos no apartamento que Alcira alugava na rua Rincón, perto do Congresso. A casa que Martel dividira com dona Olivia, em Villa Urquiza, estava caindo aos pedaços e tiveram que vendê-la por menos do que valiam suas lembranças.

Um assunto foi puxando outro, e, já não me lembro se naquele mesmo dia ou no seguinte, Alcira começou a me contar em detalhes os recitais solitários de Martel. Ela sabia desde o início por que ele escolhia cada um dos lugares, e até sugeriu alguns que o cantor descartou porque não se encaixavam exatamente em seu mapa.

Um ano antes de eu chegar a Buenos Aires, ele cantara na esquina do passeio Colón com a rua Garay, a três quarteirões da pensão. Umas poucas silhuetas de metal aferradas a uma ponte eram o único vestígio do antro de tormentos que, durante a ditadura, foi conhecido como Club Atlético. Pouco antes que o demolissem para construir o elevado da linha para Ezeiza, Martel chegou a ver o esqueleto das jaulas onde tinham perecido centenas de prisioneiros, fosse pelas torturas que lhes aplicavam numas enormes mesas metálicas, a um passo das celas, fosse porque os deixavam dessangrar pendurados em ganchos.

Cantou numa madrugada de verão defronte à associação judaica da rua Pasteur, onde em julho de 1994 explodiu uma caminhonete carregada de explosivos, derrubando o edifício e matando 86 pessoas. Várias vezes se pensou que os assassinos já estavam ao alcance da justiça, e chegou-se a comentar que eram acobertados pela embaixada do Irã, mas a cada avanço da investigação surgiam obstáculos intransponíveis. Meses depois do recital de Martel, deu na primeira página do *The New York Times* que o então presidente argentino recebera, ao que parecia, dez milhões de dólares para que o crime continuasse impune. Se era verdade, isso explicava tudo.

Também cantou na esquina da Carlos Pellegrini com a Arenales, onde um bando paramilitar assassinou, em julho de 1974, o deputado Rodolfo Ortega Peña, baleando-o a partir de um Ford Fairlane verde-claro que pertencia à frota do astrólogo de Perón. Martel passara por lá quando o cadáver ainda estava estirado na calçada, e o sangue escorria para a rua, e uma mulher com os lábios atravessados por um tiro pedia ao morto que por favor não morresse. Não quis cantar um tango nesse lugar, contou-me Alcira. Entoou apenas um longo lamento, um ai que durou até o sol se pôr. Depois ficou *calado como uma criança sob os gordos abutres.*

E cantou — mas isso foi antes de tudo — diante da antiga metalúrgica de Vasena, no bairro de San Cristóbal, onde trinta operários em greve foram assassinados pela polícia durante as revoltas até hoje conhecidas como a Semana Trágica de 1919. Talvez tivesse cantado também pelos mortos do dezembro fatal em que ele próprio morreu, mas ninguém lhe contou o que estava acontecendo.

Em meados de janeiro de 2002, num dos piores dias daquele verão, quando parecia que as pessoas já estavam se acostumando à incessante desgraça, Alcira me contou que, pouco antes do recital fatídico no Parque Chas, Martel lera a história de um crime ocorrido entre 1978 e 1979 e guardara o recorte na intenção de também dar lá um de seus concertos solitários. A notícia, censurada pelos jornais da época, falava de um cadáver encalhado entre os juncos da Costanera Sur, junto à pérgula do antigo balneário municipal, com os dedos das mãos queimados, o rosto desfigurado e sem nenhum sinal que permitisse identificá-lo. Graças à confissão espontânea de um capitão-de-corveta, soube-se que aquela pessoa fora lançada viva sobre as águas do rio da Prata, e que seu corpo, levado por uma corrente adversa, resistira a afundar, a ser devorado pelos peixes ou arrastado, como tantos outros, para as ribeiras uruguaias. O recorte contava que o defunto fora detido na companhia de Rubén, Ojo Mágico ou Felipe Andrade Pérez. Martel queria desesperadamente cantar em homenagem àquele pobre infeliz, e se resistiu à morte por tanto tempo, disse-me Alcira, foi só pela esperança de chegar à pérgula, junto à beira do rio.

O mapa, então, era mais simples do que eu imaginara. Não desenhava uma figura alquímica nem ocultava o nome de Deus ou repetia as letras-cifras da Cabala, mas seguia, ao acaso, o percurso dos crimes impunes cometidos na cidade de Buenos Aires. Tratava-se de uma lista que continha um número infinito de nomes, e era isso o que mais atraía Martel, porque lhe servia como um conjuro contra a crueldade e a injustiça, que também são infinitas.

Naquele dia de calor atroz, contei a Alcira que acabara de marcar minha volta a Nova York para o fim do mês, e lhe perguntei se não queria vir comigo. Ainda não sabia como os dois faríamos para viver com os magros proventos das bolsas, mas tinha certeza de que a queria a meu lado, fosse como fosse. Uma mulher que tanto amara Martel era capaz de iluminar a vida de qualquer um, até uma vida cinzenta como a minha. Pegou nas minhas mãos, agradeceu com uma ternura que ainda me dói, e respondeu que não. Que seria de mim num país que não tem nada a ver comigo?, disse. Nem sequer sei falar inglês.

Viver comigo, respondi tolamente.

Você tem muitos anos de luz pela frente, Bruno. E em volta de mim só tem escuridão. Não seria bom misturarmos as coisas.

Ameaçou levantar, mas pedi que ficasse mais um pouco. Não queria voltar à desconhecida noite. Não sabia como dizer o que por fim lhe disse:

Ainda tenho uma pergunta. Já faz tempo que eu queria fazê-la, mas talvez você não tenha a resposta.

Confessei minha traição a Bonorino, falei da morte dele em Fuerte Apache e revelei tudo o que sabia sobre o Aleph. Eu queria entender, completei, por que o bibliotecário deixou comigo um livro que era sua vida.

Porque você não o trairia outra vez.

Não pode ser só isso. Deve haver mais alguma coisa.

Porque todo ser humano, por mais insignificante que seja, sempre tenta perdurar. De um jeito ou de outro, queremos vencer a morte, encontrar uma forma de eternidade. Bonorino não tinha amigos. Você era a única pessoa que lhe restava. Sabia que, mais cedo ou mais tarde, você poria o nome dele num livro.

Vou me sentir perdido sem você, declarei. Vou me sentir menos perdido se nos escrevermos de vez em quando.

Agora não quero escrever mais nada além das minhas recordações de Martel, respondeu sem olhar para mim.

É o fim, então.

Por quê?, devolveu. Não existe fim. Como saber quando é o fim?

Fui ao banheiro. Quando voltei, ela não estava.

Até a mesmíssima tarde da minha partida, eu lhe telefonei dez, vinte vezes. Nunca atendeu. No primeiro dia, ainda ouvi uma mensagem impessoal, que apenas repetia seu número. Depois, o telefone tocou e tocou no vazio.

Todos os vôos para Nova York saíam à noite, portanto me despedi não da Buenos Aires que imaginara e sim da reverberação de suas luzes. Antes de desviar para o norte, o avião sobrevoou o rio e renteou a cidade por um de seus lados. Era imensa, plana, e demoramos não sei quantos minutos para atravessá-la. Eu tinha sonhado tantas vezes com o traçado que avistaria do alto que a realidade foi desconcertante. Imaginei que se pareceria com o plano do palácio de Knossos ou com o mosaico retangular de Sousse, onde se lê a seguinte advertência: *Hic inclusus vitam perdit*. Quem aqui ficar preso perderá a vida.

Era um labirinto, como eu supunha, e Alcira ficara enredada numa de suas vias sem saída. A noite me permitiu constatar que, tal como Bonorino conjecturava, o verdadeiro labirinto não estava marcado pelas luzes, onde só havia caminhos que levavam a lugar nenhum, e sim pelas linhas de escuridão, que indicavam os espaços onde as pessoas viviam. Então me veio à mente um poema de Baudelaire, "Os faróis": *Ces malédictions, ces blasphèmes, ces plaintes/ Ces extases, ces cris, ces pleurs, ces Te Deum,/ sont un écho redit par milles labyrinthes*. "Estas maldições, estas blasfêmias, estes lamentos,/ estes êxtases, estes gritos, estes choros, estes te-déuns/ são um eco repetido por mil labirintos." Já não podia ouvir todas aquelas vozes, e o labirinto se perdera na noite. Continuei, porém, repetindo o poema até adormecer.

Poucas semanas depois de chegar a Manhattan, comecei a receber cartas de cobrança da fundação Fulbright, exigindo um relatório sobre o uso que eu fizera da bolsa. Procurei explicá-lo em documentos formais que eu rascunhava e destruía, até que desisti. Esperava que, cedo ou tarde, não soubessem mais o que fazer com meu silêncio.

Num meio-dia de maio, saí de casa e caminhei distraído pela Broadway. Entrei na Tower Records na ilusão absurda de descobrir alguma gravação de Martel. Não era a primeira vez que fazia isso. Os funcionários, prestativos, procuravam a referência nos computadores e até ligavam para especialistas em música sul-americana. Ninguém nunca tinha ouvido falar dele, e nem sequer existia a mais mínima menção nas antologias. Eu sabia disso tudo, claro, mas ainda resisto a acreditar.

Segui rumo à University Place e, ao passar pela livraria da universidade, lembrei-me de que queria comprar o *Arcades project*, de Walter Benjamin. O volume custava quarenta dólares, e eu vinha relutando fazia algumas semanas, mas naquele dia deixei o destino decidir por mim. Primeiro me entretive olhando as estantes de Filosofia e encontrei um exemplar de *Intellectual trust*, de Richard Foley. Alguém dirá que tudo isso não tem importância, e talvez não tenha mesmo, mas prefiro não passar ao largo de nenhum detalhe. Voltei ao livro de Benjamin e li ao acaso, em um capítulo intitulado "Teoria do progresso", a seguinte linha: "O conhecimento sempre surge em relampejo. O texto é a longa seqüência de trovões que o sucede". A frase me lembrava Buenos

Aires, que me aparecera como uma revelação, mas cujos trovões, agora, eu era incapaz de transformar em palavras.

Quando ia saindo com o Benjamin na mão, topei com o próprio Foley. Eu mal o conheço, mas ele é o decano de Artes e Ciências de minha universidade e sempre o cumprimento com respeito. Ele, no entanto, sabia de minha viagem a Buenos Aires. Perguntou-me como tinha sido a experiência. Respondi sem jeito, atabalhoadamente. Falei dos maus tempos que me tocara viver, dos cinco presidentes que se sucederam em dez dias, e comentei de passagem que o cantor de tango sobre o qual eu queria escrever morrera na mesma noite em que o vi pela primeira vez.

Não deixe que isso o desanime, Bruno, respondeu Foley. O que se perde por um lado às vezes se recupera por outro. Em julho, passei dez dias em Buenos Aires. Não fui em busca de nenhum cantor, mas encontrei um extraordinário. Cantava tangos de um século atrás no Club del Vino. Talvez você o conheça. O nome dele é Jaime Taurel. A voz é comovedora, transparente, tão viva que, se você estende a mão, tem a sensação de que poderia tocá-la. Quando saí de lá, algumas pessoas diziam que ele é melhor que Gardel. Você devia voltar lá, só para ouvi-lo.

Nessa noite não consegui dormir. Quando amanhecia, sentei diante do computador e escrevi as primeiras páginas deste livro.

Com exceção de Jean Franco e Richard Foley, todos os personagens deste romance são imaginários, mesmo aqueles que parecem reais.

Letras de canções citadas[*]

EL BULÍN DE LA CALLE AYACUCHO (1923)
Letra: Celedonio Flores
Música: José e Luis Servidio

El bulín de la calle Ayacucho
que en mis tiempos de rana alquilaba,
el bulín que la barra buscaba
pa' caer por la noche a timbear;
el bulín donde tantos muchachos,
en su racha de vida fulera,
encontraron marroco y catrera,
rechiflado parece llorar.

El Primus no me fallaba
con su carga de aguardiente
y habiendo agua caliente
el mate era allí señor.
No faltaba la guitarra
bien encordada y lustrosa

O refúgio da rua Ayacucho
que no meu tempo de vadio eu alugava
o refúgio que a turma procurava
pra de noite cair na jogatina;
o refúgio onde a rapaziada,
nas rodadas de vida azarada,
encontrava comida e dormida,
desvairado parece chorar.

O fogareiro não rateava
carregado de aguardente
e havendo água quente
o mate lá era senhor.
Não faltava o violão
bem encordoado e lustroso

[*] Fonte: arquivo particular de Osvaldo Molina

ni el bacán de voz gangosa	nem o bacana de voz fanhosa
con berretín de cantor.	meio metido a cantor.
El bulín de la calle Ayacucho	O refúgio da rua Ayacucho
ha quedado mistongo y fulero,	ficou derrubado e feio,
ya no se oye el cantor milonguero,	já não se ouve o cantor milongueiro
engrupido su musa entonar;	convencido sua musa entoar;
y en el primus no bulle la pava	e no fogareiro não ferve a chaleira
que a la barra contenta reunía,	que reunia a turma contente,
y el bacán de la rante alegría	e o bacana que ria à-toa
está seco de tanto llorar.	está seco de tanto chorar.
Cada cosa era un recuerdo	Cada coisa era uma lembrança
que la vida me amargaba;	que me amargurava a vida;
por eso me la pasaba	por isso eu vivia
fulero, rante y tristón.	caído, largado e tristonho.
Los muchachos se cortaron	Os amigos sumiram
al verme tan afligido,	ao me ver tão aflito,
y yo me quedé en el nido	e eu fiquei lá no ninho
empollando mi aflicción.	chocando minha aflição.
Cotorrito mistongo tirado	Cantinho pobretão esquecido
en el fondo de aquel conventillo,	nos fundos daquele cortiço,
sin alfombras, sin lujo y sin brillo,	sem tapetes, sem luxo e sem brilho,
cuántos días felices pasé	quantos dias felizes passei
al calor del querer de una piba	agasalhado pelo amor de uma garota
que fue mía, mimosa y sincera…	que foi minha, dengosa e sincera…
¡Y una noche de invierno, fulera,	E numa noite de inverno, das feias,
hacia el cielo de un vuelo se fue!	bateu asas e foi para o céu!

VOLVER (1935)
Letra: Alfredo le Pera
Música: Carlos Gardel

Yo adivino el parpadeo	Eu avisto o cintilar
de las luces que a lo lejos	das luzes que ao longe
van marcando mi retorno.	vão marcando meu retorno.
Son las mismas que alumbraron	São as mesmas que iluminaram

con sus pálidos reflejos hondas horas de dolor.	com seus pálidos reflexos profundas horas de dor.

Y aunque no quise el regreso,
siempre se vuelve al primer amor
La quieta calle donde el eco dijo:
"tuya es su vida, tuyo es su querer",
bajo el burlón mirar de las estrellas
que con indiferencia hoy me ven
                      volver.
	E, se eu não quis o regresso,
	sempre se volta ao primeiro amor
	A quieta rua onde o eco disse:
	"tua é sua vida, teu é seu amor",
	sob o irônico olhar das estrelas
	que com indiferença hoje me vêem
	                      voltar.

Volver con la frente marchita, las nieves del tiempo platearon mi sien. Sentir que es un soplo la vida, que veinte años no es nada, que febril la mirada, errante en las sombras te busca y te nombra. Vivir con el alma aferrada a un dulce recuerdo que lloro otra vez. Tengo miedo del encuentro con el pasado que vuelve a enfrentarse con mi vida. Tengo miedo de las noches que pobladas de recuerdos encadenan mi soñar.	Voltar com a fronte murcha, as neves do tempo platearam minhas têmporas. Sentir que a vida é um sopro, que vinte anos não é nada, que o olhar, febril, errante nas sombras te procura e te chama. Viver com a alma aferrada a uma doce lembrança que choro outra vez. Tenho medo do encontro com o passado que volta a se enfrentar com minha vida. Tenho medo das noites que povoadas de lembranças encadeiam meu sonhar.

Pero el viajero que huye tarde o temprano detiene su andar. Y aunque el olvido que todo destruye	Mas o viajante que foge cedo ou tarde interrompe sua marcha. E, embora o esquecimento que tudo destrói

haya matado mi vieja ilusión,
guardo escondida una esperanza
                      humilde
que es toda la fortuna de mi corazón.
	tenha matado minha velha ilusão,
	guardo escondida uma esperança
	                      humilde
	que é toda a fortuna do meu coração.

Volver... etc.	Voltar... etc.

MARGARITA GAUTHIER (1935)
Letra: Julio Jorge Nelson (Isaac Rossofsky)
Música: Joaquín Mauricio Mora

Hoy te evoco, emocionado, mi divina
Margarita.
Hoy te añoro en mis recuerdos,
¡oh, mi dulce inspiración!
Soy tu Armando, el que te clama,
mi sedosa muñequita,
el que llora... el que reza, embargado
de emoción.
El idilio que se ha roto me ha robado
paz y calma,
y la muerte ha profanado la virtud de
nuestro amor.
¡Para qué quiero la vida!... si mi alma
destrozada
sufre una angustia suprema... vive
este cruento dolor.

Hoy, de hinojos en la tumba donde
descansa tu cuerpo,
he brindado el homenaje que tu alma
suspiró;
he llevado el ramillete de camelias ya
marchitas,
que aquel día me ofreciste como
emblema de tu amor.
Al ponerlas junto al lecho donde
dormías tranquila,
una lágrima muy tierna de mis ojos
descendió,
y rezando por tu alma, mi divina
Margarita,
un sollozo entrecortado en mi pecho
se anidó.

Nunca olvido aquella noche que
besándome en la boca

Hoje te evoco, emocionado, minha
divina Marguerite.
Hoje eu te recordo com saudade,
oh, minha doce inspiração!
É teu Armand quem por ti clama,
minha sedosa bonequinha,
quem chora... quem reza, embargado
de emoção.
O idílio rompido me roubou
a paz e a calma,
e a morte profanou a virtude do
nosso amor.
Para que eu quero a vida?!... Se
minha alma em pedaços
sofre uma angústia suprema... vive
esta cruenta dor.

Hoje, de joelhos no túmulo onde teu
corpo descansa,
prestei a homenagem que tua alma
suspirou;
levei o buquê de camélias já
murchas,
que naquele dia me ofereceste como
emblema do teu amor.
Ao deixá-las junto ao leito onde
dormias tranqüila,
uma terníssima lágrima dos meus
olhos escorreu,
e rezando por tua alma, minha
divina Marguerite,
um soluço entrecortado no meu
peito se aninhou.

Nunca me esqueço daquela noite
em que, beijando-me na boca,

una camelia muy frágil de tu pecho se cayó; *la tomaste tristemente, la besaste como loca,* *y entre aquellos pobres pétalos una mancha apareció.* *¡Era sangre que vertías! ¡Oh, mi pobre Margarita!* *Eran signos de agonía… eran huellas de tu mal…* *Y te fuiste lentamente, vida mía, muñequita,* *pues la Parca te llamaba con su sorna tan fatal.*	uma camélia muito frágil do teu peito caiu; tu a apanhaste tristemente, e a beijaste como louca, e entre aquelas pobres pétalas uma mancha apareceu. Era sangue que vertias! Oh, minha pobre Marguerite! Eram sinais de agonia… eram marcas do teu mal… E partiste lentamente, minha vida, bonequinha, pois a Parca te chamava com sua malícia fatal.

EL RAP DEL FUERTE APACHE (2001)
Criação coletiva de moradores de Fuerte Apache

No es fácil la vida en este barrio, *se vive contra el reloj de la vida.* *Ya vas a ver que en el Fuerte se nos revienta la vida,* *si vivo, vivo donde todo apesta,* *si muero, será por una bala perdida.* *Cualquiera te deja la cabeza llena de hoyos,* *pero a pesar de todo yo tengo que seguir.* *Unos viven con los huevos en la garganta,* *otros se juegan, pero el Fuerte se la aguanta.* *El que vive en Fuerte Apache no es ningún boludo,* *es capaz de conocer a un kilómetro un boludo.* *Acá no sirve de nada tener miedo a morir,* *mientras no seas boludo vas a estar seguro.*	A vida neste bairro não é fácil, a gente vive contra o relógio da vida. Você vai ver que no Fuerte nossa vida se arrebenta, se vivo, vivo onde tudo fede, se morro, vai ser por uma bala perdida. Qualquer um enche a tua cabeça de buracos, mas apesar de tudo eu preciso continuar. Uns vivem com o cu na mão, outros arriscam o pescoço, mas o Fuerte fica firme. Quem vive no Fuerte Apache não é nenhum otário, é capaz de reconhecer um otário a um quilômetro. Aqui de nada vale ter medo de morrer, se você não for otário vai ficar a salvo.

*Todo lo hacen por la fama en el
    Fuerte, hasta morir,
todo queda en la nada o como si
    nada
y lo peor de todo es que sé que esta
    mierda nunca acabará.*

No Fuerte fazem tudo pela fama, até
    morrer,
tudo aqui dá em nada ou fica como se
    nada
e o pior de tudo é que eu sei que esta
    merda nunca vai acabar.

SUR (1947)
Letra: Homero Manzi
Música: Aníbal Troilo

*San Juan y Boedo antiguo y todo el
    cielo,
Pompeya y mas allá la inundación,
tu melena de novia en el recuerdo,
y tu nombre flotando en el adiós…
La esquina del herrero barro y
    pampa,
tu casa, tu vereda y el zanjón
y un perfume de yuyos y de alfalfa
que me llena de nuevo el corazón.*

*Sur… paredón y después…
Sur… una luz de almacén…
Ya nunca me verás como me vieras,
recostado en la vidriera
y esperándote,
ya nunca alumbraré con las estrellas
nuestra marcha sin querellas
por las noches de Pompeya.
Las calles y las lunas suburbanas
y mi amor en tu ventana
todo ha muerto, ya lo sé.
San Juan y Boedo antiguo, cielo
    perdido,
Pompeya y, al llegar al terraplén,
tus veinte años temblando de cariño
bajo el beso que entonces te robé.
Nostalgia de las cosas que han pasado,*

San Juan e Boedo antigo e o céu
    inteiro
Pompeya e depois a enchente,
teus cabelos de noiva na lembrança,
e teu nome pairando no adeus…
A esquina do ferreiro, barro e campo,

tua casa, tua calçada e o valado
e um perfume de mato e de alfafa
que me preenche de novo o coração.

Sul… paredão e depois…
Sul… uma luz de mercearia…
Nunca mais me verás como me vias,
recostado na vidraça
e te esperando,
nunca mais iluminarei com as estrelas
nossa caminhada sem queixas
pelas noites de Pompeya.
As ruas e as luas suburbanas
e meu amor em tua janela
tudo morreu, eu sei.
San Juan e Boedo antigo, céu
    perdido,
Pompeya e, ao chegar à linha do trem,
teus vinte anos tremendo de carinho
sob o beijo que então eu te roubei.
Saudade das coisas passadas,

arena que la vida se llevó,
pesadumbre del barrio que ha cambiado
y amargura del sueño que murió.

Sur... paredón y después... etc.

areia que a vida carregou
pesar pelo bairro mudado

e amargura do sonho que morreu.

Sul... paredão e depois... etc.

MANO A MANO (1918)
Letra: Celedonio Flores
Música: Carlos Gardel e José Razzano

Rechiflao en mi tristeza, hoy te evoco
y veo que has sido
en mi pobre vida paria sólo una buena mujer,
tu presencia de bacana puso calor en mi nido,
fuiste buena, consecuente, y yo sé que me has querido
como no quisiste a nadie, como no podrás querer.

Se dio el juego de remanye, cuando vos, pobre percanta,
gambeteabas la pobreza en la casa de pensión.
Hoy sos toda una bacana, la vida te ríe y canta,
los morlacos del otario los tirás a la marchanta
como juega el gato maula con el mísero ratón.
Hoy tenés el mate lleno de infelices ilusiones,
te engrupieron los otarios, las amigas, el gavión;
la milonga entre magnates con sus locas tentaciones
donde triunfan y claudican milongueras pretensiones

Alucinado em minha tristeza, hoje
eu te evoco e vejo que você foi
em minha pobre vida solitária apenas
uma boa mulher,
teu jeito de moça bem aqueceu o
meu ninho,
você foi boa, conseqüente, e eu sei
que me amou
como não amou ninguém, como não
poderá amar.

Aconteceu o de sempre, quando
você, pobre garota,
ia driblando a pobreza na casa de
pensão.
Hoje você é uma perfeita madame, a
vida te sorri e festeja,
os trocados do otário você os esbanja
a mãos-cheias
como brinca o gato covarde com o
mísero rato.
Hoje você tem a cabeça cheia de
infelizes ilusões,
foi na conversa dos sonsos, das amigas,
do gavião;
os enredos entre magnatas com suas
loucas tentações
onde triunfam e tropeçam enganosas
pretensões

se te ha entrado muy adentro en el pobre corazón. *Nada debo agradecerte, mano a mano hemos quedado,* *no me importa lo que has hecho, lo que hacés, ni lo que harás;* *los favores recibidos creo habértelos pagado,* *y si alguna deuda chica sin querer se me ha olvidado,* *en la cuenta del otario que tenés se la cargás.* *Mientras tanto, que tus triunfos, pobres triunfos pasajeros,* *sean una larga fila de riquezas y placer.* *Que el bacán que te acamala tenga pesos duraderos,* *que te abrás en las paradas con cafishios milongueros* *y que digan los muchachos "es una buena mujer".* *Y mañana cuando seas descolado mueble viejo* *y no tengas esperanzas en tu pobre corazón,* *si precisás una ayuda, si te hace falta un consejo,* *acordate de este amigo que ha de jugarse el pellejo* *pa' ayudarte en lo que pueda cuando llegue la ocasión.*	entraram bem fundo no teu pobre coração. Não tenho nada a agradecer, ficamos quites, não me importa o que você fez, o que faz, nem o que fará; os favores que recebi acho que já estão pagos, e, se alguma dívida menor sem querer me passou, na conta do otário que você tem pode botar. Enquanto isso, que teus triunfos, pobres triunfos passageiros, sejam uma longa fila de riquezas e prazer. Que o bacana que te sustenta tenha dinheiro por muito tempo, que você não caia nas malhas de rufiães enroladores e que a rapaziada diga "ela é uma boa mulher". E amanhã, quando você for um móvel velho e estropiado e não tiver esperanças no seu pobre coração, se precisar de uma ajuda, se precisar de um conselho, lembre-se deste amigo capaz de arriscar o pescoço pra te ajudar no que puder quando chegar a ocasião.

CAMINITO (1926)
Letra: Gabino Coria Peñaloza
Música: Juan de Dios Filiberto

Caminito que el tiempo ha borrado,
que juntos un día nos viste pasar,
he venido por última vez,
he venido a contarte mi mal.

Caminito que entonces estabas
bordeado de trébol y juncos en flor,
una sombra ya pronto serás,
una sombra lo mismo que yo.

Desde que se fue
triste vivo yo,
caminito amigo,
yo también me voy.
Desde que se fue
nunca más volvió,
seguiré sus pasos,
caminito, adiós.

Caminito que todas las tardes
feliz recorría cantando mi amor,
no le digas si vuelve a pasar
que mi llanto tu suelo regó.

Caminito cubierto de cardos,
la mano del tiempo tu huella borró.
Yo a tu lado quisiera caer
y que el tiempo nos mate a los dos.

Desde que se fue... etc.

Trilhazinha que o tempo apagou,
que juntos um dia nos viste passar,
venho aqui pela última vez,
venho aqui para contar-te meu mal.

Trilhazinha que então estavas
margeada de trevos e juncos em flor,
uma sombra tu logo serás,
uma sombra assim como eu.

Desde que partiu
triste eu vivo,
trilhazinha amiga
eu também vou embora.
Desde que partiu
nunca mais voltou,
vou seguir seus passos,
trilhazinha, adeus.

Trilhazinha que todas as tardes
feliz percorria cantando meu amor,
não lhe contes se voltar a passar
que meu pranto tua terra molhou.

Trilhazinha coberta de espinhos,
a mão do tempo teu rastro apagou.
A teu lado eu queria cair
e que o tempo matasse nós dois.

Desde que partiu... etc.

CUESTA ABAJO (1934)
Letra: Alfredo le Pera
Música: Carlos Gardel

*Si arrastré por este mundo
la vergüenza de haber sido
y el dolor de ya no ser,
bajo el ala del sombrero
cuántas veces embozada
una lágrima asomada
yo no pude contener.*

*Si crucé por los caminos
como un paria que el destino
se empeñó en deshacer;
si fui flojo, si fui ciego,
sólo quiero que comprendan
el valor que representa
el coraje de querer.*

*Era para mí la vida entera,
como un sol de primavera,
mi esperanza y mi pasión.
Sabía que en el mundo no cabía
toda la humilde alegría
de mi pobre corazón.
Ahora, cuesta abajo en mi rodada,
las ilusiones pasadas
ya no las puedo arrancar.
Sueño con el pasado que añoro,
el tiempo viejo que lloro
y que nunca volverá...*

*Por seguir tras de su huella
yo bebí incansablemente
en mi copa de dolor;
pero nadie comprendía
que si todo yo lo daba,
en cada vuelta dejaba
pedazos de corazón...*

Se arrastei por este mundo
a vergonha de ter sido
e a dor de já não ser,
sob a aba do chapéu
tantas vezes disfarçada
uma lágrima brotada
eu não consegui conter.

Se cruzei pelos caminhos
como um pária que o destino
empenhou-se em derrubar;
se fui fraco, se fui cego,
eu só quero que entendam
o valor que representa
a coragem de amar.

Era para mim a vida inteira,
como um sol de primavera
minha esperança e minha paixão.
Sabia que no mundo não cabia
toda a humilde alegria
do meu pobre coração.
Agora, ladeira abaixo em minha queda,
as ilusões passadas
não posso mais arrancar.
Sonho com o passado saudoso
o tempo velho que choro
e que nunca há de voltar...

Por seguir no rastro dela
eu bebi incansavelmente
do copo da minha dor;
mas ninguém compreendia
que, se tudo eu entregava,
em cada rodada deixava
pedaços de coração...

Ahora, triste en la pendiente,
solitario y ya vencido,
yo me quiero confesar;
si aquella boca mentía
el amor que me ofrecía
por aquellos ojos brujos
yo habría dado siempre más...

Era para mí la vida entera... etc.

Agora, triste na descida,
solitário e já vencido,
eu quero me confessar;
se aquela boca mentia
o amor que me oferecia
por aqueles olhos bruxos
eu daria sempre mais...

Era para mim a vida inteira... etc.

SENTENCIA (1923)
Letra: Celedonio Flores
Música: Pedro Maffia

(recitado)
La audiencia de pronto
se quedó en silencio:
de pie, como un roble,
con acento claro
hablaba el malevo:

A audiência de repente
ficou em silêncio:
de pé, como um carvalho
com fala clara
dizia o bamba:

"Yo nací, señor juez, en el suburbio,
suburbio triste de la enorme pena,
en el fango social donde una noche
asentara su rancho la miseria.

"Eu nasci, senhor juiz, no subúrbio,
subúrbio triste do enorme penar,
na lama social onde uma noite
a miséria assentara seu rancho.

De muchacho, nomás, hurgué en el
 cieno
donde van a podrirse las grandezas.
¡Hay que ver, señor juez, cómo se vive
para saber después por qué se pena!

Ainda garoto, remexi no lodo

onde vão apodrecer as grandezas.
É preciso ver, senhor juiz, como se vive
para depois saber por que se pena!

Un farol en una calle tristemente
 desolada
pone con la luz del foco su motivo de
 color...
El cariño de mi madre, mi viejecita
 adorada,
que por santa merecía, señor juez, ser
 venerada,

Um lampião numa rua tristemente
 desolada
dá com sua luz um toque de
 cor...
O carinho de minha mãe, minha
 velhinha adorada,
que como santa merecia, senhor
 juiz, ser venerada,

en la calle de mi vida fue como luz de farol.	na rua da minha vida foi como luz de lampião.
Y piense, si aquella noche, cuando oí que aquel malvado escupió sobre sus canas el concepto bajo y cruel, hombre a hombre, sin ventaja, por el despecho cegado, por mi cariño de hijo, por mi cariño sagrado, sin pensar, loco de rabia, como un hombre lo maté. Olvide usted un momento sus deberes y deje hablar la voz de la conciencia… Deme después como hombre y como hijo los años de presidio que usted quiera… Y si va a sentenciarme por las leyes, aquí estoy para aguantarme la sentencia… Pero cuando oiga maldecir a su viejita ¡es fácil, señor juez, que se arrepienta!"	E pense, se naquela noite, quando ouvi aquele malvado cuspir sobre seus cabelos brancos o conceito baixo e cruel, homem a homem, sem vantagem, pela afronta cegado, por meu carinho de filho, por meu carinho sagrado, sem pensar, louco de raiva, como um homem o matei. Esqueça por um momento seus deveres e deixe a voz da consciência falar… Depois me dê como homem e como filho quantos anos de presídio o senhor quiser… E se for me sentenciar conforme as leis, aqui estou para aceitar a sentença… Mas, quando ouvir maldizer sua mãezinha, será fácil, senhor juiz, que se arrependa!"
(recitado) *La audiencia, señores, se ahogaba en silencio. ¡Llorando el malevo, lloraba su pena el alma del pueblo!*	A audiência, senhores, afogava-se em silêncio. Chorando o bamba, chorava seu penar a alma do povo!

LA CASITA DE MIS VIEJOS (1931)
Letra: Enrique Cadícamo
Música: Juan Carlos Cobián

Barrio tranquilo de mi ayer,
como un triste atardecer,
a tu esquina vuelvo viejo...
Vuelvo más viejo,
la vida me ha cambiado...
en mi cabeza un poco 'e plata
me ha dejado.

Yo fui viajero del dolor
y en mi andar de soñador
comprendí mi mal de vida,
y cada beso lo borré con una copa,
las mujeres siempre son las que matan
la ilusión.

Vuelvo cansado a la casita de mis
viejos,
cada cosa es un recuerdo que se agita
en mi memoria.
Mis veinte abriles me llevaron lejos...
¡Locuras juveniles! ¡La falta de
consejos!
Hay en la casa un hondo y cruel
silencio huraño,
y al golpear, como un extraño
me recibe el viejo criado...
¡Habré cambiado totalmente, que el
anciano por la voz
tan sólo me reconoció!

Pobre viejita, la encontré
enfermita; yo le hablé
y me miró con unos ojos...
Con esos ojos
nublados por el llanto
como diciéndome: ¿Por qué tardaste
tanto?

Bairro tranqüilo do meu passado,
como um triste entardecer,
a tua esquina volto velho...
Volto mais velho,
a vida me mudou...
em minha cabeça um pouco de prata
me deixou.

Eu fui viajante da dor
e em meu andar de sonhador
compreendi meu mal de vida,
e cada beijo eu apaguei com um trago,
são sempre as mulheres que matam a
ilusão.

Volto cansado à casinha dos meus
velhos,
cada coisa é uma lembrança que se
agita em minha memória.
Meus vinte abris me levaram longe...
Loucuras juvenis! A falta de
conselhos!
Há na casa um profundo e cruel
silêncio hostil,
e ao bater, como um estranho
me recebe o antigo criado...
Devo ter mudado totalmente, pois o
velho pela voz
tão-só me reconheceu!

Pobre velhinha, encontrei-a
doentinha; eu lhe falei
e me fitou com uns olhos...
Com esses olhos
enevoados pelo pranto
como quem diz: por que você
demorou tanto?

Ya nunca más he de partir
y a tu lado he de sentir
el calor de un gran cariño…
Sólo una madre nos perdona en esta vida.
¡Es la única verdad!
¡Es mentira lo demás!

Agora nunca mais hei de partir
e a teu lado hei de sentir
o calor de um grande carinho…
Só uma mãe nos perdoa nesta vida.
Essa é a única verdade!
É mentira tudo o mais!

COMO DOS EXTRAÑOS (1940)
Letra: José María Contursi
Música: Pedro Láurenz

Me acobardó la soledad
y el miedo enorme a morir lejos de ti…
¡Qué ganas tuve de llorar
sintiendo junto a mí
la burla de la realidad!
Y el corazón me suplicó
que te buscara y que le diera tu querer…
Me lo pedía el corazón
y entonces te busqué
creyéndote mi salvación…

Acovardou-me a solidão
e o medo enorme de morrer longe de ti…
Quanta vontade eu tive de chorar
sentindo junto a mim
o escárnio da realidade!
E o coração me suplicou
que te procurasse e que lhe desse teu amor…
Era o coração que o pedia
e então te procurei
julgando-te minha salvação…

Y ahora que estoy frente a ti
parecemos, ya ves, dos extraños…
Lección que por fin aprendí:
¡cómo cambian las cosas los años!
Angustia de saber muertas ya
la ilusión y la fe…
Perdón si me ves lagrimear…
¡Los recuerdos me han hecho mal!

E agora que estou diante de ti
parecemos, como vês, dois estranhos…
Lição que afinal aprendi:
como os anos mudam as coisas!
Angústia de saber já mortas
a ilusão e a fé…
Desculpa se me vires lacrimejar…
As lembranças me fizeram mal!

Palideció la luz del sol
al escucharte friamente conversar…
Fue tan distinto nuestro amor
y duele comprobar

A luz do sol empalideceu
ao te ouvir conversar friamente…
Nosso amor era tão diferente
e dói constatar

que todo, todo terminó.
¡Qué gran error volverte a ver
para llevarme destrozado el corazón!
Son mil fantasmas, al volver
burlándose de mí,
las horas de ese muerto ayer...

Y ahora que estoy frente a ti... etc.

LA CANCIÓN DE BUENOS AIRES (1932)
Letra: Manuel Romero
Música: Azucena Maizani e Oreste Cúfaro

Buenos Aires, cuando lejos me vi
sólo hallaba consuelo
en las notas de un tango dulzón
que lloraba el bandoneón.
Buenos Aires, suspirando por ti
bajo el sol de otro cielo,
cuánto lloró mi corazón
escuchando tu nostálgica canción.

Canción maleva, canción de Buenos Aires,
hay algo en tus entrañas que vive y que perdura.

Canción maleva, lamento de amargura,
sonrisa de esperanza, sollozo de pasión.
Ése es el tango, canción de Buenos Aires,
nacido en el suburbio que hoy reina en todo el mundo.
Ése es el tango que llevo muy profundo,
clavado en lo más hondo del criollo corazón.

que tudo, tudo está acabado.
Que grande erro te rever
para ter o coração despedaçado!
São mil fantasmas, quando voltam,
zombando de mim,
as horas desse passado morto...

E agora que estou diante de ti... etc.

Buenos Aires, quando eu me vi longe
só achava consolo
nas notas de um tango adocicado
chorado pelo bandoneon.
Buenos Aires, suspirando por ti
sob o sol de outro céu,
quanto chorou meu coração
escutando tua nostálgica canção.

Canção marginal, canção de Buenos Aires,
existe em tuas entranhas algo que vive e perdura.

Canção marginal, lamento de amargura,
sorriso de esperança, soluço de paixão.
Esse é o tango, canção de Buenos Aires,
nascido no subúrbio e que hoje reina em todo o mundo.
Esse é o tango que carrego aqui dentro,
cravado bem no fundo do nativo coração.

Buenos Aires, donde el tango nació,
tierra mía querida,
yo quisiera poderte ofrendar
todo el alma en mi cantar
y le pido a mi destino el favor
de que al fin de mi vida
oiga el llorar del bandoneón
entonando tu nostálgica canción.

Buenos Aires, onde o tango nasceu,
minha terra querida,
eu queria poder te oferecer
toda a alma em meu cantar
e peço a meu destino o favor
de que no fim da vida
eu ouça o chorar do bandoneon
entoando tua nostálgica canção.

MILONGA DEL 900 (1933)
Letra: Homero Manzi
Música: Sebastián Piana

Me gusta lo desparejo
y no voy por la vedera;
uso funyi a lo Massera,
calzo bota militar.
La quise porque la quise
y por eso ando penando,
se me fue ya ni sé cuándo,
ni sé cuándo volverá.

Me la nombran las guitarras
cuando dicen su canción,
las callecitas del barrio
y el filo de mi facón.
Me la nombran las estrellas
y el viento del arrabal;
no se pa' qué me la nombran
si no la puedo olvidar.

Soy desconfiao en amores,
y soy confiao en el juego;
donde me invitan me quedo
y donde sobro también.
Soy del partido de todos
y con todos me la entiendo
pero váyanlo sabiendo:
¡soy hombre de Leandro Alem!

Eu gosto do desarrumo
e não ando na calçada;
uso chapeuzinho de lado,
calço bota militar.
Eu a amei porque a amei
e por isso ando sofrendo,
me deixou já nem sei quando,
nem sei quando vai voltar.

Dela me falam os violões
quando dizem sua canção,
as ruazinhas do bairro
e o gume do meu facão,
Dela me falam as estrelas
e o vento do subúrbio,
não sei para quê me falam dela
se não consigo esquecê-la.

Sou desconfiado em amores,
e sou confiado no jogo;
onde me convidam fico
e onde sobro também.
Sou do partido de todos
e com todos eu me entendo
mas fiquem sabendo:
sou homem de Leandro Alem!

No me gusta el empedrao *ni me doy con lo moderno,* *descanso cuando ando enfermo,* *y dispués que me he sanao.* *La quiero porque la quiero* *y por eso la perdono,* *no hay cosa peor que un encono* *para vivir amargao...*	Não gosto do empedrado nem me dou com o moderno, descanso quando ando doente, e depois de sarar. Eu a amo porque a amo e por isso eu a perdôo, não tem coisa pior que um rancor para viver amargurado...
Me la nombran las guitarras... etc.	Dela me falam os violões... etc.

NO ME ARREPIENTO DE ESTE AMOR (1994)
Letra e música: Gilda
(Miriam Alejandra Bianchi)

No me arrepiento de este amor *aunque me cueste el corazón.* *Amar es un milagro y yo te amé* *como nunca jamás imaginé.*	Não me arrependo deste amor ainda que me custe o coração. Amar é um milagre e eu te amei como nunca jamais imaginei.
Puedo arrancarme de tu piel *de tu mirada, de tu ser* *yo siento que la vida se nos va* *y que el día de hoy no volverá.* *Después de cerrar la puerta* *nuestra cama espera abierta,* *la locura apasionada del amor.* *Y entre un "te quiero" y "te quiero"* *vamos remontando al cielo* *y no puedo arrepentirme de este amor.*	Posso me arrancar da tua pele do teu olhar, do teu ser eu sinto que nossa vida se vai e que o dia de hoje não voltará. Depois de fechar a porta nossa cama espera aberta, a loucura apaixonada do amor. E entre um "te amo" e "te amo" vamos remontando ao céu e não consigo me arrepender deste amor.
No me arrepiento de este amor... etc.	Não me arrependo deste amor... etc.

1ª EDIÇÃO [2004] 1 reimpressão

ESTA OBRA FOI COMPOSTA PELA SPRESS EM ELECTRA E IMPRESSA
PELA GEOGRÁFICA EM OFSETE SOBRE PAPEL PÓLEN SOFT DA SUZANO BAHIA
SUL PAPEL E CELULOSE PARA A EDITORA SCHWARCZ EM DEZEMBRO DE 2004